KB020094

로크미디어가
유혹하는
재미있는 세상

ROK
MEDIA
로크미디어

다시 사는 재벌가 망나니 22

2022년 9월 23일 초판 1쇄 인쇄
2022년 9월 28일 초판 1쇄 발행

지은이 맹물사탕
발행인 김정수 강준규

기획 이기헌 왕소현 박경무 강민구 조익현
책임편집 금선정
마케팅지원 이원선

발행처 (주)로크미디어
출판등록 2003년 3월 24일
주소 서울시 마포구 성암로 330 DMC첨단산업센터 318호
Tel (02)3273-5135 **편집** (070)7860-2726 **Fax** (02)3273-5134
홈페이지 rokmedia.com **E-mail** rokmedia@empas.com

ⓒ 맹물사탕, 2021

값 8,000원

ISBN 979-11-354-8016-4 (22권)
ISBN 979-11-354-9456-7 04810 (세트)

다시 사는 재벌가 망나니

맹물사탕 현대 판타지 장편소설

22

ROK
MEDIA

로크미디어

Contents

1장

조세화는 접선하기로 한 호텔 로비 근처 카페에서 양상춘을 기다리고 있었다.

양상춘이 카페로 들어서자마자 종업원이 얼른 다가와 그에게 말을 건넸다.

"어서 오세요. 두 분이십니까?"

양상춘은 종업원이 어딘지 모르게 쫓기고 있는 듯하단 느낌을 받곤 슬쩍 카페 라운지를 둘러보았다.

그곳엔—이런 생각은 일종의 선입견에서 비롯한 차별이지만—카페의 고풍스러운 분위기와 어울리지 않는 험상궂은 인상의 남자들이 각각 테이블 한 자리씩을 차지하고 앉아 알게 모르게 양상춘과 강하윤을 살피고 있었다.

양상춘은 다시 고개를 돌려 담담한 얼굴로 종업원을 보았다.

　"만나기로 한 사람이 있습니다만. 그 손님은 아마 안쪽에 계실 것 같은데요."

　"예? 그러니까……."

　"어쨌건 오기로 한 성인 남성 한 명의 인상착의는 들으신 것과 비슷하지 않습니까?"

　오히려 여유롭기까지 한 양상춘의 태도에 당황한 종업원은 저도 모르게 테이블 한쪽의 남자를 쳐다보았고, 그는 자리에서 일어나 어디론가 향했다가 돌아오더니 종업원에게 힐끗 눈치를 주었다.

　"아, 예. 실례했습니다. 이쪽으로 모시겠습니다."

　양상춘과 강하윤은 종업원의 안내를 받아 방금 전 남자가 향했던 라운지 안쪽의 밀폐된 객실 앞에 섰다.

　"시, 실례합니다."

　"들어오세요."

　조세화의 목소리.

　종업원은 달각 문을 연 뒤 얼른 옆으로 비켜섰다.

　"그러면 실례하겠습니다."

　양상춘과 강하윤 두 사람은 종업원이 열어 준 문 안쪽으로 걸어 들어가 테이블 한 자리를 차지하고 앉아 있던 조세화와 마주할 수 있었다.

"동행이 있으실 거란 이야기는 듣지 못했는데요."

조세화는 인사 대신 그 첫마디를 떼며 양상춘과 강하윤을 번갈아 보았고, 양상춘은 태연히 걸어가 그녀 맞은편에 앉으며 대답했다.

"카페에 민폐를 끼치고 있는 줄 알았다면 다른 장소를 찾아볼 걸 그랬군."

"신경 쓰지 마세요. 그에 합당한 대가는 호텔에 지불하고 있는 데다가 이 장소를 고른 건 이쪽이니까요."

양상춘의 말을 받는 조세화는 묘하게 날 선 태도로 일관하고 있었다.

옷을 갈아입어서 그런 것일까, 강하윤은 그녀가 요한의 집에서 보여 준 모습과도 어딘지 다르단 느낌을 받았다.

'⋯⋯그야, 박사님이 이야기할 내용이 내용이니만큼 날 선 태도를 보이는 것도 이해는 가지만.'

강하윤은 왠지 요한의 집에서 보여 준—그때도 딱히 사근사근하지는 않았지만, 그래도 또래에 걸맞은 모습은 있었던—것보다 지금 눈앞의 위압적인 모습이 조세화의 본래 모습인 것처럼 생각되었다.

아니면, 자리가 사람을 만드는 것일까.

강하윤도 이성진의 소탈한(?) 태도에 깜빡하곤 하지만, 생각해 보면 이게 대한민국을 쥐락펴락하는 재벌가 사람이 취할 법한 태도일 것이다.

'왠지 성진이를 만날 때와는 달리 새삼 재벌가 사람을 앞에 두고 있구나, 하는 느낌이 물씬해.'

그나마 이와 비슷한 느낌은 그녀가 반지의 소유주를 찾는 일로 이성진과 뉴월드백화점에 방문하여 서명훈을 만났을 때와 비슷했지만, 그것도 어디까지나 지금 상황과 비교해 그랬던 감상에 불과했고, 현 상황은 그것이 조광이라는 재벌가에 특화된 인상인 듯했다.

'그래, 한편으로는 이게 조광이라는 곳의 본질에 가까운 것이기도 하지.'

누가 보아도 몸 쓰는 일에 특화된 것 같은 사람들이 자연스럽게 이중 삼중으로 경호를 펼치고, 신원이 확인된 사람만이 밀폐된 공간에서 접견.

이는 그것만으로도 단박에 공간을 분절시키고, 상대로 하여금 기를 누르는 효과를 발휘한다.

조세화라는 소녀는 사람을 대함에 그런 태도가 필요하다는 걸 직접적이든 간접적이든 배우고 익혀 왔으리라.

강하윤은 눈치를 살피다가 양상춘의 곁에 앉았고, 그제야 조세화는 강하윤의 존재를 의식한 듯 그녀에게 말을 붙였다.

"오늘 요한의 집에서 뵀었죠. 강하윤 형사님."

"아, 응."

강하윤은 저도 모르게 존댓말로 대답할 뻔했다.

조세화가 말을 이었다.

"뭐라도 드시겠어요? 커피?"

돌아보니 어느새 종업원 대신 메뉴판을 옆구리에 낀 늙수그레한 남자가 다가와 있었다.

양상춘이 능청스럽게 입을 뗐다.

"커피는 오늘 많이 마셔서. 그런데 사 주는 건가?"

양상춘의 말에 조세화의 눈빛에서 잠시 어처구니없다는 듯한 감상이 스쳤다가 사라졌다.

"……예. 제가 내죠."

"그러면 마침 식사 때고 하니까 클럽하우스 샌드위치로. 강 형사는?"

암만 상대가 갑부라지만 아무렇지도 않게 미성년자에게 얻어먹는 뻔뻔함은 둘째 치고, 이 상황에 그게 목구멍으로 넘어가나?

강하윤은 멀뚱멀뚱 양상춘을 보다가 대답했다.

"아뇨, 저는 그냥…… 오렌지 주스로."

조세화가 사내에게 눈짓을 하자, 사내는 군말 없이 자리를 떴다.

"그나저나 이 호텔 2층 양식집이 평가가 괜찮던데."

그 말에 그동안 꾹 눌러 참고 있던 조세화는 그제야 어처구니없다는 듯 양상춘의 말을 받았다.

"나중에 알아서 사 드시죠."

"나 원, 부자에게 한턱 얻어먹을까 하고 생각했더니. 안 그래도 이제 백수여서."

"……정 곤궁하시다면 타고 오셨던 차를 파는 건 어떠신가요?"

"농담일세. 농담."

양상춘을 그렇게 말하며 킬킬 웃어 댔지만, 과연 농담이었을까.

조세화는 한숨을 내쉰 뒤, 강하윤을 물끄러미 바라보았다.

"형사님께서도 저희 아버지의 죽음에 대해 조사하신 분인가요?"

그녀의 단도직입적인 물음과 시선에 강하윤은 당황했다.

"응? 그, 그게, 나는……."

"그렇지."

양상춘이 자연스럽게 끼어들었다.

"여기 있는 강 형사는 광수대 내에서도 이번 사건의 처음과 끝을 모두 알고 있는 몇 안 되는 인물이기도 하다네."

"처음과 끝……."

"어쨌거나."

양상춘이 말을 이었다.

"보아하니 자네, 이성진과 친해 보이던데, 세화랑은 예전부터 알고 지내던 사이었나?"

조세화는 갑작스레 화제를 전환, 혹은 본론을 끄집어낸 양상춘을 잠시 물끄러미 쳐다보다가 대답했다.

"실제로 만난 지는 얼마 되지 않았어요."

"그래? 그러면 그건 언제부터였지?"

"그건 왜 물어보시는 거죠?"

양상춘이 씩 웃었다.

"별거 아니야. 그저, 그게 이성진이 병실에 설치되었던 도청기의 존재를 알기 전인지 후인지 궁금해서."

별거 아닌 이야기가 아니었다.

양상춘의 대답에 조세화는 저도 모르게 움찔했고, 강하윤은 이 상황에 아슬아슬한 줄타기를 시도하는 양상춘이 원망스러웠다.

"……그랬군요."

조세화는 애써 담담한 기색으로 입을 뗐다.

"대답하자면, 그 전이에요."

양상춘에게 지지 않고 받아치는 조세화도 만만치 않았다.

강하윤은 그런 조세화의 태도가 이 장소를 장악하고 있다는 자신감에서 비롯한 것인지, 아니면 조세화가 가진 기질인지 궁금했지만 차마 물을 수 없었다.

조세화가 강하윤을 힐끗 쳐다보았다.

"그보단 경찰도 생각보다 유능하네요. 저희 조부님 병실에 도청기가 설치되어 있었다는 건 어떻게 아신 거죠?"

시선을 받은 강하윤은 자신이 대답해야 하나, 하고 생각했지만 이번에도 입을 연 건 양상춘이었다.

"그야, 내용을 들어 보았으니까."

"……."

양상춘의 화술은 교묘해서, 그는 도청 내용을 언제, 어디서, 어떻게 들어 보았는가에 관해선 언급하지 않았다.

그는 조세화가 생각할 틈을 주지 않겠다는 듯 자연스럽게 말을 이었다.

"그리고 경찰은 세화가 방금 상향 조정한 생각 이상으로 유능하다네. 어쩌면 이번 사건에 관해선 우리가 세화보다 더 많은 걸 알고 있을지도 모르겠군."

잠자코 양상춘의 말을 듣는 조세화는 지금 무슨 생각을 하는 건지 읽을 수 없게끔 무표정했다.

"그렇게 잘 알고 계신다면, 굳이 유가족인 저와 따로 만날 필요가 있었나요?"

"어디까지나 잘 안다는 것뿐이지, 모든 것을 알고 있는 건 아니거든. 어쨌거나 자네가 박길태가 죽기 전부터 이성진과 알고 지냈다는 것은 알겠네."

일부러 그러는 건지, 아니면 무신경한 건지.

다른 사람도 아닌 조세화의 오빠가 살해한 사람을 아무렇지도 않게 입에 담는 양상춘의 뻔뻔함에 강하윤은 심장이 덜컥하는 기분이었다.

강하윤의 걱정과 달리 조세화는 움찔하는 기색조차 없었다.

"제가 사건 전후로 성진이와 알고 지낸 유무가 중요한 일인가요?"

"관점에 따라서는 그렇지. 범인의 동기는 사건 해결에 중요한 실마리가 되는 단서 중 하나거든."

"그 범인……."

조세화가 무어라 물으려 하다가 입을 꾹 다물었다.

때마침 달각, 문이 열리며 종업원이 아닌 라운지에서 본 듯한 남성이 쟁반을 들고 방으로 들어와 샌드위치와 마실 것을 내려놓고 말없이 물러났다.

남자가 방을 나간 뒤에야 조세화가 말을 이었다.

"방금 박사님께선 범인이라고 하셨는데, 어떤 사건에 대한 용의자를 말씀하시는 거죠?"

조세화의 말은 일견 냉소적으로도 느껴졌다.

조세화의 말마따나 다짜고짜 '범인'이라고만 하면 어느 사건을 언급하려는 것인가부터 명시하고 넘어가지 않으면 안 된다.

양상춘은 한 입 크기로 잘라 나온 샌드위치를 입에 털어넣어 몇 번 씹지도 않고 목구멍 너머로 삼켰다.

"혹시나 해서 묻겠는데, 이제 이 방에 누가 다시 들어올 일은 없겠지?"

"없어요."

"좋아. 아, 그보다 아직 대답을 못 들은 것 같은 게 있는데."

"뭔가요?"

"세화가 이성진과 만난 당시의 이야기."

조세화는 잠시 양상춘을 물끄러미 쳐다보다가 입을 뗐다.

"봄 무렵이었을 거예요. 오빠와 저, 성진이 세 사람은 골프장 필드에서 처음 만났죠."

"셋이서?"

"한 사람 더 있었어요. 오빠 친구 비슷한."

친구면 친구지, 친구 비슷한 건 뭐람.

강하윤이 생각하는 사이 양상춘이 물었다.

"그게 누군가?"

"……물으시니 대답하자면, 성진이 친척 형이에요. 재종형님이라고 했으니 육촌이겠네요."

"그러면 이성진은 그 친구 소개로 알게 된 건가?"

"그런 셈이죠. 그 질문이 중요한지 저는 잘 모르겠지만요."

양상춘은 대답 대신 또 질문을 던졌다.

"소개가 있었다곤 하지만, 먼저 만나자고 접근한 사람이 있었을 것 아닌가?"

"왠지 취조받는 기분이네요."

조세화가 무표정하게 말을 받았다.

"저희 오빠예요."

"오빠라면, 조세광?"

"네. 현재 구치소에 있는 저희 오빠요."

퍽 냉소적으로 들리는 조세화의 대답에 양상춘이 고개를 끄덕였다.

"그랬군. 알겠네."

"중요한 일인가요?"

양상춘은 대답하지 않으며 곁에 앉아 있던 강하윤을 보았다.

"강 형사, 한강 변사체 사건부터 시작해 자네가 아는 사건 개요를 세화에게 들려주지 않겠나?"

"……예?"

'내가 지금 여기 왜 있는 건지' 하며 꿔다 논 보릿자루처럼 앉아 있던 강하윤이 몸을 슬쩍 뒤로 내뺐다.

"박사님, 아무리 그래도 이 자리에서 수사 내용을 공유할 수는……."

"정 뭣하다면 신문에 나온 정도만 이야기해도 좋네. 어차피 이미 알려질 건 다 알려진 일이고."

그리고 강하윤은 양상춘의 눈빛과 방금 전 그가 했던 말이 함의한 바를 읽어 냈다.

'한강 변사체 사건부터 시작……. 성진이 이야기는 꺼내지 않아도 된다는 거구나.'

강하윤이 고개를 끄덕였다.

"……그 정도만이라면."

강하윤은 손도 대지 않은 주스 컵에 물방울이 맺히는 걸 잠시 쳐다보다가 입을 뗐다.

"우선, 한강에서 변사체가 발견된 것은……."

강하윤은 아직 미성년자에 불과한 조세화를 배려해 사건의 내용이 충격적으로 들리지 않게끔 세심하게 말을 골라 한강 변사체 사건의 개요를 읊어 주었다.

잠자코 샌드위치를 집어 먹던 양상춘이 끼어든 건, 유전자 감식을 통해 한강에서 발견된 변사체의 신원을 밝혀낸 부분이었다.

"그때 우리는 한강 변사체의 신원이 정순애라는 것을 알아냈지만, 누가 그녀를 살해하였는가에 대해선 확신이 없는 상황이었네. 이때 강 형사가 물고기 배 속에서 찾아낸 반지가 용의자를 좁히는 데 큰 역할을 했지."

그 이야기에는 다소 흥미가 가는지, 조세화가 강하윤을 물끄러미 쳐다보았다.

"저도 기사는 읽었어요. 강하윤 형사님께서 찾은 거였나요?"

"아, 응. 정말로 우연히."

"그랬군요. 그래도 반지 주인을 찾는 일이 쉽지는 않았을 텐데요."

양상춘이 끼어들었다.

"우리가 할 수 있는 온갖 인맥을 동원했지. 물론 이 극적인 발견이 마케팅 요소가 되리란 그쪽의 노림수도 있었겠지만, 결과적으로 우리는 이 쌍으로 맞춘 반지를 결제한 사람이 누구인지 찾을 수 있었다네."

"……강선이의 아버지인 박상대 씨죠?"

"그래. 박상대가 본격적으로 궁지에 몰린 건 이때부터라고 할 수 있지. 자, 그럼."

양상춘이 강하윤을 보았다.

"강 형사, 이때쯤 해서 박길태가 죽었지?"

그 단도직입적인 말에 강하윤은 움찔했다가 저도 모르게 조세화의 눈치를 살폈다.

하지만 정작 조세화는 대수롭지 않아 하며 되레 이렇게 말했다.

"우리 오빠가 한 거 말이죠?"

"그래, 그거."

말은 그렇게 했지만 조세화도 심기가 불편하기는 했는지, 그녀는 양상춘을 잠시 노려보았다가 입을 뗐다.

"아까 박사님께서는 마치 이 일련의 사건이 연결되어 있다는 듯 말씀하셨는데, 박길태 씨의 죽음과 정순애 씨의 죽음 사이에 무슨 상관관계가 있다는 건가요?"

"관계가 있지. 아니면 세화는 박상대 혼자서 정순애의 시체를 훼손하고 이를 한강에 던졌다고 생각하고 있었나?"

"……."

조세화가 인상을 구겼다.

"그게 '경찰이 알고 있는 사실' 중 하나인 모양이군요."

"그래. 박상대는 정순애의 시체를 훼손 및 유기할 때 조설
훈 씨의 도움을 받았다."

"……"

조세화는 아무 말 없이 앞에 놓인 물 잔을 집어 들어—강
하윤은 이때 조세화가 물을 끼얹는 건 아닌가 생각했다—물
을 한 모금 마셨다가 잔을 내려놓았다.

"그건, 확실한 이야기인가요?"

"우리가 들은 것이 위증이 아니라면."

"……"

"그럼 알아들은 것으로 알고 계속해 보지. 당시 박길태의
시신에서 우리는 카세트테이프 한 개를 발견할 수 있었네."

아직 어려서 그런 것일까, 카세트테이프가 언급되자 조세
화는 표정 변화를 감출 수 없었고, 양상춘은 그 점을 파고들
었다.

"세화도 그게 무슨 물건인지 알고 있는 눈치군."

"……대답하지 않겠습니다."

하지만 양상춘은 집요했다.

"상관없네. 우리도 이미 그 카세트테이프의 정체가 무엇
이었는지는 알고 있으니까."

조세화가 양상춘을 노려보듯 쳐다보았다.

"오빠가 말했나요?"

"자네 오라버니는 여전히 묵비권을 행사 중이지. 우리가 카세트테이프 내용물에 대해 알아낼 수 있었던 건 그냥 몇 가지 탐문과 수사로 알아낸 성과일 뿐이라네."

조세화가 무표정한 얼굴로 물었다.

"내용을 알고 계시다면 제가 굳이 대답할 필요는 없겠군요."

"한국말이라는 게 참 어려워. 정정하지. 우리도 '당일' 카세트테이프에 담긴 내용 자체는 모르네."

"……."

"우리가 카세트테이프를 발견했을 땐 복원이 불가능할 정도로 훼손이 심각했고, 그 카세트테이프가 의미하는 바를 알게 된 건 나중 일이었지."

조세화는 그 일에 대해 더 이상 언급하고 싶지 않은 듯 팔짱을 꼈다.

"그러시다면 더 이상 언급할 필요는 없겠군요."

"아니. 나는 이 자리에서 박길태에게 카세트테이프가 넘어간 계기를 자세히 알고 싶거든."

"……."

"좀 더 정확히 말하자면 자네 조부님이 입원해 있던 삼광병원 VIP 병동에 설치된 도청기가 조세광의 손에 들어간 과정 말이지만."

조세화가 아무런 말도 하지 않자, 양상춘이 의자에 등을 붙였다.

"그러면 자네에게 내가 생각한 가설을 들려주겠네. 동의도 부정도 긍정도 반박도 필요하지 않으니 그냥 들어 보게나."

양상춘은 잠시 조세화의 얼굴을 살핀 뒤 말을 이었다.

"자네는 올해 봄쯤 해서 이성진과 만난 이후, 교류를 이어 왔다. 또, 둘이 어느 정도 친밀한가 하는 건 오늘 나도 두 눈으로 보았으니 얼추 알 것 같고. 아무튼 당시에도 이성진과 자네는 조부님인 조성광 회장의 병문안을 갈 정도로 친한 사이였을 걸세."

"……."

"그러던 어느 날, 세화가 자리를 비운 사이 조성광 회장은 이성진을 불러 도청기의 존재와 그것을 맡겼다."

이야기를 듣는 내내 무표정하던 조세화는 그 대목에서 팔짱을 낀 손을 꾹 쥐며 소매에 주름을 만들어 냈다.

양상춘은 그걸 보고도 지적하지 않고 제 할 말만을 이어 갔다.

"이때 이성진은 도청기를 묻어 두거나 변호사에게 맡기는 대신 자네와 조세광에게 그 존재를 알렸을 것이야. 자신의 조부님 병실에 도청기가 설치되어 있었다는 것을 안 조세광은 병실에 도청기를 설치한 박길태와 이를 지시한 배후의 장본인인 조지훈 씨를 만나고자 하였을 걸세."

"......"

"나중에 알게 된 증언에 의하면, 조세광은 박길태에게 무언가를 시켰으나, 그때 박길태는 조세광의 명령에 불복하여 가지고 있던 권총을 빼 들기에 이르지. 박길태가 권총을 꺼낼 정도로 궁지에 몰렸으니, 짐작건대 조세광이 박길태에게 요구한 것은 그가 가지고 있을 다른 날의 도청 복사본이었을 거야."

이를 전하며 양상춘은 조세화의 반박을 기다려 일부러 교묘한 거짓을 섞어 말했다.

지동훈의 증언에 의하면 박길태가 먼저 권총을 꺼내 든 것이 아니었고, 조세광이 우연한 기회에—그가 복대로 두른 만화책을 조롱하면서—그가 몰래 숨기고 온 권총을 발견한 뒤 조세광이 '재밌는 장난감을 주운 듯' 이를 가져가려 하자 박길태는 순간 이성을 잃고 덤벼들었던 것이다.

그러나 조세화는 이 일에 대해 모르는 건지, 아니면 알면서도 노코멘트로 일관하려는 건지, 아무런 대응 없이 여전히 묵묵부답이었다.

양상춘은 조세화가 모든 것을 아는 것은 아니라고 판단하며 말을 이었다.

"어쨌건 조세광이 박길태를 만나야 했던 까닭은 이 일을 집안싸움으로 몰아가지 않고 자신의 선에서 처리할 수 있으리란 생각 때문이었겠지. 모르긴 몰라도 이 일이 부친인 조설훈 씨의 귀에 들어갔다간 대판 싸움이 나리라 판단했을 거야. 따라서 조세광 본인도 박길태를 이용해야 하니 그를 죽이고자 하는 생각은 추호도 없었을 것이고. 나도 법 전문가는 아니지만 재판 때도 그런 점을 들어 정상참작이 이루어지리라 보네."

"……."

"아무튼 박길태가 사망하고 만 이 우연한 비극으로 인해 조설훈 씨는 동생인 조지훈 씨와 만나야 했을 걸세. 박길태는 일단 조지훈 씨의 부하였고, 아들이 저지른 살인에 대해 조설훈은 책임을 져야 했으니까. 결과적으로 조설훈, 조지훈 두 사람은 화해를 한 듯 보여."

거기까지 말한 양상춘이 어조를 바꿨다.

"여기서 하나 물어보지. 이때 이성진은 두 사람이 협의하는 자리에 있었나?"

"……."

양상춘이 말한 대로 동의도 부정도 긍정도 반박도 하지 않던 조세화는 한참 뒤에야 입을 뗐다.

"박사님은 어째서 성진이에게 집착하시는 거죠?"

"내가 대답한다면, 내가 묻는 말에도 답해 주겠나?"

"아뇨. 어차피 짐작은 가거든요."

조세화가 말을 이었다.

"박사님께서는 최종적으로 아버지와 작은아버지 사이가

틀어진 것이 중간에 성진이가 이간질을 해서 그런 것이라 생각하고 계신 것 아닌가요?"

"대답해야 할까?"

"아뇨, 하실 필요 없습니다."

조세화는 잠시 뜸을 들인 뒤 다시 입을 뗐다.

"아버지와 작은아버지 사이에서 벌어진 일에 성진이는 추호도 관계가 없습니다."

"흐음, 확신하는 걸 보니 세화 나름대로 짐작 가는 부분이 있나 본데."

"……"

조세화는 그 말에 대답하지 않았고, 잠시 후에 침묵을 깼다.

"아무튼 성진이는 어디까지나 저희 집안일에 의도치 않게 휘말렸을 뿐이에요. 애당초 성진이는……."

조세화가 하려던 말을 삼키며 말끝을 흐리자 양상춘이 그 점을 덥석 물었다.

"왜, 혹시 자네들에게 도청기를 맡기면서, '이 일에 관여하고 싶지 않다'고 말하기라도 했나?"

"……방금 제가 구태여 침묵을 깨고 성진이의 입장을 대변한 건."

조세화가 양상춘을 노려보았다.

"제 문제라면 박사님이 쓰신 소설에 계속 입을 다물고 있겠지만, 제 친구의 명예가 걸린 일에 대해선 한마디 끼어들지 않으면 안 되겠다고 생각했을 뿐이에요."

조세화가 단호한 어조로 말을 이었다.

"그리고 박사님의 그 허무맹랑한 말씀에 동의하는 사람들이 얼마나 될지, 저는 알 수도 없고요."

비록 직접적인 언급은 없었다지만, 조세화의 말에 강하윤은 공연히 바깥에 포진한 조세화의 부하들을 의식하고 말았다.

그럼에도 양상춘은 무신경한 것인지 태연한 얼굴로 조세화의 말을 받았다.

"그러면 구봉팔 씨가 어느 날 갑자기 조성광 회장님의 오른팔이 되어 있었던 건, 이성진과 무관한 일인가?"

"여기서 구봉팔 씨가 왜 언급되는지 모르겠군요."

조세화가 딱딱하게 말을 받았다.

"성진이가 구봉팔 씨와 새마음아동복지재단 일로 관계가 있다는 것 자체는 부정하지 않겠습니다. 경찰 측도 어느 정도 파악하고 있을 테고요. 하지만 그렇다고 해서 구봉팔 씨가 성진이와 그 외에 모종의 다른 거래를 했다고는 할 수 없어요. 저희 회사에서 구봉팔 씨를 중용하고 있는 건 어디까지나 그분의 역량에 걸맞은 인사 조치일 뿐이죠."

"그런가? 나는 그 일이 무척 공교롭다고 생각했는데."

"저는 박사님께 저희 그룹 경영 방침까지 시시콜콜 말씀드릴 생각은 없는데요."

조세화가 그 뒤에 불필요한 말을 덧붙인 건 계속해서 신경을 긁어 대던 양상춘에 대한 짜증 때문이었을 것이다.

"애당초 구봉팔 씨를 중용한 건 아버지께서 결정하신 일이고, 성진이는 관련해 아무런 말도 하지 않았습니다."

양상춘은 그 점을 놓치지 않으며 빙긋 미소를 지었고, 조세화는 그제야 자신이 괜한 말을 더했음을 깨달았다.

"세화는 예전부터 경영에 관심이 많았던 모양이군."

"⋯⋯."

"뭐, 이성진 역시 초등학생임에도 불구하고 번듯한 사장이니, 그런 이성진과 친하게 지내는 자네도 경영에 관심을 가지는 게 이상한 일은 아니잖은가."

조세화는 양상춘의 능글능글한 말에 쯧 하고 혀를 찰 뻔한 걸 간신히 참았다.

조세화가 조설훈과 조지훈 사이에서 그런 논의가 오갔단 걸 알고 있는 건 다름 아닌 트로피 속에 있던 도청기를 통해 해당 협의를 들었기 때문이었다.

"⋯⋯아무튼 더 이상은 성진이를 가지고 이렇다 저렇다 섣부른 추측은 관두셨으면 합니다. 만약 박사님께서 제가 판단한 이상의 무례를 제 친구에게 저지르신다면⋯⋯."

"걱정 말게. 나 역시 내 생각이 모두에게 받아들여질 거란 생각은 하지 않았으니까."

양상춘이 말을 이었다.

"그렇다고 해서 자네의 부친과 조지훈 씨에 대한 내 '섣부른 추측'까지 막고자 한다면 나는 입이 열 개라도 할 말이 없어질 것 같은데, 조심스럽게 동의를 구해 보아도 되겠나?"

어차피 오늘 양상춘을 부르기로 하면서 그 부분은 이미 각오하고 있었던 바.

조세화는 무표정한 얼굴로 고개를 끄덕였다.

"혼잣말에 불과하다면 저는 거기에 동의나 부정, 긍정하거나 반박하지 않겠습니다."

"알겠네."

양상춘이 드물게 진지한 얼굴로 입을 뗐다.

"그러면 내가 생각한 조설훈 씨와 조지훈 씨 사이에서 오간 협정에 대해 이야기해 보지."

양상춘이 입을 뗐다.

"그 일에 이성진이 연루되어 있었는지, 혹은 그가 둘 사이에서 중재를 했는지는 명확하지 않으니 제쳐 두고, 그 상황에 자네의 부친과 조지훈 씨는 화해를 하였을 걸세."

"……."

조세화는 양상춘의 말에 아무런 반응도 보이지 않으며 침묵으로 일관했다.

양상춘은 그럴 줄 알았다는 듯 청자의 반응에 아랑곳하지 않으며 말을 이었다.

"우선, 여기엔 사실로 드러난 몇 가지 사안이 전제가 되지. 첫째, 조지훈은 박길태를 통해 병실에 도청기의 설치와 회수를 지시해 왔다. 둘째, 도청기의 존재를 알게 된 자네의 오라버니인 조세광이 박길태를 살해하였다. 셋째, 자네의 부친과 조지훈은 조세광이 박길태를 살해하였음을 알고 있었다."

'사실로 드러난 몇 가지 사안' 중에서 마지막 세 번째 요소는 명확하지 않은 요소였으나 양상춘은 아무렇지도 않게 의도적으로 이를 '사실의 범주'에 묶었고, 조세화는 그런 양상춘의 수작을 눈치챘으면서도 이번 역시 아무런 말도 하지 않았다.

양상춘의 말이 이어졌다.

"당시만 하더라도 김수영이라는 불행한 청년이 박길태 살해라는 그 죄를 뒤집어쓰게 되었으니 아랫사람 입단속만 잘 시키면 그날의 진실이 밖으로 새지 않았을 거란 계산이 있었겠지. 그래서 조설훈 씨는 조지훈이 행한 도청기 설치 건을 덮고, 조지훈 씨는 조세광의 박길태 살해를 묻기로 협의하였을 걸세. 그 과정에 둘은 조성광 회장의 병실을 보호하는 일종의 중립지대를 만들고자 구봉팔을 양지로 끌어올렸을 거라고 생각하네. 실제로 그쯤 자네 명의의 경비 업체가 신설되어 경호를 시작하게 되었지."

양상춘의 말은 단순한 가설을 넘어서 진실에 근접해 있었음에도, 조세화는 눈 하나 깜짝하지 않았다.

양상춘은 그런 조세화의 망부석 같은 태도를 보며 내심 입맛을 다신 뒤, 말을 이었다.

"그리고 여기에 한 가지 더, 추가 협의 사항이 생긴다. 그건 박상대의 배제였네. 그 범죄에 공모한 이상, 자네의 부친에게 박상대는 이제 아킬레스건이 되었거든."

그 대목에서 조세화가 입을 뗐다.

"박사님께서 생각하신, 저희 아버지와 작은아버지 사이에서 있었던 협정 가설은 거기서 끝인가요?"

조세화의 말을 들으며 양상춘은 속으로 웃었다.

그게 '끝'임을 안다는 건, 다시 말해 조세화가 예의 협정 내용을 꿰고 있단 정황이기도 했다.

양상춘이 고개를 끄덕였다.

"그래."

"박사님께서 무슨 생각을 하시든 그건 자유입니다만, 그래도 한마디 하고 넘어가야겠습니다. 박사님 말씀대로 만약 저희 아버지가 박상대 씨를 배제하고자 했다고 한다면, 세간에 알려진 박상대 씨의 죽음은 그것과 사뭇 다른 형태로 이루어지지 않았나요?"

조세화의 말에 양상춘이 픽 웃었다.

"맞아. 박상대의 죽음은 분명 우연에 의한 비극일세."

"……."

조세화와 강하윤은 그게 '웃으며 할 말'은 아니라고 생각했지만, 양상춘은 아랑곳하지 않고 이 블랙코미디를 풀어 헤쳤다.

"하필이면 그가 사채를 쓴 도박 중독자의 택시에 올라탄 것이나, 하필이면 그때 박상대가 한국 땅을 떠나기 위한 채비를 갖추고 있었던 것은 운명의 얄궂은 장난이겠지. 하지만 여기서부터 자네의 부친과 조지훈 씨가 예상하지 못했던 변수가 생겨나기 시작했다고 볼 수 있다네."

"……변수?"

"그래. 변수. 두 사람의 계획 속에서 박상대의 죽음은 있어선 안 되는 일이었어."

"……"

이때 양상춘은 나름의 교양을 발휘하기라도 했는지 '박상대의 시체가 발견되어선 안 됐다'는 말을 '그가 죽어선 안 됐다'는 식으로 에둘러 표현하고 있었다.

"마침 이 시기, 공교롭게도 박상대는 궁지에 몰렸다. 각 언론사는 한강에서 발견된 변사체의 신원과 반지의 주인에 대한 내용을 떠들어 대기 시작했고, 각종 정황증거가 넘쳐 나는 이때 조설훈 씨가 판단하길 박상대가 체포되는 건 시간문제였겠지. 하물며 구속 후 박상대가 의리를 지켜 계속 입을 다물어 준다는 보장도 없는 상황이니, 박상대는 이제 한국 땅에 발붙이고 있어서는 안 되는 이가 된 것이야."

"……"

"여기서 궁지에 몰린 박상대가 가방 속에 있던 여권과 함께 증발했다면 모를까, 그는 죽기 직전 우리도 뒤늦게 조광과 유착이 있었음을 알게 된 예의 술집을 향해 이동 중이었고, 여기서 생각 이상으로 유능했던 경찰은 혹시 내부 정보가 새어 나간 것은 아닌지 의심하기 시작했지."

당시만 하더라도 박순길 개인의 촉에 불과한 것이었지만, 결과적으로 그 추측은 맞아떨어졌다.

양상춘이 말을 이었다.

"이후 김보성 검사의 지휘하에 경찰은 그 내통자가 실제로 조설훈 씨와 내통하고 있었던 것을 알아냈고, 나아가 내통하고 있던 비리 경찰의 신원까지 알아내기에 이르네. 뿐만 아니라 경찰 측은 박길태의 죽음과 관련해 '제대로 된 증언'을 해 줄 목격자를 확보하게 되었지. 그 결과 자네의 오라버니가 박길태를 살해한 진범임을 알게 되어 구속영장까지 발부할 수 있었으니, 이 또한 공교롭다면 참 공교로운 이야기가 아닐 수 없겠군."

여전히 은근슬쩍 남의 신경을 긁는 말을 해 대는 남자다.

조세화가 물을 한 모금 마신 뒤 입을 뗐다.

"하지만 그것도 정황뿐이군요. 하시는 말씀은 결과에 상황을 끼워 맞춘 느낌도 강하고요. 오빠의 수사 결과는 아직 재판 결과도 나오지 않은 일입니다."

조세화가 양상춘을 노려보았다.

"다시 말해 그건 경찰이 조광을 향해 표적 수사를 꾀한 것이었다고 해석해도 되지 않을까요? 검찰 측이 증인을 어떤 식으로 회유했는지, 이제 와서는 알 도리도 없고 말이죠."

양상춘은 그 매서운 시선을 대수롭지 않게 받아넘겼다.

"자네는 뭔가 착각하고 있군."

"……예?"

"세화는 김보성 검사가 그저 감에 의존해 자네의 부친을 몰아붙였으리라 생각하나?"

"……."

"김보성 검사에겐 이미 그에 관련한 각종 증거가 차고 넘칠 만큼 손에 들어와 있었지. 오히려 조설훈 씨가 그렇게 사망하지 않았다면, 최소한 소환 조사 정도는 이루어졌을 것이고 김보성 검사 입장에서는 다 잡은 물고기를 놓치고 만 셈이 되고 말았어."

"……."

"어쨌거나 살인 방조는 결코 가벼운 죄는 아니니까."

양상춘의 도발적인 말에 그러잖아도 험악한 분위기는 삽시간에 얼음이 얼어붙는 것처럼 가라앉았다.

강하윤은 지금이라도 양상춘을 말려야 하지 않을까 생각했지만 때는 이미 늦었고, 심지어 양상춘의 뒤이은 말에 비하면 방금 전까지 그가 해 온 말은 그나마 온건한 편이라고 할 수 있을 정도였다.

"뭐, 그것도 조설훈 씨가 행한 존속살해에 비하면 상대적으로 형량이 낮은 편에 속하지만 말일세."

조세화가 그 말에 자리를 박차고 일어서거나 컵에 담긴 물을 뿌리지 않은 건, 그녀의 인내심이 단단해서가 아니라 양상춘이 가져온 말에 황당함을 느꼈기 때문이리라.

"……지금……무슨……."

"나는 수사 내용과 달리 최종적으로 조지훈을 살해한 것이 조설훈이라고 보고 있네."

기어코 그 이야기를 꺼낸 건가.

강하윤은 이 자리를 뜨고 싶은 걸 간신히 꾹 눌러 참았다.

양상춘 스스로는 자각하지 못하고 있겠지만 그는 운이 좋은 편이었다.

만약 눈앞의 상대가 조세화가 아닌 조세광이었다면, 그리고 트로피 속의 도청기를 들었던 조세화가 사안에 대해 '약간의 의심'을 품지 않았더라면 지금 이 반쯤 전세 내다시피 한 방에 조광의 주먹깨나 쓰는 인물들이 우르르 몰려와 이들의 신분에 아랑곳하지 않으며 해코지를 가하고 있었을 것이다.

분노가 극에 달한 조세화는 외려 차분하게, 억양이라곤 거의 없는 어조로 입을 뗐다.

"박사님께서는 방금 하신 말씀에 책임을 지셔야 할 겁니다."

그래서 양상춘은 몹쓸 꼴을 당하기 전 자신의 의견을 개진할 여유를 가질 수 있었다.

"그래, 애당초 내가 여기 발걸음을 하게 된 이유도 그것 때문이지."

"……."

"자네도 들어서 손해는 없을 걸세. 왜냐면 그렇기에 조설훈 씨를 살해한 범인이 누구인지 자네도 생각해 봐야 할 테니까."

조설훈을 살해한 범인?

그 말에 역설적이게도 조세화는 조금 냉정을 찾을 수 있었다.

양상춘의 말마따나 조지훈을 살해한 것이 조설훈이라고 한다면, 조설훈이 싸늘한 주검이 되어—그것도 처형을 당하듯 굴욕적인 모습으로—돌아온 책임자 또한 따로 존재한다는 의미일 테니까.

"그러면 박사님 말씀은, 저희 아버지가 누군가에게 살해를 당했다는 말씀입니까?"

"음."

양상춘이 고개를 끄덕였다.

"그에 앞서 몇 가지 이 이야기에 등장하는 인물 몇 명을 소개하는 것으로 출발하지. 자네는 방금 전 내가 경찰 내부에 조광과 내통하던 비리 경찰이 있었다고 한 걸 기억하고 있을 것이네."

"……."

"배성준 형사라고 하는 인물이지. 도중에 수사가 중단되고 말았지만, 우리는 그가 몇 해 전 조광이 후원하는 재단을 통해 아내의 치료비 및 수술비를 지원받는 것으로 조광과 거래를 시작했단 것을 알아냈다. 비록 그 아내는 치료의 보람도 없이 사망하고 말았지만 배성준 형사는 이후로도 쭉 조광과 유착을 이어 갔지."

양상춘이 말을 이었다.

"그리고 어느 시점부터 배성준 형사는 자신의 비리가 들통났다는 것을 눈치챘다. 개인적으로 이때는 김보성 검사의 대처가 미흡했다고 보지만……."

"그건 지금 박사님 개인의 감상을 언급해야 할 만큼 중요한 일인가요?"

"실례했군. 본론으로 돌아가지. 아무튼 내사를 앞둔 배성준은 조설훈과 '마지막 거래'를 하고자 하였을 걸세. 조설훈 역시 경찰이 냄새를 맡았으니 배성준과 거래가 이제 끝날 것임을 알았겠지. 조광과 내통하던 배성준의 혐의 자체는 그 시점에서 이미 부인할 수 없는 것이 되었고, 조설훈은 아마 적당한 자리를 대가로 그에게 거래를 권했을 것이야."

조세화가 양상춘의 말을 받았다.

"그 거래라는 것이, 작은아버지를 죽이는 것인가요?"

"맞아. 의외로 자네와는 말이 잘 통하는군."

그 뻔뻔한 말에 조세화가 양상춘을 노려보았다.

"박사님께서는 제가 지금 박사님께 배려를 하고 있다는 걸 알아주셨으면 합니다. 다른 길로 새지 말고 계속하시죠."

조세화의 살기에 눌린 것은 아니겠지만, 양상춘은 고개를 끄덕인 뒤 이 일에 더 이상 사견을 보태지 않았다.

그는 오늘 강하윤에게 말했던 '조지훈이 조설훈을 살해하지 않은 이유'를 간추려 말했다.

양상춘의 짧지 않은 이야기가 이어지는 사이, 접시 위의 샌드위치 겉이 꺼슬꺼슬하게 말랐고, 양상추가 시들해졌다.

조세화의 컵에 담긴 얼음이 녹아 형태가 뭉그러지고, 강하윤 앞의 손도 대지 않은 오렌지 주스가 미지근해지다 못해 컵 표면에 물방울조차 맺히지 않게 되었을 때 양상춘의 말은 끝이 났다.

그리고 이야기를 듣는 과정에 조세화는 양상춘으로부터 경찰이 수사한 몇 가지 증거 내용을 자연스럽게 알게 되었다.

한편 강하윤은 양상춘의 입에서 나온 '기밀'일 수도 있는 내용에 대해 제지를 할 수 없었는데, 강하윤은 양상춘이 자신이 끼어드는 것을 방지하기 위해 의도적으로 분위기를 험악하게 만든 것은 아닌가, 하고 생각했다.

어쨌건 조세화는 곁가지로 새지 않은 양상춘의 말을 인내심 있게 들었다.

"……그럼, 저희 아버지가 작은아버지를 살해할 동기가 있었다고 치고 몇 가지 여쭙겠습니다."

조세화가 말을 이었다.

"박사님 말씀대로라면, 아버지는 어째서 그 일에 배성준 씨라는 형사님을 끌어들일 필요가 있었던 거죠? 오히려 이런 일은 아는 사람이 적을수록 좋은 일일 텐데요."

그사이 평정을 되찾은 조세화의 분석은 마치 남 이야기를 하듯 냉정했다.

"오히려 이렇게 생각해 볼 수 있겠지. 내가 박상대의 죽음이 '변수'였다고 말한 건 기억하나?"

조세화가 담담히 고개를 끄덕이자 양상춘은 만족한 듯 말을 이었다.

"그래, 조설훈 입장에 박상대는 그런 식으로 죽으면 안 되는 인간이었네. 세간에선 해외로 도피해 연락이 끊어졌다고 알려질지언정, 그 행선지와 죽음이 드러나선 안 됐지."

"……."

"그러니 죽음이란 때론 그 자체보다도 방식이 중요하다고 할 수 있어."

죽음의 방식.

조세화가 눈을 가늘게 떴다.

"즉, 작은아버지의 시체는…… 외부에 발표되길 그래야만 하는 사인이 필요했다는 의미인가요?"

영리하군.

양상춘이 씩 웃었다.

"음. 그런 의미에서 나는 이렇게 말하겠네. 그렇기 때문에 조지훈은 경찰의 총에 맞아 죽어야만 했다, 고."

강하윤은 오늘 양상춘이 자신에게 '권총을 사용하는 일의 비합리성'을 이야기하려던 걸 머릿속에 떠올렸다.

그는 총이라고 하는 무기의 효율성을 운운하기에 앞서, 그건 '합리적이지 않다'고 말했다.

'그것과 관련이 있는 걸까?'

양상춘이 조세화를 보며 말을 이었다.

"자네는 조지훈의 죽음으로 가장 큰 이득을 볼 사람이 누구라고 생각하나?"

조세화가 탐탁지 않아 하며 대답했다.

"박사님께선 그게 저희 아버지라고 생각하고 계시겠죠."

"그래."

양상춘은 부정하지 않았다.

"조광 그룹 내부의 사정이 어떻게 되는지는 나도 구체적으로 모르지만, 장남이 살인을 한 데다가 조직 차원에서 이를 덮고자 한 정황이 드러난다면, 이는 전에 없던 스캔들로 발전하게 된다는 것만큼은 분명하겠지. 그리고 그건 자네 부친에게 결코 득될 일은 아닐 것일세."

"……."

"하지만 조지훈이 죽으면 조설훈 씨의 비밀을 아는 사람도 사라지고, 조성광 회장의 유산도 고스란히 자네 부친의 것이 된다. 그렇게만 되어 준다면 조설훈 씨는 살인범의 아버지라는 연좌적인 업에도 불구하고 상속분을 더해 압도적인 지분으로 이사 및 주주들에게 큰 소리를 낼 수 있어."

확실히.

조설훈에겐 조지훈을 살해할 '(이런 표현이 윤리적으로 적절치는 않지만)실리적인 동기'가 충분했다.

심지어 조세화는 입 밖에 내지는 않았으나, 조설훈에겐 조지훈을 살해할 '감정적 동기' 또한 없진 않으리라고 내심 생각하고 있었다.

조설훈은 사건이 있기 전날 밤, 조세화를 통해 조지훈이 트로피에 도청기를 숨겨 2차 도청을 시도했다는 것을 알고는 길길이 날뛸 만큼 분노했다.

그로 인해 조지훈은 조설훈의 신뢰를 잃었고, 그건 조설훈이 고립무원의 상태에 빠졌다는 의미이기도 했다.

이 상황에 조설훈이 선택할 만한 요소는 많지 않다.

더욱이 당시만 하더라도 조성광의 유언은 공개되지 않았고, 따라서 조설훈은 자신과 조지훈이 조성광의 유산을 절반씩, 그 외엔 6 : 4 정도의 비율로 상속 받으리라 생각했을 것이다.

자신의 형제마저도 믿지 못하게 된 조설훈은 다분히 자의

적이며 충동적이고 어리석은 명령—어쩌면 구시대에는 통했을지 모를—을 내렸다.

조설훈도 나름대로는 지유진을 납치하는 것으로 지동훈의 법정 증언을 무력화하는 동시에 자신의 영향력을 과시하려는 의도가 있었을 것이다.

하지만 그 일은 도중에 SBY라는 아이돌 그룹이 개입한다고 하는, 그 누구도 예상하지 못한 운명의 장난으로 인해 무산되고 말았다.

그건 천하의 조설훈, 아니, 전성기의 조성광 회장이라 할지라도 덮을 수 없는 사건이 되고 말았다.

이때 만약 조설훈의 부하가 무사히 지유진을 납치했더라면, 아니, 조금만 더 일찍 유언장이 공개되어 자신이 조세화의 몫을 가져 올 수 있다는 것만 알았더라도 그는 조지훈을 살해하려 하지 않았으리라.

그렇다곤 하나, 그것도 결국은 만약의 이야기에 불과하다.

조설훈이 (자신이 지배하는)회사를 지키려면 조성광의 지분 상당량이 필요했고, 이미 조지훈에게 독자적인 꿍꿍이속이 있었다는 것을 알게 된 이상, 그 상황에선 하이에나 같은 이사들과 손잡은 조지훈을 당해 낼 수 없으리란 계산이 섰으리라.

한편 박상대를 도와 정순애의 시체를 훼손한 자신과 달리 조지훈은 '깨끗'하다.

조지훈이 트로피를 회수하여 도청한 내용을 경찰에게 넘긴다면 조설훈에게 기다리는 건 검찰의 기소 및 압수수색 영장이리라.

그러잖아도 승계를 앞두고 분식회계로 지분을 뻥튀기해 둔 조설훈의 입장에 그것만큼은 피해야 했다.

따라서 조지훈의 죽음은 조설훈이 선택할 수 있는 몇 안 되는 방법 중 한 가지가 된다.

그러니 조지훈만 '제대로 죽어 준다면' 이는 조설훈에게 고르디우스의 매듭을 끊을 수 있는 칼이 된다.

양상춘은 조세화의 안색을 살핀 뒤 다시 입을 뗐다.

"그렇기에 조지훈의 죽음은 공개적이어야 하고, 그 사인은 명확해야 하네. 만일 조지훈이 '실종'되거나 그 사인이 '누구라도 행할 수 있을 법한' 것이 되어선 안 돼."

"그렇겠죠. 박사님의 가설 속 예정대로라면 작은아버지의 명확한 죽음으로 아버지는 당시 유일무이한 상속 대상이 될 테니까요."

조세화가 머리를 쓸어 넘겼다.

"하지만 그것도 어디까지나 동기에 불과한걸요. 그렇게 따지면 세간에 알려진 대로 작은아버지가 저희 아버지를…… 살해한 것 역시 마찬가지라고 보는데요."

조세화는 '살해'라는 말을 입에 담는 데 저항감이 있는지 인상을 살짝 찡그렸다.

"어차피 작은아버지 입장에도 아버지가 죽으면 할아버지의 유산을 오롯이 물려받을 수 있게 되지 않나요?"

실제 증여가 어떻게 이루어질지는 조설훈도 몰랐던 일이니, 조지훈 역시 당시엔 그 대상에 조세화 자신이 포함될 줄은 몰랐겠지만.

"맞아. 동기의 측면에서만 보자면 조지훈 역시 살해 동기도 부족하진 않지."

양상춘이 말을 이었다.

"하지만 조지훈 입장에서는 가만히 있기만 해도 자신이 회사를 차지할 수 있을 텐데, 굳이 그런 리스크를 감수해 가며 행할 까닭이 있을까?"

"그것도 박사님 생각이죠."

조세화가 싸늘한 말씨로 대답했다.

"저희 회사 사정입니다만, 작은아버지는 아버지와 달리 세력이 작고 회사 장악력이 뛰어나지 않아요. 설령 그 일로 아버지가 실각한다 하더라도 작은아버지가 회사를 장악하고자 한다면 사내 이사들과 주주들의 반대에 맞서야 할 거예요. 그러니 작은아버지 입장에선 아버지 몫의 할아버지의 상속 지분까지 받아 내야 해볼 만한 일이 될 테죠."

그런 건 조광 내부 관계자만이 아는 내용일 터.

양상춘은 흥미롭다는 듯 조세화의 말을 받았다.

"세화 말은 즉, 동기 면에선 조지훈도 부족하지 않다?"

"그렇죠. 이것도 박사님은 부외자여서 모르고 말씀하신 거겠지만요."

조세화가 말을 이었다.

"그러니 만일 이번 사안을 동기의 측면에서 접근하신 것뿐이라면 저도 더 이상 박사님의 허무맹랑한 이야기를 들을 필요가 없단 생각이 드네요."

"좋네. 그렇다면 동기 면에서는 조지훈도 그에 못지않았다는 전제로 사건을 추리해 보지."

양상춘의 표정을 힐끗 살핀 강하윤은 그 얼굴에 드리운 희미한 미소에서 그가 조세화를 상대로 한 이 대화를 즐기고 있는 것 같다는 생각마저 들었다.

'박사님은 지금 우리가 처한 입장이 어떤지 이해는 하고 있는 걸까.'

양상춘이 말했다.

"그러면 이것이 조지훈의 계획범죄였다고 해 보겠네. 하지만 조지훈이 자네의 부친을 살해하고자 하였다면, 그 계획은 빈틈투성이야."

"어째서죠?"

"일단, 조지훈이 자네의 부친을 살해한 방법이 문제가 되겠군."

"……."

양상춘은 조세화를 보며 이젠 숫제 다리를 꼬고 앉았다.

"자네의 부친은 토카레프라고 하는 자동권총에 의해 살해되었다. 이 이야기는 아까 했을 걸세."

조세화는 양상춘의 입에서 조설훈의 죽음이 언급될 때마다 느끼는 꺼림칙한 기분을 감추지 않으며 인상을 찌푸렸다.

"……계속해 보시죠."

양상춘이 조세화의 말을 받았다.

"이때 조지훈이 상식이 있는 사람이라면, 그런 방식으로 조설훈 씨를 살해할 까닭이 없어. 경찰이 조설훈 씨의 시체를 부검해 그것이 토카레프에 의한 총상임을 밝혀냈을 테니까."

조세화가 양상춘의 말을 받아쳤다.

"탄조흔 이야기라면, 저도 오늘 박사님께 처음 들은 것입니다. 보통은 그런 게 있을 거란 생각을 하지 못할 거예요."

"보통은 그렇지. 보통은 총이라면 다 그게 그거란 생각을 할 테니까."

"작은아버지도 그렇게 생각했겠죠."

조세화가 말했다.

"다만 탄조흔의 존재를 모르더라도 '권총으로 살해하는 것'에 대한 리스크가 따른다는 것쯤은 저 같은 문외한이라도 잘 알 거예요. 경찰이 조사하면 사인이 어떤지 정도는 알 것이고, 총상이라는 건 다른 사인과 구분이 더욱 뚜렷하니까요."

조세화는 잠시 뜸을 들이더니 재차 말을 이었다.

"하지만 저는 작은아버지가 박사님의 가설대로 '시체를 공개적으로 보이게' 할 생각이 있었다고 보지 않아요. 그렇게 따지면 애당초 트렁크에 든 시체가 걸리죠. 그러니 작은아버지는 트렁크 속의 시체를 처리하는 일과 더불어 아버지의 시체 역시 흔적이 남지 않게끔 처리하려고 하지 않았을까요?"

양상춘이 고개를 끄덕였다.

"즉, 세화 말은 조지훈이 트렁크 속의 시체를 '숨기는 것처럼' 조설훈 씨의 시체도 처리하려 했을 것이다?"

"예."

"그렇게 된다면 경찰은 어느 날 갑자기 사라진 조설훈 씨에 대해 어떻게 생각할까?"

그 말에 조세화는 자신이 말한 견해 속의 모순점을 깨달았다.

조세화가 선뜻 대답하지 못하자 양상춘이 그 침묵 사이를 비집고 말을 이었다.

"만일 모든 일이 잘 맞아떨어져 조설훈 씨가 단순 실종 처리가 된다 하더라도, 그건 조지훈 입장에 득될 것이 없지. 그 역시도 유산을 온전히 상속받기 위해선 조설훈 씨는 실종되는 것이 아닌, 그 죽음이 세간에 알려질 필요가 있네."

"……."

"차라리 조설훈 씨가 자신을 건드리기 전에 선수를 치려

한 것이라면 자네의 가설도 타당성은 있지. 하지만 내가 보기에는 그런 것 같진 않군. 두 사람은 이미 Paradise Lost라는 술집에서 술잔을 나눴고, 거기서 발견된 마취약 성분으로 말미암아 예상컨대 정황상 둘 중 한 사람은 그날 자신의 최후를 예상하지 못했을 테니까."

조세화는 반박하지 않았고.

"그리고 한 가지 더."

그런 조세화를 보며 양상춘이 덧붙였다.

"만일 조지훈이 조설훈 씨를 '살해'하려고만 했다면, 즉 살해 그 자체가 목적이었다면 구태여 자리를 옮길 필요가 없음이야."

"무슨 뜻이죠?"

"앞서 말했듯 현장에서 발견된 인물들은 술집을 들른 뒤 자리를 옮겼다. 합리적으로 생각한다면 굳이 먼 곳까지 자리를 옮길 필요 없이 현장에서 살해하는 것만으로도 충분하다는 걸세. 더군다나 상대는 이미 마취가 되어 있으니 저항을 고려할 필요도 없겠지."

조세화가 이죽거리듯 양상춘의 말을 받았다.

"즉, 박사님의 가설은 어디까지나 '살인 방법의 합리성'에 집중한 것이군요. 하지만 살인이라는 것 자체가 이미 비합리적인 요소는 아닌가요?"

"그건 생각하기 나름이라고 보네. 만약 자네가 나와 살인의 윤리적 문제를 논하고자 한다면……."

조세화는 신경질적으로 양상춘의 말을 끊었다.

"그럴 생각은 없어요."

조세화가 말을 이었다.

"제 말은 어디까지나 모든 것이 합리적으로만 돌아가진 않는단 거죠. 애당초 박상대 씨가 살인을 한 것조차 우발적이었고, 그 죽음도 우연한 요소라고 말씀하지 않으셨나요?"

"사안과 다른 논제를 끌고 들어오는군. 하지만…… 좋아. 그런 것도 고려는 해 봄 직하네. 조지훈에게 조설훈을 직접 총으로 살해해야만 하는 심적 동기가 있었다면, 그건 내가 추측할 수 없는 일이니까."

"……."

"다만, 내가 조설훈 씨를 조지훈 살해 용의자로 판단한 건 그 와중 그나마 퍽 합리적이라네. 여기엔 '하필이면 그 현장을 택한 이유'와 '트렁크 속 시체의 존재 이유'까지 해명되지. 게다가……."

양상춘은 일부러 뜸을 들인 뒤 말을 이었다.

"내 가설을 끝까지 듣고 나면, 자네는 분명 듣길 잘했단 생각마저 들 걸세. 더군다나 어차피 지금은 자네의 부친이 조지훈을 살해하였다고 한들 이제 와서 기소가 될 리도 없지 않은가?"

"……."

조세화는 양상춘의 말에 호기심과 불쾌감이 반씩 섞인 얼굴을 했다.

"박사님이 주장하시는 합리성이라는 게 모든 걸 설명할 수 있다고는 보지 않지만, 이제 와서 이야기를 듣지 않고 돌려보내는 것도 예의는 아니니…… 들어만 보겠어요."

넘어왔군.

양상춘의 입가에 희미한 미소가 걸렸다.

"좋아. 그러면 자네도 동의한 바이니 내가 생각한 '조설훈 씨의 조지훈 살해 계획'에 대해 말해 보지."

양상춘은 강하윤 앞에 놓인 미지근한 주스를 마셔 입술을 적신 뒤, 입맛을 다시며 입을 뗐다.

"일단, 조지훈이 탄조흔의 존재를 알고 있었는가의 여부와 별개로, 조설훈 씨는 그 존재를 알고 있었을 것이라 보네."

조세화가 미간을 찌푸렸다.

"제가 아는 아버지는 그런…… 신변잡기적인 일에 관심을 가지는 분이 아니십니다."

양상춘은 담담한 얼굴로 고개를 끄덕였다.

"그럴지도 모르지. 하지만 그는 알 수밖에 없었을 걸세. 왜냐면 탄조흔이란 증거 요소는 박길태가 죽었을 때 경찰 내부에서 언급된 수사 내용이니까."

"……아버지가 그 경위를 알게 된 건."

"그래. 배성준 형사를 통해서겠지. 배성준은 자네의 부친에게 불리한 증거를 감추는 한편, 그 수사 내용을 공유했을 거야. 그러니 조설훈 씨는 응당 '살해에 쓰이는 총'을 분별해야 한다는 것도 알고 있었을 것이고. 그렇기에 조지훈은 '경찰의 총'에 죽어야 했네. 실제로도 부검 결과 조지훈은 경찰에게 지급되는 총기에 의해 사망했다."

"……."

"그러자면 그 일에 배성준 형사의 협력이 필수불가결하다는 것쯤은 자네도 이해하고 있겠지."

조세화가 말없이 고개를 끄덕이는 걸 보며 양상춘이 말을 이었다.

"조설훈 씨는 그래서 이 일에 배성준을 끌어들였을 것이다. 어쩌면 하청 업체 중 한 자리를 마련해 준다는 제안을 했을지도 모르겠군. 이미 배성준에 대한 내사가 진행 중이었던 데다가 혐의는 확정된 것이나 다름없었으니, 그는 남겨진 가족의 생계 때문에라도 다른 선택을 고려할 여지가 없었겠지."

"……남겨진 가족요?"

"아들이 둘 있었다고 들었네."

양상춘을 통해 배성준의 가정환경을 들은 조세화의 표정은 복잡했다.

"그러면 배성준 형사는 아버지의 제안에 응한 건가요?"

"……."

의외로 양상춘은 대답을 망설이더니 모호한 답을 내놓았다.

"나도 그 부분은 잘 모르겠군."

"예?"

"나도 생각하고 있는 건 있어. 하지만 내가 생각한 범주에서 배성준 형사의 행동 양태는 합리적이지 않아."

"……."

양상춘은 잠시 생각에 잠겼다가 머리를 벅벅 긁었다.

"흠, 죽은 사람은 말이 없는 법이니, 생각해 봐도 소용없겠지. 아무튼 배성준은 '일단' 조설훈 씨의 제안에 응했다."

조세화는 그녀가 알고 있던—그래 봐야 오늘 처음 본 사이에 불과하지만—양상춘답지 않게 모호한 말을 들으며 고개를 끄덕였다.

"알겠습니다. 다음은요?"

"조설훈 씨의 제안에 응한 배성준은 예의 Paradise Lost라는 술집으로 향했지. 이때 누가 먼저 도착해 있었는가는 중요하지 않아. 어쨌건 그는 거기서 조설훈 및 조지훈과 만났다. 조설훈은 처음부터 한통속이었던 술집 주인인 곽남훈을 시켜 얼음에 약을 타 두었어. 차츰 시간이 지나 얼음이 녹아 감에 따라 조지훈에게는 약기운이 돌았고……."

양상춘은 거침없이 자신의 추리를 이어 갔다.

"마취약에 취한 조지훈이 움직이지 않게 되자 조설훈은 조지훈의 개인 운전기사를 호출했다."

조지훈의 운전기사?

강하윤은 양상춘의 말에 의아해하며 그를 쳐다보았다.

'혹시 트렁크에서 시체로 발견된 이기태란 인물 말씀인가?'

석동출의 증언을 토대로 '조지훈이 조설훈을 살해했다'고 판단한 경찰은 트렁크에서 발견된, 이번 사건에 대해선 아무것도 모를 것 같은 새파란 젊은이가 조설훈의 운전기사였으리라 생각하고 있었다.

그리고 거기서 강하윤은 퍼뜩 스치고 지나간 생각을 붙잡았다.

'……운반.'

박강선을 태우러 가는 길에 양상춘은 강하윤의 이야기를 듣곤 거들먹거리며 '운전기사를 운반에 사용했다는 점은 흥미롭다'는 말을 했다.

'하긴, 최소 90Kg은 넘어 보이는 조지훈을 옮기려면 한 사람이라도 많은 손이 필요했을 거야.'

강하윤이 생각한대로, 양상춘은 그들이 조지훈의 운전기사를 불러 그를 차까지 운반했을 것이란 말을 했다.

"그 뒤, 곽남훈은 운전기사를 교살한 뒤 트렁크에 싣고 운전대를 잡았다. 그 뒤를 배성준과 조설훈 씨의 차가 각각 따라 붙었을 거야."

"……."

"이후 조설훈 씨의 계획은 이러했을 것일세. 부패 경찰 배성준은 조지훈과 내통 중이었고, 어떤 이유로 다툼 끝에 배성준은 '정당방위'를 행사하였다. 이는 전시 상황과 더불어 몇 안 되는 합법적인 살인이지. 게다가 '공교롭게도' 그들이 향한 현장은 조지훈의 부하가 드럼통에 무언가를 태우다가 배성준 형사에게 체포된 장소와 동일하다. 흠, 구태여 그 장소를 택했단 건 실제로도 조설훈 씨는 배성준이 조지훈과 이미 내통하고 있었단 걸 알고 있었나 보군. 어쨌건 그 뒤 조설훈 본인은 곽남훈과 함께 자신의 차를 타고 현장을 떠나기만 하면 알리바이가 완성될 뿐만 아니라 조지훈의 죽음은 자연스레 세간에 알려지게 될 터."

불쾌하기는 했지만, 제법 합리적이었다.

조세화는 자신이 인상을 찡그리고 있다는 것을 자각하지 못한 채로 양상춘을 보았다.

"그런 이유라면 굳이 아버지가 사건이 벌어진 장소까지 동행할 까닭은 없으신데요. 더군다나 굳이 가야만 한다면, 아버지는 그때 배성준 형사라는 분과 동행하면 되지 않았을까요?"

언뜻 들으면 상식적인 그 말에 양상춘은 손가락 두 개를 펼쳤다.

"물론 나 역시 그건 타당한 의문이라고 생각하고 있네만,

거기엔 두 가지 이유가 있네."

"두 가지요?"

"우선, 알리바이를 위해서라도 조설훈 씨는 그 자리에 없었어야 하네. 버스도 다니지 않는 변두리까지 가서 할 일을 마치고 돌아오려면 그에 합당한 교통수단도 필요하지 않겠나? 게다가 트렁크에 들어 있는 시체도 처리해야 할 테니 조설훈 씨의 차는 필요 불가결한 요소일세."

"……."

양상춘이 손가락 하나를 접었다.

"또 한 가지 이유론 결과적으로 배성준 형사는 조설훈을 배신한 모양이니, 그에 따른 대비겠지."

양상춘의 대수롭지 않은 듯한 말에 강하윤은 홱 고개를 돌려 그를 보았다.

배신?

"예? 그게 무슨 말씀입니까?"

양상춘은 모처럼 입을 뗀 강하윤이 신기하다는 듯 그녀를 쳐다보았다.

"그야 물론 차를 나눠 타는 것보단 함께 있는 것이 견제엔 도움이 되는 법이지만, 동시에 그건 괜한 위험을 자초할지도 모르는 일이기도 하지 않나. 어차피 배성준을 협박할 거라면 남은 가족만 들먹여도 충분하니 말일세."

강하윤이 고개를 저었다.

"아뇨, 제가 궁금한 건 배성준 형사가 조설훈 씨를 배신했단 부분입니다."

"아, 그건가."

양상춘이 어깨를 으쓱였다.

"나도 그 부분은 결과에 맞춰 사고를 연역했을 뿐, 명확치 않네. 심지어 그가 처음부터 조설훈의 제안을 역으로 이용하려 한 건지, 아니면 막판에 와서 최후의 일선은 넘지 말아야겠다고 생각했는지, 그조차도 알 수 없어."

"⋯⋯."

"아까 말했다시피, 이제 와서 우리가 배성준의 의도가 무엇이었는지 알아낼 도리는 없으니까. 다만, 내 생각엔 처음부터 조설훈의 제안에 응하려 하지는 않았던 것 같네만."

"⋯⋯그럼, 왜 그렇게 생각하셨습니까?"

강하윤의 조심스런 질문에 양상춘이 턱을 긁적였다.

"이것도 결국엔 가설이겠지만, 내가 그나마 '배성준은 처음부터 조설훈의 제안에 응할 생각이 없었다'는 설에 무게를 둔 건, 나는 그가 처음부터 총을 두 자루 챙겨 두었으리라 생각하고 있어서라네."

강하윤이 눈을 껌뻑였다.

"권총을 두 자루⋯⋯."

"출처는 물론 자신의 버디인 석동출이란 형사겠지. 게다가 어차피 총이란 결국 도구에 불과하니, 명의와는 별개로 누가 사용하건 간에 상관없는 것이지 않나?"

맹점이라면 맹점이었다.

강하윤이 그런 사소한 맹점을 떠올리지 못한 건, 석동출의 위증에 영향을 받은 것도 있었다.

석동출의 '현장에서 함께 총격전을 벌였다'는 증언으로 말미암아 생각은 자연스레 석동출에게 경찰 제식 권총이 들려 있으리란 선입견으로 이어졌고, 이는 석동출이 동시간대에 있었으리라는 인식으로 작용했다.

'즉, 박사님은 처음부터 석동출 형사의 증언을 배제하고 현장 증거만을 토대로 추리하신 거야.'

양상춘의 가설에 동의하건 말건, 그건 반성해야 할 부분이었다.

'게다가 어쩌면…….'

생각에 잠긴 강하윤을 뒤로하고 양상춘이 말을 이었다.

"내가 프로파일링을 전문적으로 공부한 건 아니지만, 조설훈 씨는 근본적으로 타인을 믿지 않는 부류의 사람일 걸세."

거기까지 말한 양상춘은 노골적이리만큼 아차하며 조세화를 보았고, 그녀는 떨떠름해하는 얼굴로 고개를 끄덕였다.

"그러실 거예요. 아마."

"따님의 말이라면 믿을 수 있겠군. 아, 그래. 이 기회에 말해 두지. 이 사안은 배성준이 술집에서 제안을 거절하지 않고 현장까지 동행한 것과 무관하지 않네. 조설훈 씨는 술집에서 배성준이 가진 경찰 제식 권총을 넘겨받았거나 했을 거야. 아마 현장에서 최종 발견된 무기인 토카레프로 협박을 했을 듯하군."

"……."

"다시 현장으로 이야기를 돌리지."

양상춘은 담담한 말씨로 이야기를 이어 갔다.

그리고 양상춘은 그 특유의 확신에 찬 어조로 실제 현장에서 있었던 것과 유사한 추리를 해냈다.

다만 그도 조설훈이 약실에 실탄이 아닌 공포탄을 넣어 배성준에게 건넸다는 발상엔 이르지 못했고, 배성준의 배신을 확인한 조설훈은 곽남훈이 막아서는 사이 손에 들고 있던 토카레프로 배성준을 쏘았을 것이란 가설을 말했다.

"여기서 조설훈이 처음부터 직접 조지훈을 쏘지 않은 까닭까지는 나도 모르겠네만……. 어쨌건 배성준의 죽음은 조설훈의 기대를 저버리기로 한 그 선택과 무관하지 않았을 거야."

양상춘이 말을 이었다.

"만일 그가 눈 가리고 조설훈의 제안에 응했더라면 조설훈의 비호하에 안정적인 생활이 보장되었겠지. 막말로 직접 손을 더럽힐 것도 없이 총기만 빌려주고 아무 일도 하지 않아도 조설훈은 상관하지 않았을 걸세. 조설훈 씨에게 필요한 건 배성준의 존재와 그 권총뿐이니까. 조설훈 역시도 구태여 배성준을 토사구팽(兎死狗烹)할 까닭은 없고, 만일 하더라도 그땐 그때 가서 다시 고려해 볼 일이지."

양상춘은 냉소적으로 말했으나, 강하윤은 그 말에 자신이 배성준에 대해 그를 '부패 경찰'이라는 색안경을 낀 채 사고하고 있었다는 걸 비로소 자각했다.

'……그런 거였구나.'

사안을 객관화하다 못해 냉소적으로 바라보는 양상춘과 달리, 강하윤이 막연하게나마 그런 생각을 떠올릴 수 있었던 건, 그녀가 경찰이기 때문이었다.

'배성준 형사는 늦게나마 모든 걸 바로잡으려 한 거였어.'

무릇 경찰이라면 누구라도 법과 정의의 수호에 대한 신념과 그 신념을 지킬 용기가 있는 것이다.

비록 배성준이 부패 경찰로 그 커리어를 끝마쳤을지언정, 경찰 임명장을 받은 당시의 초심은 분명 가슴 한구석에 남아 있었을 것이라고, 강하윤은 생각했다.

'그리고 석동출 형사님이 위증을 한 까닭도.'

그녀가 아는 석동출이라면, 막판에 마음을 고쳐먹은 배성준의 그 계획에 총을 건네주며 마지못해 동참했으리라고, 강하윤은 생각했다.

'……하지만 별로 친하지도 않은 내가 물어도 그는 대답하지 않겠지.'

동시에 강하윤은 석동출이 그저 버디였단 인연으로 얄팍

한 의리를 지키고자 위증을 행한 것만은 아님을 깨달았다.

'진짜 경찰로 돌아온 선배를 향한, 그 나름의 예우인 걸 거야.'

또, 그 위증에 바탕을 둔 결과론이긴 하나 배성준은 '순직'으로 그 명예를 지켜 냈으니까.

'어쩌면 선배님도 그런 생각에 도달하신 까닭에 박사님이 진실을 밝히는 것에 거부감을 느끼신 걸지도 몰라.'

강하윤은 입 안쪽이 씁쓸해짐을 느꼈다.

물론 그런 생각을 전하면 양상춘은 이죽거리며 그 말을 받아들일 테니, 강하윤은 아무런 말도 하지 않았지만.

양상춘은 그런 강하윤을 힐끗 쳐다보더니 다시 고개를 돌려 조세화를 향했다.

"이로써 배성준은 '조지훈이 들고 있던' 토카레프에 의해 순직하였고, 조지훈은 배성준 형사의 정당한 맞대응으로 인해 유명을 달리하였다. 곽남훈이라고 하는 충신이 사망하긴 하였으나, 이만하면 조설훈 씨의 계획은 성공을 거뒀다고 할 수 있겠군."

조세화가 입술을 잘근 씹었다.

"물론 거기서 끝은 아니겠죠."

"그래."

양상춘이 고개를 끄덕였다.

"이제부터는 자네의 부친이 사망하게 된 경위를 이야기하게 되겠군."

양상춘의 입에서 '조설훈이 사망하게 된 경위'가 언급되자, 조세화의 표정이 딱딱하게 굳었다.

"저희 아버지가…… 어떻게 돌아가셨는지에 대한 건가요."

"그래. 이 모든 이야긴 지금부터 할 이야기를 위한 포석이었던 셈이지."

양상춘은 자세를 고쳐 앉았다.

"우선 자네가 알아 둘 건, 경찰 측이 알고 있는 '조지훈이 조설훈을 살해하였다'는 수사 내용은 현장에 있던 어느 형사의 증언에 입각하고 있다는 것이다."

조세화는 지금껏 양상춘이 말한 '가설'과 위배되는 내용으로 위증한 것이 마치 그라도 되는 양 양상춘을 노려보았다.

"누군가요? 그 사람이 저희 아버지를 살해하였습니까?"

"그럴까 봐 일부러 익명 처리를 했다만."

"……제가 마음만 먹으면 이 자리에서 그 위증자의 이름을 알아낼 수도 있을 것 같은데요."

말마따나 조세화가 조금만 목소리를 높이면 바깥에 있는 그녀의 부하들이 우르르 방으로 들이닥칠 것이다.

강하윤은 그 말에 공연히 온몸의 근육에 긴장을 주었다.

'맞아, 지금은 호랑이 굴에 들어온 것이나 다름없었지.'

지금은 어엿한 대기업으로 분류되고 있으나, 조광은 결코 깨끗한 회사는 아니었다.

그건 이미 공공연한 비밀이었다.

'지금 조광 그룹 내에서 조세화의 영향력이 어느 정도인지는 모르겠지만, 바깥의 저들은 필요하다면 무력 사용도 불사할 거야.'

최악의 경우엔 조세화를 인질로 잡고 지원을 요청해 호텔을 빠져나가야 할지도 모른다.

'응?'

양상춘은 마치 걱정하지 말라는 듯 탁자 아래로 내린 팔로 그런 강하윤의 몸을 툭 건드렸다.

'그래, 박사님도 믿는 구석이 있으시겠지.'

강하윤은 어깨를 아래로 축 내렸고, 양상춘이 태연한 어조로 조세화의 말을 받았다.

"자네는 다른 사람들과 달리 아무래도 내 가설을 무척 신뢰하는 모양이군."

"……."

"그건 제법 기쁘지만, 자네가 위증을 행한 형사에게 해코지를 가한다고 해서 상황은 달라지지 않네. 오히려, 또한 만일 세화가 어떤 형태로든 그걸 인정한다는 걸 남에게 알리게된다면, 자네의 부친이 피해자가 아닌 가해자에 속해 있다는 걸 세간에 공표하는 일이 되지 않겠나?"

조세화는 불쾌함을 얼굴에서 감추지 않으며 의자에 등을

기댔다.

"좋아요. 상황은 이해했습니다. 게다가 어차피, 이 모든 이야기는 박사님의 가설에 불과한 것이기도 하고요."

말은 그렇게 했지만, 그 '익명의 형사'가 누구인지 쯤은 알아내고자 하면 못 알아낼 것 없다는 투였다.

"배려에 감사하지. 일단 오해가 없도록 말하자면, 그 익명의 형사는 자네의 부친을 해하지 않았네."

"……."

조세화가 눈썹을 씰룩였다.

"지금 박사님의 가설을 말씀하고 계신 거 맞죠?"

"그렇지."

"그러면, 박사님의 가설 속 저희 아버지는 유령이 나타나 살해하기라도 한 겁니까?"

"유령이라."

양상춘이 쓴웃음을 지었다.

"모든 구상이 막힌 최후엔 그것도 가능성으로 고려해 보지."

"……."

"어쨌건, 다시 돌아와서."

양상춘이 말을 이었다.

"당초 계획과는 달리 불필요한 희생자가 늘어나긴 하였으나, 그렇다고 해서 조설훈 씨의 계획이 무산된 것은 아니었네. 현장은 여전히 조설훈의 편이었고, 비록 현장을 수사할 경찰이 거기서 어떤 위화감을 느낄지언정 '조지훈은 배성준에게 살해되었다'고 하는 목적만큼은 달성했으니까."

양상춘도 구태여 말하진 않았지만, 조세화는 자연스럽게 '조설훈이 배성준의 총으로 조지훈을 쏘아 죽였다'는 것을 짐작해 냈다.

조세화의 씁쓸해하는 얼굴을 보며 양상춘이 말했다.

"그리고 정황상 그 형사는 사건이 모두 끝난 뒤에 도착한 듯 보이네. 최종적으로 현장에 남아 있던 건 조지훈의 차, 배성준의 차, 그 형사의 차 도합 석 대였으니 말이야."

조세화는 양상춘의 말에서 어떤 위화감을 느꼈으나, 지적하지 않고 고개만 끄덕였다.

조세화가 끼어들 생각이 없어 보이자 양상춘은 다음 말을 이었다.

"당시 조설훈 씨는 무방비한 상황이었을 거야. 그가 가지고 있던 토카레프는 조지훈의 시체에 들려 주었을 것이고, 배성준 형사의 총은 그 자리에 있어야 했지. 그래서 우리에게 위증을 한 형사가 도착했을 땐 속수무책으로 포박을 당했다."

"······박사님의 가설 속에서 그 형사에게는 총이 없을 텐데요. 아니면, 경찰에게는 두 정 이상의 총이 지급되기라도 하나요?"

조세화의 이죽거림에 양상춘은 태연히 고개를 저었다.

"그 형사가 따로 한 정을 더 챙겼는지 아닌지, 그건 나도 모르네. 감식 결과 현장에서 사용된 총기는 세 정이 전부였으니까."

"……."

"더군다나 굳이 총을 사용하지 않더라도 한창때 형사와 드잡이를 해서 이길 수 있는 사람은 많지 않지. 자네의 부친을 폄훼하는 건 아니지만, 아무래도 연세와 체격을 고려하긴 해야 하지 않겠나?"

조설훈이 그렇게 연로한 것도, 또 평소 체력 단련을 꾸준히 해서 나이에 비해 몸이 탄탄한 편이긴 했으나, 그래도 상대 '형사'가 어떤 인물인지 모르는 마당이니 조세화는 떨떠름해하는 얼굴로 고개를 끄덕였다.

"좋아요. 넘어가죠. 그러면 그 '형사'는 응당 아버지를 현장에서 체포하였겠군요."

양상춘이 고개를 저었다.

"그렇지 않네. 아마 조설훈 씨는 그 상황에서 기지를 발휘하였을 거야. 일종의 거래를 제안했겠지."

"……거래."

"새삼스러운 이야기지만, 자네의 부친은 상대에게 돈이든 지위든, 마음만 먹으면 안겨다 줄 수 있는 신분이지 않나."

그 말에 조세화는 침묵했지만, 그렇다고 그걸 부정하지도 않았다.

"더욱이 아까 말했듯 상황은 이미 '배성준이 조지훈을 살해한 형태'로 종결되었고, 배성준은 조지훈에게 정당방위를 행사했지만 안타깝게도 사망하고 말았지."

"……."

"그러니 임기응변을 발휘하여 이 상황을 바꿔 보자면 조설훈 씨는 조지훈에게 살해당하기 직전 배성준에 의해 구원받았다는 형태로 꾸밀 수도 있음이야. 그러면 배성준 형사는 우리가 익히 알고 있는 정의구현을 한 경찰로 모두의 기억에 길이 남을 수 있게 된다."

양상춘이 말을 이었다.

"그래서 조설훈 씨는 수갑이 아닌, 순순히 '포박'에 응한 것이겠지. 어쨌건 그러려면 결박흔이 남아 있어야 말의 앞뒤가 맞을 거 아닌가."

그 말에 조세화는 문득 '조설훈이 어떤 모습으로 사망했는지'를 떠올리곤 저도 모르게 목소리를 높였다.

"그러면!"

그러며 조세화가 자리를 박차고 일어섰다.

"결국엔 그 형사가 아버지를……."

그 순간 벌컥, 하고 문이 열리며 그녀의 부하가 모습을 드러냈다.

"무슨 일이십니까?"

강하윤은 인기척을 느끼자마자 반사적으로 일어서며 몸을 돌렸고, 양상춘은 강하윤의 팔을 붙잡으며 조세화 대신 대답했다.

"별거 아니오."

"……."

하지만 남자는 조세화의 한마디면 언제든 부하들을 불러 모을 기세로 양상춘을 물끄러미 쳐다볼 뿐이었다.

조세화가 주먹을 꾹 쥔 채 입을 뗐다.

"별거 아닙니다. 돌아가 보세요."

"……예."

정중히 대답한 남자가 나가며 문을 닫자, 양상춘은 '피유' 하고 한숨을 내쉬었다.

"이거 참, 나도 일부러 목소리를 낮춰 말하는 중인데, 세화도 조심 좀 해 주지 그러나."

"……."

"앉지 그래."

조세화는 양상춘을 노려보며 도로 자리에 앉았고.

"자네도."

"……."

양상춘은 강하윤이 자리에 앉길 기다렸다가 다시 입을 뗐다.

"아무튼 다시 한번 그 형사를 변호하자면, 자네의 부친을 살해한 건 그가 아닐세. 세화에겐 앞서 말을 해 두었는데 깜빡한 모양이군."

"박사님께서 그렇게 판단하신 그럴듯한 이유가 있으면 좋겠군요."

양상춘이 어깨를 으쓱였다.

"나도 그 형사는 면식조차 없네. 굳이 나서서 비호해 줄 사이는 아니야."

"……."

"아무튼 '그럴듯한 이유'를 대자면, 그 형사는 발견 당시 다리에 총을 맞은 상태였어. 그래서 지금도 입원 중이지."

"다리에 총상을?"

"그래. 그 형사가 위증한 대로 토카레프에 의한 총상이지."

"……."

"그리고 그건 혼자서 낼 수 있는 상처가 아니야. 하물며 다리에 총상을 입은 채 조지훈의 시체까지 가서 그 손에 권총을 쥐어 준 뒤 다시 자리로 돌아올 여력이라곤 더더욱 없네."

"……아."

조세화는 퍼뜩 깨달았다.

"그러면, 당시 현장엔 그 형사 혼자가 아니었다는 겁니까."

양상춘이 고개를 끄덕였다.

"그래. 아마 그 형사 곁에는 줄곧 '유령'이 있었겠지."

유령.

하지만 그 자체의 사전적 의미와 달리 양상춘이 입에 담은 유령이라는 단어의 뉘앙스는 오컬트적인 것이 아닌, 그 유령이 '정체를 알 수 없는 제3자'임을 함의하고 있었다.

'그게 앞서 말했던, 제3자⋯⋯.'

그 존재를 떠올린 강하윤의 표정이 딱딱하게 굳은 것처럼, 조세화의 얼굴도 굳었다.

"누구죠? 그게."

"나도 모르네. 알았더라면 나도 구태여 문학적 수사를 발휘하지 않았을 거야."

조세화가 입매를 비틀었다.

"그렇다면 그 형사를 찾아 직접 물어보면 될 일이군요."

그 말을 내뱉는 조세화에게선 스산함마저 느껴졌다.

강하윤은 지금이라도 다시 조세화의 부하가 들이닥칠 것 같단 생각을 하며 몸에 긴장을 가했지만, 정작 양상춘은 그런 조세화를 물끄러미 바라보며 툭 하고 입을 뗐다.

"쉽지 않을 걸세."

"⋯⋯그렇게 생각하세요?"

수많은 의미를 함축한 말을 두고서, 양상춘은 담담하게 대답했다.

"아, 물론 지금 세화가 가진 힘이라면 그 익명의 형사가 누군가 하는 것쯤은 금세 알아낼 수 있겠지. 심지어 조광에는 그 형사의 입을 열게 할 여러 가지 지식을 갖춘 인재가 즐비해 있을 것이야."

"……."

"하지만 나는 그런 의미로 한 말이 아닐세. 그 형사도 어쩌면 유령의 정체에 대해선 아는 게 없을 거란 의미거든."

조세화가 무표정한 얼굴로 양상춘을 보았다.

"무슨 말씀이죠?"

"그 형사도 유령에게 협박을 당했을지 모르니까."

"……협박?"

비록 묻듯이 말했지만, 조세화도 그 의미를 몰라서 한 것이 아니었다.

그럴 이유가 없다면, 협박을 가하는 존재가 상대에게 자신의 신분을 드러낼 필요는 없다.

양상춘이 턱을 긁적였다.

"뭐, 협박이라고는 했지만 어느 정도 이해관계가 맞아떨어진…… 그래, 그건 거래라고 보아도 되겠군."

"……."

"어쨌건 얼핏 보기엔 앞뒤가 맞아떨어지는 듯 보이는 그 위증으로 인해 배성준 형사는 순직 처리가 되었고, 그 남겨진 가족에겐 연금이 지급될 테니까."

조세화는 양상춘이 말한 '남겨진 가족'이란 말에 자연스럽게 앞서 언급된 배성준의 두 아들을 떠올리며 입을 뗐다.

"그렇다면 그건 거래였군요. 동료의 남겨진 가족을 위해⋯⋯."

"꼭 그렇다고만은 볼 수는 없네. 앞서 나는 자네에게 이일을 협박이라고 하지 않았나? 심지어 정황상 방아쇠는 그쪽이 쥐고 있었을 걸세. 유령은 먼저 석동출의 다리를 쏘아 저항할 수 없게 만든 뒤 자네의 부친을 살해했을지도 모르는 일일세."

"⋯⋯."

막말로 석동출 형사는 '유령'에 의해 다리에 총상을 입었지만, 그 총상이 석동출의 미간 한가운데를 향했더라도 유령으로선 하등 상관없는 것이다.

강하윤은 생각했다.

'반대로 말하자면, 석동출 형사 역시 조설훈을 죽일 필요까진 없었단 의미인데⋯⋯.'

배성준을 살해한 조설훈에 복수심이 동했다면 모를까.

아니, 설령 복수심이 동했다 하더라도 사람을 죽인다고 하는 건 쉽게 할 수 있는 일이 아니다.

'⋯⋯그 유령이라고 하는 제3자는 마치 처형을 하듯 무저항의 조설훈을 쏘아 죽였지만.'

석동출에겐 조설훈에게 사적 제재를 가하기보단 법적 절차를 밟는 것을 우선시한다는 선택도 있었다.

그리고 이건 어디까지나 강하윤 개인의 감에 기인한 생각이었지만, 그녀는 석동출이 직접 방아쇠를 당긴 것 같지 않다고 생각했다.

총은 정확히 한 발, 조설훈의 후두부를 관통했다.

그리고 강하윤은 그 부검 기록을 본 당시 거기에 아무런 사적 감정도 깃들지 않은 것 같았단 느낌이 들었던 걸 떠올렸다.

'그렇다면 그 유령이란 인물은 아무렇지도 않게 사람을 죽일 수 있는 사람이란 걸까.'

정체 모를 그 존재를 떠올리는 것만으로도 강하윤은 속이 불편해짐을 느꼈다.

양상춘이 말을 이었다.

"그 뒤, 유령은 현장에 총격전이 벌어진 것처럼 만들고자 배성준 형사의 차에 총구멍을 냈고, 조지훈의 시체에 권총을 돌려준 뒤 조설훈 씨의 차를 타고 유유히 현장을 벗어났다. 그래서 결과적으로 현장에는 조지훈, 배성준, 그 형사의 차 석 대만이 남게 되었지."

거기까지 말한 양상춘이 의자에 등을 붙였다.

"자, 내가 생각한 그날의 진실은 여기까지일세. 혹시 궁금한 점이 있다면 얼마든지 물어보아도 좋아."

조세화는 양상춘의 그 여유 만만한 태도를 보며 따귀라도 한 대 올려붙이면 좋겠단 생각을 꾹 눌러 참았다.

"……제가 궁금한 건."

조세화가 말을 이었다.

"그걸 저에게 말씀하신 박사님의 저의예요."

조세화는 그렇게 말하며 옆자리의 강하윤을 힐끗 쳐다보았다.

"보아하니 박사님의 가설은 경찰 입장에서도 그다지 반기지 않는 것처럼 들리거든요."

"말 그대로일세."

양상춘이 대답했다.

"오히려 경찰 입장에선 내 입을 꿰매 버리고 싶겠지. 그래서 나는 이 일을 세화에게 말한 것이고."

"제 말은."

조세화가 숨을 고른 뒤 양상춘을 지그시 쳐다보았다.

"경찰의 입장을 뒤집어 가면서 굳이 저를 찾은 박사님의 목적이 뭐냐는 겁니다."

"내 동기는 지극히 단순하다네."

양상춘이 빙긋 웃었다.

"호기심."

"……."

"나는 자네의 도움을 받아서라도 그 '유령'이 누구였는지 알고 싶을 뿐이거든."

단순하다.

심지어 그 단순한 동기는 순수하기까지 했다.

"결국 내가 알고 있는 건 표면적인 것에 불과하지. 하지만 세화라면 왠지, 내가 조사한 것 이상의 정보로 진실에 접근할 수 있을지도 모르겠다고 생각했을 뿐이라네."

또한, 순수함은 선함과 이음동의어가 아니었다.

순수한 목적이라는 건, 곧 수단에 아랑곳하지 않겠다는 의미이기도 했으니까.

「제 쪽에서 알아낸 게 있으면 연락드리겠습니다.」

강하윤은 조세화가 했던 말을 곱씹으면서 호텔 지하 주차장에 주차된 양상춘의 차 조수석에 올랐다.

그제야 새삼 실감이 나는 일이었지만, 돌이켜 보면 자신과 양상춘은 방금 전까지 호랑이굴 깊숙한 곳에 들어갔다가 나온 셈이었다.

'아무 일도 일어나지 않아서 천만다행이야.'

강하윤이 한숨을 내쉬자 양상춘이 안전벨트를 메며 그녀를 힐끗 쳐다보았다.

"왜, 무슨 우환이라도 있나?"

"왜냐고 물으셨습니까?"

강하윤이 양상춘을 째려보았다.

"박사님께선 방금 전까지 사건 피해 당사자를 만나서, '당신의 아버지가 사람을 살해하였다'고 말하지 않았습니까."

"그랬지."

"지금 제정신입니까?"

저도 모르게 봇물 터지듯 튀어나오고 만 강하윤의 직접적인 힐난에 양상춘은 픽, 웃음을 터뜨렸다.

"자네 입에서 그런 말이 나올 줄은 몰랐군."

"……."

당신이 나에 대해서 뭘 안다고.

강하윤은 그렇게 쏘아붙이려다가 정작 자신 또한 양상춘에 대해 아는 것이 거의 없다는 것을 자각했다.

'지금은 선배님이 박사님과 조금 거리를 두던 것도 이해는 가.'

그렇게 생각하면서 강하윤은 그와 결코 지금 이상으로 친밀해질 것 같지 않단 생각을 했다.

양상춘이 말을 이었다.

"그리고 애당초 나는 자네에게 동행을 강요한 적이 없네."

"그래도."

강하윤이 한 차례 숨을 고른 뒤 뱉었다.

"세화를 만나 무슨 이야기를 할 거였는지 정도는 미리 언질을 줄 수 있었잖습니까."

"그런 걸 일일이 알려 줘야 하나? 자네도 내가 세화를 만나 무슨 이야기를 할지 짐작은 했을 터인데."

"……."

양상춘의 반박에 강하윤은 입이 열 개라도 할 말이 없었다.

'그야…… 그렇긴 한데…….'

막말로 양상춘이 자신을 끌고 온 것도 아니고, 그가 조세화와 만날 것이라는 것도 알고 있었다.

그럼에도 불구하고 강하윤은 구태여 양상춘을 따라 조세화를 만난 것이었다.

'……그래도 내가 따라가서 감시(?)하지 않았으면 무슨 짓을 할지 모르는 사람이기도 하고.'

그사이 주차장 밖으로 차를 뺀 양상춘이 툭 하고 입을 뗐다.

"그나저나 자네, 이성진이랑 제법 친하지?"

"그건 왜 물으십니까?"

"조만간 시간을 내서라도 이성진을 만나 당일 행적에 대해 알아봐 주었으면 해서."

"……."

이 뻔뻔한 부탁을 그는 마치 명령처럼 말했다.

'안 그래도 나 역시 물어봐야겠단 생각은 하고 있었지만.'

양상춘이 어깨를 으쓱였다.

"뭐, 나도 이성진에게 당일 행적에 알리바이가 있을 거라고는 생각하네. 아무리 그래도 초등학생인데 현장에 직접 나타나 총을 쏘진 않았겠지."

이 사람은 무슨 그런 당연한 이야기를.

강하윤이 눈살을 찌푸렸다.

"박사님은 여전히 성진이를 배후자로 생각하시는 겁니까?"

양상춘도 조세화 앞에서는 말을 아꼈으나, 강하윤은 그가 조세화와 이야기하는 내내 이성진을 언급하는 것은 아닐까 조마조마했다.

'그러면서 세화에게 은근슬쩍 성진이가 배후에 있을지 모른단 암시는 주었던 것 같은데.'

양상춘이 대답했다.

"나는 이 모든 일이 처음부터 끝까지 이성진이 계획한 일이라고는 하지 않았네. 하지만 앞서 자네에게 이야기했듯 이 사건에서 그럴 만한 역량과 동기가 있는 인물로 이성진이 가장 유력하지 않나? 더욱이 이성진은 사건의 시작과 끝을 모두 꿰고 있는 거의 유일한 사람일세."

"……."

"게다가 오늘 스치듯 본 것에 불과하지만 그의 운전기사이던 강이찬, 그 사람이라면 왠지 '유령'이 되어 활약했더라도 나는 놀라지 않을 자신이 있군."

강하윤도 강이찬과는 요한의 집을 오가며 몇 번 얼굴을 마주해 얼굴이 익었지만, 그는 과묵하긴 하나 무해해 보였다.

그래서 강하윤은 강이찬이 지유진 납치 미수 사건 때 맹활약을 했다는 전적이 있더라도, 그가 살인을 했으리라고는 추호도 생각하지 않았다.

하지만 굳이 그렇게 생각한 까닭을 물으면 그녀 스스로도 '감'이라고 하는 궁색한 대답 외엔 나올 것이 없다는 걸 알고 있기에, 강하윤은 에두른 반박을 늘어놓았다.

"그럴 만한 능력이 있는 것과 실행하는 것 사이엔 커다란 차이가 있다고 생각합니다."

"나도 마찬가지야. 안 그랬으면 인류는 이미 냉전 때 멸망했겠지. 하지만 앞서 말했듯 '결과적'으로 이 일은 이성진에게 이득으로 작용하지 않았나?"

이득.

그건 분명 오늘 조세화와 이성진이 했다던 '사업 논의'를 말하는 것이리라.

"이득이라니……. 오늘 세화랑 성진이가 사업차 논의를 한 것만으로 그런 결론에 이르신 거라면 그건 성급하다고 말씀드리고 싶습니다."

"물론, 나도 그 둘의 사업 내용과 방향성은 모르네. 오늘 그걸 들었으면 했지만, 세화는 생각보다 더 입이 무겁더군."

양상춘이 잠시 뜸을 들였다가 말을 이었다.

"내 생각에 조세화는 이 일과 관련해서 의외로 많은 것을 알고 있을지 모르네."

"어떤……?"

"아무것도 모르는 철부지 꼬마는 아니야. 모르긴 몰라도, 최소한 '조설훈이 조지훈을 죽였다'는 것에는 반대하지 않는 것 같더군."

"……무슨 근거로 그렇게 말씀하시는 겁니까?"

양상춘이 어깨를 으쓱였다.

"일단, 우리가 무사하다는 점?"

"……."

"농담일세. 암만 그래도 현직 경찰을 상대로 위해를 가하지는 않겠지. 뭐, 오갈 곳 없는 백수 한 명쯤은 입 다물게 할 수 있을지 모르지만."

"지금 그걸 농담이라고 하시는 겁니까?"

"하지만 반쯤은 진심일세."

양상춘의 입가에 미소가 떠올랐다.

"나는 조세화가 어떻게 나오느냐에 따라 그 이야기를 할지 하지 않을지 고려하고 있었거든. 만일 그녀가 아무것도 모르는 상태로 덜컥 조성광의 유산을 상속받았을 뿐이라면 나도 뒷이야기는 하지 않았을 걸세."

"……."

강하윤은 그도 생각은 하고 있었구나, 싶었다.

'그럼에도 무모했단 건 변함이 없지만.'

양상춘이 말을 이었다.

"하지만 조세화는 박길태의 품에서 나온 도청기의 출처뿐만 아니라, 이성진이 조설훈 및 조지훈과 모종의 협의를 했다는 것을 알고 있었다. 그리고 어쩌면 조설훈과 조지훈 두 사람 사이가 건너선 안 될 강을 넘어 버리고 만 원인을 알고 있을지도 모르겠단 생각이 들더군."

강하윤은 고개를 끄덕였다.

실제로 조세화는 양상춘이 '이때 이성진은 두 사람이 협의하는 자리에 있었나?' 하고 묻는 말에 되레 이성진을 비호해 가며 집요하게 질문의 요지를 되물었다.

'그러면서 성진이는 의도치 않게 휘말렸을 뿐이라고 말했지.'

그 뒤는 조세화도 얼버무리고 말았지만, 양상춘이 했던 말을 부정하지 않았던 정황상 이성진은 조세화나 조설훈 앞에서 철저히 중립적이고 방관자적인 입장을 견지했을 것이다.

"그야…… 조설훈과 조지훈의 협의 자체는 세화가 중개를 했을 수 있습니다만."

하지만 그렇다고 해도 강하윤은 조세화가 조설훈과 조지훈 사이가 멀어진, 결국 조설훈이 극단적인 선택을 할 수밖에 없었던 이유를 알고 있었다는 양상춘의 말에는 마냥 동의하기가 힘들었다.

강하윤이 말을 이었다.

"조설훈과 조지훈 사이에 불화가 있었다는 걸, 세화가 어떻게 알고 있었단 겁니까?"

양상춘이 대답했다.

"그건 일단, 그녀가 구봉팔을 '알고 있기 때문'이지."

"……예?"

"세화는 조설훈이 구봉팔을 중용한 것에 대해 '아버지가 결정한 일'이라고 했네. 그러면 세화는 그걸 어떻게 알았을까?"

"그야, 현 상황과 결과가 그러니, 자연스럽게……."

양상춘이 강하윤의 말끝을 잡아챘다.

"알아 둘 건, 우리는 그 누구도 구봉팔을 누군가가 앉힌 것이라고 하지 않았네. 구태여 앉힌다면 그건 그를 '오른팔로 쓰고 있었던 조성광 회장'이겠지. 아니, 이땐 왼팔인가?"

"……."

"아무튼 그럼에도 그녀는 구봉팔이 회사의 요직에 앉게 된 것을 두고 이를 조설훈의 의사라 하였어. 이를 비틀어 보자면 그 과정에 조지훈의 동의도 있었다고 할 수 있겠지."

그리고 그 구봉팔이 어느 순간 '조성광의 사람'이었다는 것으로 변모한 건, 조설훈이나 조지훈이 협의하는 과정에서 그를 영향력이 미치지 않는 중간 지대로 쓰기 위함이었으리라는 건, 경영 지식이 없다시피 한 강하윤이라도 알 것 같았다.

'그럼에도 왜 하필이면 구봉팔이어야만 했는가 하는 문제

는 남지만.'

양상춘이 툭 하고 입을 뗐다.

"자네, 조세화가 이성진과 처음 만나게 된 일에 대해 언급했던 걸 기억하나?"

잠시 생각하던 강하윤이 대답했다.

"예. 분명…… 사촌의 소개가 있었다고."

"사촌이 아니라 재종형님일세. 그리고 이성진과 만남을 요청한 건 다름 아닌 조세광이었지."

꼬치꼬치 따지긴.

강하윤이 샐쭉한 얼굴로 말을 받았다.

"……그렇긴 합니다만, 그게 어쨌다는 겁니까?"

"시기상 공교롭게도, 이성진은 그 이전에 요한의 집에 대규모 후원을 하였네."

강하윤이 고개를 끄덕였다.

"시기상으론 그렇습니다."

"음. 그런데 조세광이 그 전에는 아무 친분도 없어 보이는 이성진과 만남을 요청한 건, 단순한 우연일까?"

"……"

양상춘이 어조를 바꿔 말을 이었다.

"우리 같은 성인들에겐 그 정도 몇 년 나이 차 정도는 상관하지 않겠지만, 유소년기의 초등학생과 고등학생 차는 크지. 나도 재벌가 도련님들이 노니는 사교계가 어떤지는 모르겠으나 누군가를 콕 짚어 만남을 청하고 상대가 그에 응했다는 건 그만한 까닭이 있지 않을까 하네."

"……으음."

강하윤이 생각 끝에 말을 받았다.

"그러면 박사님 말씀은, 첫 만남 당시 조세광은 성진이에게 용건이 있었다는 겁니까?"

"아마도. 그것도 거기엔 새마음아동복지재단이 높은 확률로 연관되어 있을 것일세."

"……."

"내 생각엔 이성진과 조세광이 처음 만났던 시기와 구봉팔의 새마음아동복지재단이 연말에 받은 막대한 후원금을 본격적으로 유용한 시기를 비교해 보면 답이 나오지 않을까 하는데."

실제로 새마음아동복지재단 휘하의 요한의 집이 후원금을 유용하기 시작한 건, 후원금을 받은 시기와 유용한 사이 일정 공백 기간이 있었다.

'새마음아동복지재단의 이사장인 구봉팔이 박길태가 사망한 Y구 부지를 구매한 것도 그쯤일 테고.'

양상춘이 말을 이었다.

"그렇다면 이성진과 조세광은 처음 만난 당시 새마음아동복지재단의 처우를 놓고 거래를 했을지 모르네. 그러니 성진과 구봉팔 사이는 조세화가 우리에게 말한 것보다, 더 긴밀

하지 않았을까? 박길태가 죽은 곳이 Y구 요한의 집 증설 부지 야산이었다는 것도 결코 우연은 아니겠지."

양상춘의 말을 들은 강하윤이 움찔했다.

"⋯⋯설마, 박사님께선 성진이가 조세광에게 그 장소를 임대해 주었으리란 말씀입니까?"

"그 일에 이성진의 동의가 있었는가 하는 것까지는 나도 모르네."

양상춘이 심드렁하게 말을 받았다.

"어쨌건 조세광이 그 장소로 박길태를 불러냈다는 건, 최소한 그가 그 시점에도 여전히 구봉팔에 대해 영향력을 발휘하고 있었다는 것이기도 하지. 그냥 아무 빈 터를 찾았더니 마침 공교롭게도 구봉팔의 땅이었다는 것보단 설득력 있지 않나?"

"⋯⋯."

"내가 조세광을 취조할 수 있는 입장이라면 그에게 그 부분을 물어볼 거 같군. 물론 조세광이 묵비권을 포기하고 순순히 입을 열어야 답을 들을 수 있겠지만 말일세."

강하윤은 곰곰이 생각하다가 양상춘의 말을 받았다.

"그러니까, 조세화가 구봉팔의 입장을 모를 리 없다는 것이 박사님의 견해입니까?"

"그래. 그렇기 때문에 세화가 그를 두고 제3자를 말하듯 언급하는 건 다소 부자연스럽지. 같은 논지에서 조설훈과 조지훈이 구봉팔을 키워 주기로 한 것 역시, 구봉팔과 관계를 맺고 있던 이성진을 견제하는 목적이 있었을 거야."

양상춘의 말인 즉, 이성진은 그 시점에 이미 조세화가 말한 것과 달리 완전한 부외자나 방관자적 입장이 아닌, 어느 정도 조광에 영향력을 끼치는 위치였던 의미였다.

'그러니 세화가 구봉팔을 부정하는 건, 다시 말해 의식적으로 성진이를 비호하려 했던 것인가?'

강하윤은 슬슬 양상춘의 논리 토대를 짐작할 수 있는 듯하다고 생각했다.

'의식하고 있다는 건 곧, 알고 있다는 의미이기도 하니까.'

양상춘이 말했다.

"어쨌건 당장 조성광 회장의 병실 앞을 경호하던 것 역시 조세화의 명의였고, 실행 인원은 구봉팔 측이었지. 나로선 조세화가 아무것도 모른 채 이름만 빌려주었을 거라곤 보지 않네. 그렇다고 해서 그녀가 조설훈과 조지훈 사이에 오간 비밀스러운 협정 자리에 동석했다고까진 보지 않아. 그러니 그녀는 여타의 정황을 '다른 경로를 통해' 알아냈을 것이고, 그렇기에 '이성진은 휘말려 들었을 뿐'이라고 확신을 담아 말했겠지."

"다른 경로라니, 무슨 말씀입니까?"

"글쎄. 도청이라도 했나?"

이번에도 도청? 그건 좀 멀리 간 것 같다만.

강하윤이 물었다.

"그러면 조설훈과 조지훈이 갈라서게 된 결정적인 이유는 무엇이라고 생각하십니까?"

그녀는 응당 평소처럼 양상춘이 젠체하며 대답을 내놓을 것이라 생각했지만, 이번엔 그렇지 않았다.

"······나도 모르겠군."

"예?"

"내가 무슨 초능력자도 아니고, 세화가 그 이유를 안다고 나까지 알 거라 생각하진 말게."

양상춘은 숫제 입까지 삐죽였다.

"어쩌면 별다른 심적 동기 없이 그냥 그랬을지도 모르지. 그날 조설훈은 궁지에 몰렸고, 이 상황에 조지훈만 죽어 준다면 모든 문제는 해소되니 말이네."

강하윤은 양상춘의 말에 다소 실망하면서 조수석 등받이에 등을 파묻었다.

"그러면 '진상을 알고 있는' 세화가 박사님께 연락하기를 기다려야겠습니다."

왠지 비꼬듯 말한 강하윤의 말을 양상춘은 심드렁한 얼굴로 받았다.

"아니. 세화로부터 연락은 오지 않을 걸세."

"예?"

"그녀는 지금 나보다 많은 정보를 갖고 있지. 그러니 세화와 연락을 하려거든 이쪽이 먼저 세화가 솔깃해할 정보를 제공해야 할 거야."

양상춘이 말을 이었다.

"나로서는 부디, 그전에 자네가 늦지 않길 바라지."

늦다니?

강하윤이 고개를 갸웃했다.

"저 말입니까? 뭐가 늦는단 말씀입니까?"

"자네가 이성진에게 접근해 용의가 없었는가 하는 걸 물어보는 것 말일세."

아, 그거.

강하윤이 인상을 찌푸렸다.

"그 일이 시간을 다툴 만큼 중요한 일입니까?"

실은 딱히 캐묻고 싶지도 않고, 이성진을 그런 일에 연루하는 것도 내키지 않는 강하윤이었다.

자동차가 신호를 기다리는 사이, 양상춘이 그런 강하윤을 물끄러미 쳐다보았다.

"왜긴, 혹시라도 세화가 '유령'의 정체에 대해 섣부른 결론을 낸다면, 큰일이지 않겠나?"

큰일?

"뭐. 나처럼 정보가 제한되어 있는 사람도 배후가 누구인가를 생각해 냈을 정도니까."

양상춘이 턱을 긁적였다.

"어쩌면 세화는 우리보다 일찍 '유령'의 정체를 알게 될지도 모르지 않겠나?"

강하윤은 멍한 얼굴로 눈을 깜빡였다.

"그 말씀은……."

"음, 하물며 부친의 원수에게 사적 제재를 가하는 것도 가능한 힘도 가졌으니……."

양상춘이 차를 출발시켰다.

"나로선 혹시나 세화가 섣부른 오해를 해 버리기 전에 자네가 수고해 주었으면 하는 걸세."

"……."

망할.

강하윤은 그제야 양상춘이 그 자리에 자신을 데리고 간 까닭을 알게 되었다.

2장

"흐음."

전예은의 이야기를 들은 뒤, 나는 나도 모르게 혀를 찼다.

'그러잖아도 조설훈의 죽음이 어딘가 이상하단 생각은 하고 있었는데……'

세간에 대대적으로 알려진 바는 아니나, 사건에 관한 경찰의 공식적인 입장은 '조지훈이 조설훈을 살해한 뒤 배성준에 의해 제압되었다'는 것이었다.

'다만, 내가 곽철용에게 들은 건 어디까지나 그러한 사건의 결과에 불과했지.'

안 그래도 나 역시 조설훈이 조지훈을 죽였으면 죽였지, 그 반대의 경우는 도저히 떠올릴 수가 없었고, 그래서 나는 곽철용이 내게 거짓말을 했거나, 현장에 있던 형사가 위증을 했으리라 생각하고 있었다.

'어쨌건 내 짐작이 얼추 맞았군. 양상춘의 추리에 의하면 형사가 위증을 하고 있었어.'

그런 의미에서 현장을 세세히 알고 있는 양상춘의 '추리'는 내가 품고 있던 의혹을 불식시키기에 충분하고도 남았다.

'더욱이 조설훈이 조지훈을 살해하는 과정에서 일이 틀어진 것이라고 하면, 정황이 아이러니하긴 해도 내가 느꼈던 위화감을 해소해 주긴 해.'

물론, 그것도 어디까지나 전예은이 어렵사리 읽어 낸 양상춘의 생각을 전해 들었다고 하는, 나로선 몇 차례 필터를 거친 것이어서 양상춘이 조설훈의 죽음을 추론한 구체적인 정황까진 알 수 없는 일이었다.

그 재구성 과정에 전예은이 깜빡하고 놓친 점이 있을지도 모르고, 전예은도 전지전능한 것이 아니니 개중엔 미처 읽어 내지 못한 정보가 있을지도 모른다.

그렇다고는 하나, 나는 전예은이 차근차근 들려준 강하윤과 양상춘의 정보를 머릿속으로 대조해 가며 어렵사리 당일 있었던 사건의 진상을 얼추 재구성할 수 있었다.

위증을 한 석동출에게는 부패 경찰인 배성준을 비호한단 나름의 동기가 있었고, 내가 알고 있던 '사실'은 그 위증으로부터 출발해 '조지훈이 조설훈을 살해하였다'는 것에 이르렀다는 점.

그리고 양상춘은 석동출의 위증을 전제로 사고를 개시, 그 과정에 우리가 알지 못하는 '제3자'의 조력이 있었을 것이란 결론에 도달했다.

잠시 내 눈치를 살피던 전예은이 조심스럽게 입을 뗐다.

"저, 사장님."

"예?"

"이번 일, 사장님과는 관련이 없는 거…… 맞죠?"

나는 피식 웃을 뻔한 걸 참았다.

'이 비통한(?) 이야기가 오가는 와중에 웃었다간 그야말로 싸이코지.'

그래서 나는 웃음기를 싹 뺀 진지한 얼굴로 대답했다.

"물론입니다. 우선 사건이 있었던 시간의 제 행적만 놓고 보자면."

아무래도 양상춘은 조설훈을 살해(또는 교사)한 유력한 용의 자로 나를 손꼽는 모양이었지만, (내가 얻게 될 이득은 둘째 치고)조 설훈의 죽음만 놓고 보자면 다소 억울하다.

"사건이 있었던 당일, 저는 시저스 2호점에서 치킨 시식을 했는걸요. 또, 달리 용의 선상에 오른 강이찬 씨가 그 시간에 뭘 하고 있었는지는 저보다 예은 씨가 더 잘 알고 계실 거고 요."

"아, 네. 그렇습니다."

사건이 있었던 날 전예은은 SBY가 방지한 지유진 납치 미수 사건의 참고인 자격으로 강이찬이 모는 차를 이용하였고, 그 뒤로는 회사로 복귀하기에 앞서 각종 매스컴 전략을 세우느라 이리저리 바쁘게 움직였다.

그날은 나 역시 바쁘긴 마찬가지였고, 심지어 귀가하자마자 조성광의 장례식장으로 직행했으니 알리바이는 완벽했다.

'애당초 내가 한 일도 아니니 알리바이 운운하는 것도 우습군.'

하지만 그가 그런 결과를 도출한 것도 아무런 맥락 없이 한 사고는 아니었다.

'실제로 외부에서 보자면 그 일로 가장 큰 이득을 얻은 건 나였고, 내겐 그럴 만한 능력이 있단 생각도 할 법해.'

다만, 그는 나를 정확히 모르기에 그런 생각을 했을 뿐이다.

세간의 음모론과 달리, 재벌 3세 초등학생에겐 그런 계획을 실행에 옮길 만한 능력이 없다.

설령 내가 조설훈을 죽이기로 마음먹었다 치더라도, 그걸 누구에게 부탁하겠는가.

'그는 실행자로 강이찬을 후보에 넣은 모양이지만, 정작 강이찬은 (그럴 만한 역량이 있다는 건 둘째 치고)나도 섣불리 다루기 힘든 인물이거든.'

백번 양보해서 이휘철에겐 그런 '일'을 해 줄 만한 사람이 있을지는 모르겠다.

하지만 그렇다고 해서 내가 이휘철에게 쪼르르 달려가 '할아버지, 지금 조설훈만 죽어 준다면 조광이 저희 것이 되는데, 손 좀 빌려주시겠어요?' 하고 부탁할 리도 만무하다.

지금의 나에겐 그렇게까지 해서 조광을 손에 넣는 것보다 누군가에게 내 약점을 잡히는 일의 리스크가 더 크다.

'……전생의 장성한 이성진이라면 할 수 있을지도 모르지만, 최소한 지금의 나는 아니야.'

전예은이 당황하며 말을 이었다.

"아, 그렇다고 양상춘 박사님처럼 사장님을 의심한 게 아니라, 저도 머리가 조금 복잡해서……."

"이해합니다."

나는 일부러 태연히 그 말을 받았다.

"사정을 모르는 사람이 보면 이 일로 제가 얻게 될 이득이 크단 생각이 앞설 테니까요. 하지만 저는 전혀 그럴 의도가 없습니다. 오히려 저도 이 일로 곤란한 상황에 처해 있는걸요……. 아, 제가 방금 한 말은 세화에겐 비밀로 해 주세요."

내 말에 전예은이 쓴웃음을 지었다.

"그럼요. 심지어 사장님께선 이 상황에서 위험을 무릅써 가며 세화에게 도움을 주려고 노력하고 계시니까요."

나는 앞서 조세화에게 우리가 할 일의 위험성이며 손실에 관해 충분한 논의를 거쳤고, 이는 내 머릿속에서 나온 것이 아닌 이휘철의 독자적인 계획이었다.

그리고 그런 조세화를 읽어 낸 전예은이라면 내가 무슨 말을 하고 있는 것인지 알고 있을 것이다.

"그 부분은 세화도 사장님을 고맙게 생각하고 있고요."

"그래요?"

내가 모른 척 시치미 떼고 물은 말에 전예은이 미소를 지었다.

"네. 오히려…… 저 개인적으론 다들 사장님의 선의와 노력을 알아주었으면 좋겠단 생각이 드는걸요."

순진하군.

'아니, 오히려 그 선천적인 능력 탓에 나에 대해 절찬리에 오해 중인 건가.'

그녀는 기본적으로 내게 호감이 있고, 그 호감은 신뢰로 이어져 있다.

더욱이 전예은은 내게서 이 모든 일이 박상대를 향한 구봉팔의 사적 동기에서 비롯했다는 것을 전해 들은 뒤였다.

그러니 내가 남에게 말 못 할 이유—미래의 숙적 중 하나를 제거하기 위해서—로 박상대를 공격했다는 것은 추호도 모를 것이며, 내가 그녀의 능력에 면역이 있는 이상 전예은은 그녀가 말한 대로 일련의 내 모든 행동은 '선의'에서 비롯한 것이라 생각하고 있을 터.

'게다가 실제로 많은 일이 우연적 요소에 의해 발생하였고, 특히 SBY가 조설훈의 계획에 훼방을 놓은 건 전예은의 의지였으니까.'

어쨌건 지금 이 순간만큼은 전예은이 내 생각을 읽지 못한다는 것이 다행이었다.

'그나저나…… 양상춘이란 인물은 조금 예의주시할 필요가 있겠어.'

그러잖아도 경찰의 수사 능력에 감탄하고 있던 나는 양상춘이 이 일련의 연속적인 사건 전체에 관여하며 경·검찰에 도움을 주었다는 걸 알게 되었다.

'그리고 양상춘은 그 유능함에 일익을 담당하고 있었지.'

더욱이 양상춘은 '사건이 있기 전날, 조세화가 조설훈에게 도청기가 설치된 트로피를 주었다'고 하는, 조설훈의 결정적인 살해 동기까진 모르는 상황에서 그러한 결론에 도달한 것이다.

'이 인간은 가만히 내버려 두면 조금 골치 아프겠는걸.'

나는 앞서 그녀가 양상춘이 조세화에게 개인 연락처를 주었다는 걸 떠올려 물었다.

"그런데 예은 씨. 예은 씨는 세화가 양상춘 박사와 만날 거라고 보세요?"

전예은이 고개를 저었다.

"잘 모르겠어요. 사람이 무언가를 선택하는 일엔 심사숙

고뿐만 아니라 충동성도 포함되기 마련이거든요. 그래
서…….”

즉, 전예은도 조세화가 양상춘과 만나 사건의 진상을 들을
지 말지는 잘 모른단 이야기였다.

‘하긴, 암만 전예은이라도 미래를 내다보는 건 아니니까.’

방금 전 말끝을 흐렸던 전예은이 말을 이었다.

“하지만 저는 이 모든 사정을 모르는 세화가 왜곡된 정보
만으로 자칫 사장님의 본의를 오해할지도 모른단 생각이 들
어요.”

“……음.”

하긴, 어떻게 보면 내가 아버지의 원수일 수도 있는 마당
이니.

‘기껏 유대를 쌓아 놨더니, 그게 무너진다? 그건 조금 언
짢군.’

그야, 나로선 조설훈과 조지훈이 동귀어진해 준 지금 결과
가 제법 만족스럽긴 하다만.

‘그렇다고는 해도.’

양상춘이 추리한, 조설훈을 살해한 진범에 대해선 나 역시
목구멍에 걸린 가시처럼 거슬리는 것도 사실이다.

‘그자가 지금은 내게 이득이 되는 방향으로 도움을 주었다
지만…… 그건 과연 나를 위한 일인가?’

그자가 마냥 사람 좋은 키다리 아저씨일 리는 만무하다.

하물며 진범의 정체도, 그 의도도 모르는 지금 내가 그를 경계해야 함은 마땅했다.

조설훈을 살해한 진범의 의도가 무엇인지는 나도 알 수 없다.

어쩌면 범인은 조설훈의 죽음만이 목적이고, 나는 그에 따른 결과적 수혜자에 불과할지도 모른다.

하지만 의도는 차치하더라도, 범인에겐 조설훈을 살해할 만한 '결행 능력'이 있다.

'억측을 삼가더라도 범인에겐 최소한 경찰과 조설훈의 동선을 파악하는 정도의 능력과 석동출과 협상을 할 수 있는 정보, 그 상황에 임기응변을 발휘해 빈틈이 없도록 현장을 조작하는 재주며, 목적을 위해서라면 수단을 가리지 않는 냉정함을 갖추고 있지.'

그리고 그건, 장래 내게 위협이 될지도 모르는 힘이었다.

'……이번 생마저 내가 모르는 누군가의 손바닥 위에서 놀아나는 건 사양하고 싶군.'

그렇다고 내가 직접 범인을 찾아 발품을 팔 필요는 없다.

이번 생의 나는 더 이상 내 발로 뛰는 사람이 아닌, 남에게 이를 지시할 수 있는 사람인 것이다.

'그 전에 몇 가지 설계는 필요하지만.'

잠시 구상을 마친 나는 진지한 얼굴로 입을 뗐다.

"일이 이렇게 되었으니, 조금 시간을 내 봐야겠습니다."

"······시간요?"

"예."

나는 고개를 끄덕였다.

"남에게 괜한 오해를 사는 것도 달갑지 않을뿐더러······ 양 상춘 박사님의 추리대로라면 조설훈 씨를 살해한 범인은 따로 있다는 이야기잖아요?"

"······네."

"만약 그런 것이라고 한다면, 그런 사람은 정당한 법의 심판을 받아야 한다고 생각합니다. 더욱이 그자는 친구의 원수이기도 하니까요."

전예은은 저어하는 얼굴로 내 말을 받았다.

"설마, 범인을 찾겠단 말씀이세요?"

그녀 또한 나처럼 조설훈을 살해한 진범이 어떤 인물인지, 그리고 그가 얼마나 위험할지 짐작하는 눈치였다.

"사장님, 그럴수록 오히려 경찰에게 연락을 해서······."

"할 겁니다. 아니, 해야만 하겠죠. 이 일은 생각 이상으로 위험할지 모르고, 저 혼자서 할 수 있는 일에는 한계가 있을 겁니다."

나는 전예은을 향해 살짝 미소를 지었다.

"게다가 마침 잘 아는 경찰도 있으니까 말이죠."

"······그러면."

전예은은 말을 하려다 말고 입을 꾹 다물어 뜸을 들였다가 씁쓸해하는 표정으로 고개를 들었다.

"제가 도와드릴 일이 있을까요?"

그녀가 실제로 무슨 말을 하려고 했는지는 나도 짐작이 갔다.

'범인을 찾는 일에 자신의 능력을 사용하란 제안을 하려다 말았겠지.'

다만 차마 그 결심과 각오가 입 밖으로 나오지 않았던 것뿐일 테고.

'어차피 나도 그럴 생각은 추호도 없다만.'

나는 모른 척 그녀의 말을 받았다.

"그러면 예은 씨, 당분간 제 스케줄을 좀 비워 주시겠어요?"

"스케줄…… 어렵지는 않습니다만, 어떻게 조율해 드릴까요?"

나는 빙긋 미소 지었다.

"일단 점심시간을 비워 주세요. 우선은 하윤 누나부터 만나 봐야 할 거 같거든요."

어차피 양상춘은 강하윤에게 나를 떠보란 부탁(지시)을 해 뒀을 터.

나는 알리바이를 해소할 겸, 그녀에게 조설훈이 사망한 날에 완성된 치킨 맛을 보여 줄 생각이었다.

'대체 성진이를 무슨 구실로 불러낸담.'

어젯밤부터 시작된 강하윤의 고민은 출근하는 내내 이어지더니, 사무실 자리에 앉을 때까지 계속되었다.

사실, 구실을 만드는 것 자체는 어렵지 않다.

강하윤이 품고 있는 고민이란 결국 이성진을 만나서 그를 어떤 얼굴을 하고 봐야 할지 모르겠단 것의 연장선에 놓인 것에 불과했다.

'정말로 성진이가 모든 걸 획책했던 거라면, 어쩌지?'

그때 자신은 사적 친분보다 경찰로서 직업윤리를 앞세워 행동할 수 있을까.

'……부디 당일 성진이에게 명확한 알리바이가 있기를.'

끄응.

강하윤은 신음을 속으로 삼키며 책상에 쌓인 서류 더미로 손을 뻗었다.

그녀는 한동안 서류를 뒤적였으나 머릿속에 다른 생각이 가득해서 그런지 당최 글자가 눈에 들어오질 않았다.

「나로선 혹시나 세화가 섣부른 오해를 해 버리기 전까지 자네가 수고해 주었으면 하는 걸세.」

양상춘이 그녀에게 했던 말의 의도는 '이대로 내버려 두면 조세화가 이성진을 의심할지도 모른다.'는 것이나 다름없었다.

그리고 양상춘은 자신을 이용해 '호기심'을 해결하려는 것이라는 것도.

'수작이 뻔해.'

그럼에도 자신은 그 손바닥 위에서 놀아날 수밖에 없단 것이 조금 분했다.

'……차라리 나라도 먼저 알게 되어서 다행이라고 해야 하나.'

그녀가 오만가지 생각을 하고 있는데, 옆자리에서 인기척이 느껴졌다.

정진건이었다.

"오셨습니까, 선배님."

"음, 자네는 일찍 왔군."

정진건의 말에 강하윤은 멋쩍은 웃음을 지어 보였다.

"하하, 저는 일찍 퇴근하지 않았습니까."

"……."

정시 퇴근을 일찍 퇴근했다고 말하다니, 정진건은 벌써부터 후배의 장래가 걱정되었다.

"오자마자 일인가?"

"아, 넵. 잠시 확인할 것이 있어서……."

강하윤은 문득 정진건에게 상담을 해 보면 어떨까, 하고 생각했다가 고개를 가로저었다.

'민폐야. 이것도 어디까지나 양상춘 박사님의 가설에 불과한 것이고……'

더욱이 어제 조세화와 만나—비록 관계자인 데다 유족 당사자라지만—수사 중인 사안을 줄줄 늘어놓은 걸 정진건이 알게 하는 것도 왠지 모르게 내키지 않았다.

"피곤한가?"

정진건의 말에 강하윤이 고개를 들었다.

"예?"

"아니, 왠지 그래 보여서."

이것도 형사의 감이라면 감인 것일까.

실제로 강하윤은 어젯밤 내내 잠을 설치며 자다 깨다를 반복했고, 결국 어중간한 시간에 일찍 눈을 뜬 김에 이른 출근을 했다.

그래서 강하윤은 가벼운 화장으로 시커먼 눈 밑을 가렸지만, 정진건의 관찰안은 그 화장마저 꿰뚫어 본 모양이었다.

강하윤은 둘러대는 대신 솔직하게 시인했다.

"실은 잠을 조금 설쳤습니다."

"쉬엄쉬엄하게. 이젠 그리 바쁠 일도 없으니까."

평소에도 자신보다 훨씬 많은 업무를 처리하고 있는 정진건에게 그런 말을 들으니 강하윤은 괜스레 속이 뜨끔했다.

"아닙니다. 컨디션 관리도 제가 해야 할 일 중 하나라고 생각합니다."

"……그런가."

강하윤은 대화의 물꼬를 튼 김에 겸연쩍은 기분을 무마하고자 정진건에게 말을 건넸다.

"오늘 업무는 어떻게 됩니까?"

"평소대로일세."

정진건이 사무적으로 말을 이었다.

"용의자들을 취조하고, 보고서를 작성하는 일이지."

현장 체질인 정진건으로서는 그다지 내키지 않는 일이었지만, 본디 현장 업무가 끝나면 자연스레 부수적인 서류 작업도 따라오기 마련이었다.

더군다나 이번 사건은 워낙 얽히고설킨 일이 많아서, 그 간접 관계자만 하더라도 머릿수가 제법 되었다.

"선배님께서 아까 말씀하신 것과 달리 오늘도 바쁘겠습니다."

"뭐, 그래도 아무 성과도 없이 뛰어다니는 것보단 낫지 않나."

정진건이 쓴웃음을 지었다.

"솔직히 말하면 오늘은 아무 성과도 없이 시간만 때우는 일도 있긴 하다만."

"예?"

"조세광의 취조가 있거든."

아.

강하윤은 정진건이 냉소적으로 말한 까닭을 알 듯했다.

조세광은 구속 직후 줄곧 묵비권을 행사해 왔고, 경찰 측은 그런 조세광에게 형식적인 취조만을 반복해야 했다.

'조세광도 인내심이 대단하네.'

떨떠름한 생각을 떠올린 강하윤은 문득 생각난 것이 있어서 정진건을 보았다.

"선배님, 괜찮다면 저도 조세광 자료 좀 볼 수 있겠습니까?"

"조세광 거? 자네도 알다시피 끈질기리만치 묵비권을 행사 중이라 유의미한 건 별로 없네만."

"그래도 질문 내용을 살피면 거기엔 경찰이 확보한 여러 정황이 있지 않습니까?"

형식적인 일이라고 해서 그게 중요하지 않단 건 아니었다.

조세광이 묵비권을 행사한다 할지라도 경찰이 취조 시 던진 질문은 그 자체가 법적 증거로 효력을 발휘하기 마련이었고, 이는 곧 해석 여부에 따라 피의자가 죄를 인지하는 요건이 된다.

강하윤이 말을 이었다.

"저는 거기서 또 다른 증거를 찾을 수 있을지 모른다고 생각합니다."

잠시 생각하던 정진건이 고개를 끄덕였다.

"하긴, 봐 두면 공부는 되겠군."

자상하지 않은 건 아니었지만, 강하윤이 거기서 새로운 증거를 찾을 거라고는 기대하지 않는 투였다.

물론 강하윤 스스로도 자신이 딱히 '새로운 증거'를 발견하리라곤 생각하지 않았다.

날고 기는 베테랑들이 샅샅이 훑고 찾은 내용에 신출내기 형사가 거기서 뭘 더 찾겠는가.

그도 그럴 것이, 조세광이 입을 열건 말건 이미 나올 만한 증거는 다 나왔다.

이런 상황이니 조세광의 변호사도 무죄를 주장할 생각은 없어 보였고, 조세광에게 묵비를 지시하면서 최대한 형량을 낮춰 보잔 전략으로 일관하고 있었다.

강하윤이 정진건에게 조세광의 자료를 요청한 건 어디까지나 어제 양상춘이 말했던 내용을 재확인하려는 것에 불과했다.

"일단, 지금은 저게 조세광 자료 전부야."

정진건은 사무실 구석에 그득 쌓인 박스 중 하나를 가리켰다.

'……많네?'

강하윤에겐 그나마 저 박스 전부가 조세광 자료가 아니라는 점이 천만다행이었다.

광수대를 설립한 청장은 스치듯 자료를 최근 각광받기 시작한 디지털 형식으로 보관하면 좋겠단 생각을 했으나, 광수대란 조직이 출범 당시부터 '임시 조직'임을 전제로 만들어진 곳이다 보니 어영부영하는 사이 일이 밀렸고, 결국 이는 하려면 미루지 않고 처음부터 제대로 해야 한다는 후회와 교훈으로 남아 사무실엔 아날로그적 부산물이 그득 쌓이고 말았다.

강하윤은 애써 지어 보인 미소를 정진건에게 향했다.

"감사합니다, 선배님."

"뭘. 모르는 거 있으면 물어보고."

강하윤은 고개를 꾸벅 숙인 뒤, 박스 앞에 쪼그려 앉았다.

'어디서부터 봐야 할지…….'

그녀는 괜한 고생을 사서 한단 기분을 느끼며 박스를 뒤적였고, 어렵게 조세광에게 취조한 내용이 인쇄된 서류를 찾아 꺼내 들었다.

'……흠.'

서류를 살피던 강하윤은 그나마 불행 중 다행이라 생각했다.

방대한 서류에 지레 겁먹었던 것과 달리, 막상 취조의 7할가량은 조세광의 묵비 앞에 했던 질문을 반복하는 내용이었고, 그 덕에 강하윤은 영양가 없는 내용을 빠르게 쳐 낼 수 있었다.

'어라?'

눈으로 서류를 훑던 강하윤의 시선이 어느 대목에 머물렀
다.

당일 취조 내용엔 조세광이 부리던 조직 폭력배(조세광의 변
호사는 그 대목에서 '지인'이라고 정정해 달란 말을 했다) 두목인 장건후가
언급되어 있었는데, 그녀는 장건후라는 낯선 이름 곁에서 낯
설지 않은 이름을 발견한 것이다.

'여진환 순경?'

물론, 모르는 사이는 아니다.

얼마 전 석동출의 병문안을 갔을 때도 만났고, 그 전에도
어느 정도 면식은 있었다.

비록 강하윤은 그 환영회를 겸한 회식 자리에 불참하였으
나 그 다음 날 박순길과 정진건에게 그가 모텔에 방치되어
있던 박강선을 찾아 보호해 준 인물이라는 것을 알게 되었던
터.

'그래서 조금 더 잘 기억하고 있었지.'

그리고 서류에 적힌 대로 그는 장건후 일당을 포획하는 일
에 공을 세웠고, 그 성과를 인정받아 곧 자신의 '후배'가 될
사람이기도 했다.

사실 '후배로 들어온다.'고는 하지만, 아직 버디로서 후배
를 이끌 입장도 아니니, 그저 배속처만 같게 될 인물에 불과
했다.

특별하지도, 그렇다고 마냥 모르고 지나갈 사이도 아닌 직장 동료.

강하윤이 생각하는 여진환에 대한 인상은 그 정도였다.

광수대 배속이 언제까지 계속될지도 모르고, 어쩌면 이 일이 마무리된 뒤 본래 근무처로 돌아갈지도 모르는 일이니까.

그래서 석동출의 병문안을 가서 만났을 때도 다소 데면데면한 인사만 주고받았을 뿐이었지만.

'왠지 새삼 마음에 걸려.'

어제 양상춘의 이야기를 듣고 나니 어딘지 모르게 그 이름이 생경한 느낌으로 그녀에게 다가왔다.

'게다가 석동출 형사와 고등학교 동문이랬지.'

생각을 마친 강하윤은 서류를 들고 정진건이 있는 자리로 돌아왔다.

"저, 선배님."

강하윤의 부름에 독수리 타법으로 보고서를 작성하던 정진건이 고개를 돌렸다.

"응? 무슨 일인가?"

"아, 예. 다름이 아니라…… 여기 서류에 있는 여진환 순경 말입니다만."

"아, 여진환 순경."

정진건은 의자를 돌려 강하윤을 보았다.

"그러고 보니 그저께였나, 석 형사 병문안 때 만났다면서?"

"예."

차 안에선 왠지 그럴 기분이 들지 않아 건성으로 말을 받고 말았지만 정진건도 뒤늦게 자신의 그런 대응이 어른스럽지 못하다며 후회하고 있었던 터여서, 괜히 더 자상하게 말을 받았다.

"게다가 석 형사랑은 고등학교 동문이라고."

정작 강하윤은 정진건의 평소와 다른 자상함을 눈치채지 못한 채 대답했다.

"예, 저, 그런데 서류를 보다 보니 여진환 순경이 그날 장건후 일당을 체포하는 일에 도움을 주었단 것이 생각나서 말입니다."

"음, 그랬지."

"혹시 관련해서 좀 더 자세한 자료를 찾을 수 있겠습니까?"

그 말에 정진건은 떨떠름해하는 얼굴로 턱을 긁적였다.

"서류와 현장은 조금 다르기 마련이어서."

정진건은 내키지 않아 하며 덧붙였다.

"정 듣고 싶다면 구두로 전해 주지."

그 말에 강하윤은 '그게 썩 정당한 절차는 아니었구나' 싶어 저도 모르게 쓴웃음을 지었다.

'체포 당시 명목상은 고성방가였던가, 그랬지?'

하긴, 박순길이라면 그럴 만하단 생각이 들었다.

'이럴 줄 알았으면 그날 회식 자리에 참석해 무용담을 듣는 건데' 하며 강하윤이 고개를 끄덕였다.

"부탁드립니다."

"음."

정진건이 턱짓을 하자, 강하윤은 의자를 끌어와 그를 마주 보고 앉았다.

정진건은 강하윤을 앞에 두고 의식적으로 슬쩍 목소리를 낮췄다.

"그날은, 어디 보자. 내가 양상춘 박사를 검사님께 소개하기로 한 날이었다네. 그래서 그날은 박순길 형사 혼자서 탐문 수사를 했지."

"아."

강하윤이 고개를 끄덕였다.

그날이라면 그녀도 기억하고 있었다.

'배성준 형사가 조광과 내통하고 있었단 것을 알게 된 날이었어.'

정진건이 말을 이었다.

"음. 그리고 여진환 순경은 그때 박순길 형사를 도와주었던 모양이야. 박순길 형사 말에 의하면 여진환 순경은 장건후가 있던 지역을 토박이처럼 제법 꿰고 있었던 모양이더군……."

뒤이어 정진건의 입에서 나온 '서류에 명시되지 않은 수사 방식'을 들으며, 강하윤은 어처구니없는 기분을 감추지 않았다.

　'그러니까, 장건후를 단란주점으로 반쯤 납치하다시피해서 인사불성이 되도록 술을 먹인 다음, 단신으로 아지트에 들어가 두문불출하던 지동훈을 불러내게 만들었다고?'

　강하윤도 '현장은 다르다'는 것쯤은 귀에 못이 박히도록 들어왔고, 그녀 또한 배속 이후 필요에 의해 몇 차례 정당한 절차를 밟지 않고 일을 진행하긴 했지만, 박순길의 무용담(?)을 들으면 경찰이 이래도 되나 싶을 지경이었다.

　'……경찰이란 뭘까.'

　강하윤에겐 하루의 시작부터가 새삼 자신의 직업윤리에 대해 생각하게 하는 날이었다.

　"……뭐, 아무튼 그 덕분에 자네도 알다시피 우리는 조세광을 입건할 중요 관계자를 확보할 수 있었지."

　"……."

　이걸 두고 '좋은 게 좋은 거'라는 식으로 포장해 봐야 결국 목적을 위해 수단을 도외시하였단 것은 변함이 없는 것도 사실.

　결국 정진건의 입에서 나온 솔직한 진상에 강하윤은 아무런 말도 할 수 없었고, 정진건은 헛기침으로 이야기를 마무리했다.

"흠, 흠. 그래, 달리 궁금한 거라도 있나?"

강하윤은 '아뇨, 충분합니다!' 하고 대답하려다가 멈칫했다.

'혹시. 어쩌면……'

강하윤이 입을 뗐다.

"저, 선배님. 그러면 조세광 휘하의 해당 조직은 이후 어떻게 되었습니까?"

정진건이 잠시 생각하다가 대답했다.

"음, 사실 지동훈을 확보한 시점에 우리가 목표로 한 일은 끝난 것이나 진배없긴 했지만……. 사실 그중 대부분은 박길태 살인 사건의 목격자이기도 해서 그 부분은 나중에 별도로 취조를 했네."

"아."

"그야, 다들 처음에는 모르는 일이라며 잡아뗐지. 하지만 지동훈이 성실하게 조사에 임해 준 덕에 증거가 모였고, 거기에다 조세광의 구속이 이루어져 피의자 신분으로 전환되면서부터는 하나둘 입을 열기 시작했어."

강하윤이 서류를 들여다보며 물었다.

"그러면 서류에 나온 장건후라는 사람은 어떻게 되었습니까?"

"장건후? 어디 보자……."

정진건은 몸을 기울여 강하윤이 보고 있던 서류를 확인하곤 고개를 끄덕였다.

"아, 그 사람이군. 장건후는 사건 당일 알리바이가 뚜렷했던 데다가 현장에 모습을 드러낸 적이 없어서 혐의는 금방 풀렸지. 그야 떳떳한 인생을 사는 사람은 아니지만, 그렇다고 감옥에 넣을 만큼 뚜렷한 뭔가가 있었던 것도 아니었거든."

그 말에 강하윤이 고개를 갸웃했다.

"장건후는 박길태가 사망한 현장에 없었습니까?"

"그랬지. 그 부하들 이야기까지 대조해 보니 확실해지더군. 또 장건후의 위치가 소위 말하는 큰형님이란 자리긴 해도, 시쳇말로는 바지사장 같은 것인 데다가 그들 자체가 조세광의 사조직 비슷한 거였으니까."

말인 즉, 굳이 잡아넣자면 못할 것도 없지만, 피라미를 잡는 데 열중하다 보면 옆의 대어를 놓치기 마련이란 의미였다.

물론 이때 말하는 대어란 조세광을 의미했다.

정진건이 말을 이었다.

"아무튼 그 조직이 어떻게 되었는가를 물었지?"

"예."

"나도 나중에 여진환 순경에게 들은 이야기지만, 이후 그 조직은 와해되고 말았단 듯해."

"와해되었다니……."

강하윤이 의아해하자 정진건이 픽 웃었다.

"그도 그럴 것이, 애당초 '조직'이라 부를 만큼 대단한 놈들도 아니었거든. 이렇게 말하면 뭣하지만 사실상 조세광이 '조폭 놀이'를 하고자 동네 양아치들을 조금 모아 둔 것에 불과했지. 그래도 예전에 비하면 조폭이라 부르기도 우스운 것들이야."

정진건이 말한 '예전'이란, 정부에서 대대적으로 벌인 '범죄와의 전쟁' 이전의 조직폭력배를 의미했다.

"그나마 개중엔 장건후가 한때 한가락 했던 놈인 모양이지만, 그것도 옛말이지. 장건후도 따지고 보면 전국에서 조폭들을 대거 잡아들이고 난 뒤에 남은 구시대의 산물 같은 거고, 최근까진 양아치들을 데리고 조세광의 뒤나 따라 다니는 신세로 전락했던 마당이었으니까."

구시대의 산물.

정진건도 직접적인 언급은 자제했지만, 조광이란 그룹이 지금 같은 합법적인 회사로 '변혁'하게 된 건 이 '범죄와의 전쟁' 이후라 할 수 있었다.

물론 전국 각지의 다른 조폭들과 달리 정치계와 연줄이 닿아 있던 조성광 회장은 더 이상 예전의 방식은 통하지 않게 되리라는 걸 내다보았고, 그 시점에도 이미 다각적인 수익 모델을 만들어 만일의 사태를 대비하고 있었다.

하지만 조광 그룹의 의식 기조에 변화가 이루어진 건 역시 '범죄와의 전쟁' 이후라 할 수 있었다.

결국 이러한 시대의 변혁에 발맞춰 자신을 바꿀 수 있었던 자들은 살아남았고, 그러지 못한 이들은 교도소에 들어가거나 장건후며 박길태처럼 이도저도 아닌 애물단지로 전락하고 말았다.

이렇게 표현하면 필요 이상으로 거창한 느낌이 들지만 조설훈은 그 변화에 어느 정도 적응하려던 부류였고, 조지훈은 변화에 적응하지 못한 부류였다.

만일 조설훈이 지금 같은 변수 없이 정석대로 회사를 물려받았다면, 몇 년 후에는 조광도 조직폭력배와 연루된 곳이었다는 흔적을 말끔히 지울 수도 있지 않았을까.

정진건이 턱을 긁적였다.

"아무튼 간에…… 장건후는 박길태 건에 관여하지 않았다지만 개중 적지 않은 인원이 박길태의 사망을 목격하고도 입을 다물었지. 그뿐이면 모를까, 상황을 보곤 닫았던 입을 열고 말았으니 그 바닥에선 더 이상 발붙이기 힘들게 되었을 거야. 아무리 그래도 그 바닥에서 '의리'라는 건 중요한 명분이거든."

정진건이 냉소적으로 덧붙였다.

"달리 말하면 결국 조폭들의 의리라고 하는 건 처음부터 고작 그 정도에 불과한 것이란 이야기도 되지만."

"……."

따지고 보면 장건후가 박순길과의 '거래'에 응한 것도 나름의 노림수가 있었던 것에 불과했다.

　장건후도 자신이 '도련님'의 뒤나 봐 주다가 장래에 콩고물을 주워 먹기보단 가라앉는 배에서 내려 제 살길을 찾고자 했을 것이다.

　게다가 장건후는 조세광을 '배신'하지도 않았고, 설령 비난을 받더라도 부하 관리를 제대로 하지 못했다는 빈약한 구실만 들먹일 수 있을 테니, 장건후에게도 박순길과의 거래는 결코 손해 보는 장사가 아니었다.

　정진건이 고개를 저었다.

　"결국 조세광의 영향력이란 것도 아버지의 후광 덕을 본 것에 지나지 않았단 이야기로도 이어지겠군."

　그러면서 정진건은 잠시 오락실에서 마주쳤던 조세광에 대해 생각했다.

　비록 강하윤에겐 조세광이 별것 아니란 식으로 말하긴 했으나, 그 생각에 그렇다고 해서 소위 말하는 지도자로서 자질이 없는 인물은 아니었다.

　호부 밑에 견자 없다고, 조세광이 품고 있는 과감성과 결단력은 여느 범상한 사내들이 사춘기 때 잠깐 불타오르다 마는 그런 미적지근한 것이 아니었다.

　아마, 좀 더 연륜과 명분이 쌓이고, 그럴듯한 위치에 오른 뒤엔 사람을 부리는 타고난 재주가 개화했을 수도 있으리라.

　'그것도 지금 와선 아무래도 상관없는 이야기가 되고 말았

지만.'

예의 관계자 증언을 조합해 본 정황상, 조세광도 박길태를 죽일 의사까진 없었던 모양이지만 그게 정당방위든 뭐든 살인 후 이를 덮으려고까지 했으니 미성년자라 할지라도 형량은 결코 적지 않을 것이다.

이 상황에 그 누구도 주목하지 않던 동생인 조세화는 조광의 대주주로 거듭났고, 추후 조광이 어떻게 될지는 모르나 훗날 조세광이 조광에 조금이라도 관여하고자 한다면 그땐 동생의 선의와 우애에 기대 봐야 하리라.

'하지만 지금 당장 조광이 어떻게 될지도 모르는 마당에 그럴 가망은 낮겠지.'

생각에 잠긴 정진건을 뒤로하고 강하윤도 잠시 서류에 시선을 붙인 채 생각에 잠겼다.

'장건후란 사람도 결국 조세광과 가까운 인물이었던 건 아니었나 보네.'

만약 이성진과 조세광 사이에 무언가 거래가 오갔다면 조세광의 측근인 장건후를 통해 그걸 알아낼 수 있을지도 모른다고 생각했으나, 장건후와 조세광의 관계는 그런 성질의 것이 아니었던 듯했다.

'우리도 그 이상 다른 정보를 알아내진 못한 것 같고……'

그야, 당시 수사의 방향은 지동훈을 중심으로 조세광이 박길태를 살해하였는가, 아닌가 하는 점에 초점을 맞추고 있었으니 괜한 인력 낭비를 피하기 위해서라도 자질구레한 일은 우선순위에서 밀려났을 것이다.

'그러니 사건과 관계가 없는 장건후는 일찍 놓아 준 것이겠지.'

거기서 강하윤은 문득 다른 생각에 미쳤다.

'잠깐, 그러면 이 일의 후일담을 선배님께 전달한 여진환 순경은 그 뒤로도 장건후라는 사람과 연락을 주고받는 중이란 건가?'

확신은 할 수 없지만, 그렇다고 완전히 배제할 수만도 없는 가능성 중 하나였다.

만일 아니라 하더라도 그뿐.

밑져야 본전이고, 이 막막한 상황엔 지푸라기라도 잡아 볼 심산이던 강하윤은 약간의 용기를 내서 입을 뗐다.

"선배님, 혹시 여진환 순경의 연락처를 가지고 계십니까?"

"응?"

말하고 보니 강하윤도 아차 싶었다.

자신도 어쩌다 보니 핸드폰을 갖고 있었던 데다, 주변 인물들도 핸드폰을 하나씩 가지고 있다 보니 깜빡했지만, 핸드폰은 여전히 고가의 물건이었다.

"아, 그게. 혹시 삐삐 번호라도 알고 계신다면……."

그러나 정진건은 핸드폰을 꺼내 주소록을 뒤적이더니 강하윤에게 건넸다.

"그러잖아도 마침 핸드폰을 갖고 있더군. 요즘 잘 팔리는 모양이지?"

형사보다 박봉일 터인 순경이 핸드폰을 가지고 있단 것에 강하윤은 조금 놀라며 정진건의 핸드폰 액정에 떠오른 여진환의 개인 연락처를 받아 적었다.

"감사합니다."

정진건은 강하윤에게 핸드폰을 받아 주머니에 도로 찔러 넣었다.

"뭘. 자네야말로 병문안 때 봤다더니, 연락처 교환은 하지 않은 모양이군."

"아…… 옙. 잠깐 스치듯 보았을 뿐이어서."

정진건이 강하윤을 물끄러미 쳐다보았다.

"방금 전부터 그쪽 이야기를 묻던데, 왜, 뭔가 놓친 거라도 있는 것 같나?"

"아뇨, 그게……. 생각해 보니 여진환 순경에게 강선이 건으로 도움을 받은 일도 제대로 감사를 못 했단 생각이 들어서 말입니다."

강하윤은 저도 모르게 변명처럼 대답했으나, 정진건은 별다른 표정 변화 없이 고개를 끄덕였다.

"그러면 이왕 그렇게 된 거, 그쪽에 외근이라도 다녀오게."

"그래도 됩니까?"

정진건이 쓴웃음을 지었다.

"아까 말하지 않았나. 오늘은 시간이나 때우는 일뿐이라고."

"하지만…….."

"오히려 강 형사가 발품을 팔아 뭔가를 찾아내게 된다면 그게 더 바람직하지. 아무래도 자네는 어제 양상춘 박사에게 뭔가 그럴듯한 이야기를 들은 모양이고."

강하윤은 그 말에 괜히 속이 뜨끔했다.

'내게 의도가 있었단 걸 알면서 일부러 모른 척하신 거구나.'

강하윤이 송구스러워하며 고개를 꾸벅 숙였다.

"……혹시라도 알아낸 게 있다면 보고드리겠습니다."

"되도록이면 구두로 부탁하지. 그럼."

정진건은 이만하면 볼일을 마쳤다는 듯 다시 모니터로 의자를 돌렸고, 강하윤은 그 등 뒤로 다시 한번 고개를 꾸벅 숙인 뒤 사무실을 빠져나왔다.

'휴우, 나도 이게 잘하는 일인지 모르겠어.'

비상계단으로 향한 강하윤은 딸각, 핸드폰을 열어 아까 옮겨 적은 여진환의 핸드폰 번호를 꾹꾹 눌렀다.

몇 차례 신호가 간 뒤.

─여보세요?

여진환이 전화를 받았다.

강하윤은 한 차례 심호흡을 한 뒤, 입을 뗐다.

"안녕하세요. 얼마 전 석동출 형사님 병실에서 뵈었던 강하윤 형사라고 합니다. 지금 통화 가능합니까?"

수화기 너머 짧은 침묵 뒤, 여진환이 약간의 호들갑을 섞어 가며 말을 받았다.

─아, 아아, 선배님이셨군요. 분명 말씀을 놓기로 한 걸로 기억해서, 잠시 누군지 몰라 당황했습니다. 하하.

강하윤은 여진환과 병실에서 그런 이야기를 나눴단 것도 깜빡하고 있었다.

"아, 그랬……지? 미안."

─아닙니다. 신경 쓰지 마십쇼.

면식뿐인 이 예비 후배는 능청스러운 구석도 있는 모양이었다.

'그래도 데면데면한 것보단 낫지.'

강하윤은 쓰게 웃으며 말을 받았다.

"그러면 그렇게. 아, 혹시 바쁜데 연락한 건 아니지?"

─아뇨, 아뇨. 바쁘실 터인 선배님께 이런 말씀을 드리긴 왠지 죄송합니다만 한가합니다.

그렇게 말하면 이쪽도 할 말이 없는데.

강하윤은 상대에게 보일 리 없는 멋쩍어하는 얼굴로 말을 받았다.

"그러면 오늘 시간 좀 내줄 수 있어? 개인적으로 조금 물어볼 게 있거든."

갑작스러운 요청이었음에도 불구하고 여진환은 강하윤의
만남에 선뜻 응했다.

강하윤은 전화로 약속을 잡자마자 근처 슈퍼마켓에서 산
피로회복제 한 박스를 옆구리에 끼고 여진환이 근무하는 파
출소로 향했다.

"어이쿠, 미인 형사님이 오셨구먼."

강하윤은 파출소장 박 경위의 악의 없는 인사를 사교용 미
소로 받았다.

"예, 그간 별고 없으셨습니까."

"별고라 하면, 그거지. 응, 우리 구역에서 주운 꼬마가 박
상대 아들이었다면서?"

강하윤은 그냥 인사만 할 생각이었지만, 박 경위가 자연스
레 소파로 안내하는 바람에 하는 수 없이 자리에 앉았다.

"예. 덕분에 이번 사건 해결에 큰 도움이 되었습니다."

"뭐어, 우리가 고생한 게 뭐 있나."

박 경위가 강하윤이 사 온 피로회복제 뚜껑을 따서 그녀에
게 건넸다.

"감사합니다."

그걸 사 온 건 강하윤이었지만.

"그런데 정 형사는?"

강하윤이 대답했다.

"선배님은 다른 용무로 바쁘셔서 말입니다."

"하긴, 한창 바쁠 때이긴 하지. 원래 서류 작업이란 게 만들려면 끝이 없는 거거든. 게다가 이번에는 사건 여러 개가 물렸다고 들었고. 그래도 요샌 컴퓨터인가 뭔가로 일한다니까 좀 낫지?"

그 이전엔 어땠는지 잘 모르겠지만, 강하윤은 예의상 고개를 끄덕였다.

"그런 거 같습니다."

대답 직후 강하윤은 박 경위가 '나 때는' 하고 말을 시작하기 전 얼른 말을 이었다.

"저, 그런데 소장님. 혹시 여진환 순경 좀 만나 볼 수 있겠습니까?"

"아, 여 순경? 좀 있으면 올 거야. 새벽에 요 동네 주정뱅이가 자고 가서 그 집에 바래다주러 갔거든. 최 영감님이라고 하는데, 주에 한 번씩은 저런다니깐."

애써 화제를 피하려고 해도 신변잡기적 화제는 벗어날 수가 없구나, 강하윤은 속으로 쓴웃음을 지었다.

"아참, 그러고 보니까 우리 여 순경이 이번에 그쪽으로 간다면서."

"예. 그렇다고 들었습니다."

"으응, 강 형사가 잘 좀 봐 주게나. 싹싹하니 일 잘하는 친구야. 게다가 커피도 기가 막히게 타고."

"커피 말씀입니까?"

"응. 그러고 보니까 강 형사는 아직 못 마셔 봤겠군. 이따가 여 순경 돌아오면 커피나 한잔하고 가. 그게 요즘 젊은 애들 취향인가 보던데 강 형사도 마셔 보면 괜찮다고 할 거야."

원랜 그냥 여진환만 데리고 나와 따로 이야기나 나눌 셈이었지만.

이렇게까지 나오는데 사양하는 것도 도리가 아니어서 강하윤은 하는 수 없이 고개를 끄덕였다.

"그러겠습니다."

"응. 나도 그 커피 타는 거 배워 보려 했는데 뭐가 복잡하더라고. 그러니까 그냥 여 순경에게 맡기면 그만이야. 아, 그리고……."

애들 상대라면 몰라도, 어째 다 큰 어른들에겐 좀처럼 사교성이 발휘되지 않는 강하윤을 앞에 두고 박 경위는 몇 년 만에 재회한 동향 사람 대하듯 떠들어 댔다.

'이럴 줄 알았으면 밖에서 따로 보자고 할 걸 그랬네.'

그렇게 잠시 박 경위의 잡담에 어울려 주다 보니, 파출소 문이 열리며 제복 차림의 여진환이 들어섰다.

"복귀했습니다."

"아, 여 순경. 강 형사가 와서 기다리고 있었네."

강하윤은 앉은 자리에서 여진환에게 꾸벅 묵례를 했고, 여진환은 웃으며 눈인사를 한 뒤 박 경위를 보았다.

"소장님, 저희 선배님께 커피 한잔 안 타 드리고 뭐 하십니까?"

"어이구, 이젠 벌써 아주 저쪽 사람이다 이거지?"

아버지뻘에 가까운 상사와 가볍게 티격태격하는 걸 보며, 강하윤은 얼추 여진환이란 사람의 인물됨을 짐작할 수 있었다.

'윗사람에게 귀여움 받을 타입이구나.'

다만 정작 강하윤은 다 큰 성인이 저렇게 엉겨 붙어 오는 걸 별로 내켜 하지 않았기에, 내심 그 거리감이 장래 자신을 향하지 않길 바랐다.

"아무튼 여 순경, 커피나 타 오게. 아, 내 건 설탕 넣어서. 강 형사는?"

"아, 저는 괜찮……."

"에이, 참. 한 잔 마셔 보라니까 그러네. 정 형사도 홀딱 반하고 간 커피인데. 그리고 뭐냐, 전라도에서 온……."

"박순길 형사 말씀이십니까?"

"그래, 그 양반도 아주 만족했다고. 내가 괜한 말을 하는 사람이 아니야."

그렇게까지 나오니 사양하는 것도 도리가 아니란 생각에

강하윤은 하는 수 없이 커피까지 얻어 마시고 가기로 했다.

'선배님도 만족하셨다니까, 궁금하기도 하고.'

그런데 박 경위가 호언장담한 대로, 여진환이 타 온 소위 '신식' 커피를 한 모금 맛본 강하윤은 저도 모르게 눈을 동그 랗게 떴다.

어지간한 카페 커피에 뒤지지 않을 맛, 아니, 강하윤이 맛 본 커피 중 가장 맛있다고 느낄 만한 수준인 데다 간밤에 잠 을 설치며 쌓인 피로가 조금 씻겨 내려가는 기분이었다.

'이 정도면 성진이도 좋아하겠어……. 아 참, 걔는 커피 못 마시지.'

요즘 각광 받는 커피 프랜차이즈인 로스트 빈의 대표이면 서, 정작 본인은 커피에 입도 대지 않는 게 어딘지 아이러니 하긴 했지만.

여진환이 싱글벙글 웃는 얼굴로 강하윤을 보았다.

"어떻습니까, 선배님?"

"맛있네요. 아니, 맛있어."

"그렇습니까? 다행입니다."

여진환의 만족해하는 얼굴을 보며 강하윤은 커피를 한 모 금 더 홀짝였다.

'……이 사람은 카페를 차리지, 왜 경찰이 되었을까.'

박 경위는 씩 웃으며 여진환의 어깨를 툭 두드렸다.

"그럼 난 순찰이나 다녀올게."

"예? 소장님이 직접요? 오늘 해가 서쪽에서 떴습니까?"

"응, 서쪽에 뜨더군. 그러니까 젊은 사람끼리 잘해 봐. 박순경, 차 키 챙겨."

박 경위는 종이컵에 옮겨 담은 커피를 들고 휘적휘적 발걸음을 옮겼고, 여진환은 멋쩍게 웃으며 강하윤을 보았다.

"소장님은 매번 저러시니 신경 안 쓰셔도 됩니다."

"아니야, 괜찮아."

여진환이 박 경위가 사라진 문을 물끄러미 보았다.

"뭐, 지금은 저런 농담을 서슴없이 던지는 분이시지만…… 강력계에 계실 땐 대단했다고 들었습니다."

그 말에 강하윤이 커피를 마시다 말고 고개를 갸웃했다.

"소장님, 예전엔 강력계에 계셨어?"

"예. 정진건 형사님이랑도 그때 알게 된 사이였다고 회식 자리에서."

"……."

그날 별의별 이야기가 다 오갔나 보네.

정진건을 내심 동경하고 있던 강하윤은 이럴 줄 알았다면 어떻게든 회식 자리에 얼굴을 비출 걸 그랬다고, 거듭 후회했다.

"그나저나."

여진환이 진지한 얼굴로 입을 뗐다.

"선배님께 물어보고 싶은 게 있습니다."

처음 보는 여진환의 진지한 얼굴에 강하윤은 컵을 내려놓았다.

"그래, 내가 오늘 여진환 순경을 보자고 한 이유 말이지?"

데면데면하게 첫인사를 나눈 사이이면서, 필요하니까 불렀을 뿐이란 자신의 비겁함은 강하윤도 자각하고 있었다.

그럼에도 여진환은 자신의 요청에 흔쾌히 응했으니, 어쩌면 그 또한 묻고 싶은 것이 있을지도 모른다.

'하물며 석동출 형사와 친분이 있는 사이야. 그에게 무언가, 공문화해선 안 될 이야기를 들었을지 모르지.'

그런데 정작 여진환은 멍하니 눈을 깜빡였다.

"예? 아뇨, 커피 정말로 괜찮냐고 물어보려고 했는데요."

"……."

잠시 침묵한 강하윤은 담담히 여진환의 말을 받았다.

"맛있어. 진짜로."

"진짭니까?"

여진환이 눈을 반짝 빛냈다.

그때 문득, 강하윤은 왠지 모르게 양상춘 같은, 자기 분야에 매몰된 사람 특유의 장황설이 나올 것 같단 느낌을 받고 얼른 화제를 바꿨다.

"실은 오늘 여진환 순경을 찾은 건, 우선 강선이 일로 도움을 준 일에 인사를 제대로 못 했단 생각이 들어서야."

"아, 그거요."

여진환이 미소 지었다.

"그거라면 저번에 병원에서 듣지 않았습니까?"

"아니. 그래도 그땐 제대로 이야기를 못 했다고 생각해서."

"에이, 아닙니다. 저도 신고를 받고 출동했던 일인걸요. 해야 할 일을 했을 뿐입니다."

여진환이 미소 띤 얼굴을 진지하게 고쳐 말을 이었다.

"오히려 이 일에 공치사를 해야 한다면, 저는 선배님이야말로 뭇 경찰의 귀감이 되었다고 생각합니다."

"내가?"

"예. 당시만 하더라도 모텔에 버려졌을 뿐인 어린아이를 백방으로 수소문해 보육원에 맡겼을 뿐만 아니라, 꾸준히 찾아가 상담도 해 주지 않으셨습니까."

여진환이 대놓고 칭찬을 하니, 강하윤은 민망함에 괜스레 얼굴이 붉어졌다.

"아니야. 요한의 집에서 보호한 건 정진건 형사님 인맥이 있어서였고, 나는 그냥 선배님을 따라다녔을 뿐인걸."

"하지만 선배님은 그 뒤로도 강선이를 계속 챙겨 주셨잖습니까. 듣기로는 변호사까지 알아봐 주셨다면서요?"

"그것도 우연히 그쪽에 아는 사람이 있어서인걸. 나는 그 소개를 받은 것뿐이야."

"겸손하시네요."

강하윤은 흠, 흠, 헛기침을 하며 커피를 한 모금 마셨다.

"그 일은 됐어. 아무튼 그 다음 용건이 있는데."

강하윤이 말을 이었다.

"혹시 장건후랑 아직도 연락하고 지내?"

"장건후요?"

한 차례 고개를 갸웃한 여진환이 다시 물었다.

"혹시 조세광 밑에 있던 그 장건후 말씀입니까?"

"응. 그 사람."

여진환이 경찰모를 벗곤 머리를 긁적였다가 다시 경찰모를 썼다.

"딱히 개인적으로 잘 알고 지내는 사이는 아닙니다만, 왜 그러십니까?"

강하윤은 여진환의 눈웃음 사이로 예리한 빛이 스치듯 지난 것 같다고 생각하며 대답했다.

"조금 신경 쓰이는 일이 있어서. 따지고 보면 그 사람도 조세광 오른팔 같은 거 아니었니?"

"으음, 그게 좀 애매합니다."

여진환이 어깨를 으쓱이더니 힐끗 주위를 살피고는 목소리를 살짝 낮췄다.

"이 동네의 알 만한 사람은 아는 이야기입니다만, 조세광의 오른팔은 김수영이었죠."

김수영.

수사 초기 한동안 박길태를 살해한 것으로 되어 있던 인물이었다.

"그래서 그 조직의 실세는 사실상 김수영이나 다름없었습니다."

여진환이 목소리를 낮춘 바람에 강하윤도 덩달아 목소리를 낮춰 조곤조곤 물었다.

"응? 하지만 김수영은 장건후 부하 같은 거 아니었어?"

"아, 서열상으로 부하라면 부하인데…… 애당초 그 '조직'이란 것도 조직이라 부를 수 있는지 모를 것이어서요."

"그게 무슨 말이야?"

여진환이 쓴웃음을 지었다.

"애당초 걔들은 조폭이라기보다는 동네 양아치들을 모아둔 것에 불과하거든요."

잠시 생각하던 강하윤이 고개를 끄덕였다.

"그러면 조세광의 사조직 같은 거였구나."

"아, 예. 사조직, 제 말이 그겁니다. 그러니 굳이 따지면 조세광이 두목 같은 거고, 장건후는 이따금 조세광이 던져 주는 용돈이나 받아 가며 거기서 애들 군기나 잡던 위치였죠. 사실, 장건후가 거기에 큰형님 위치로 앉아 있던 것도 땜빵 같은 거여서, 그렇게까지 큰 권위는 없었고요. 거기가 조세광의 사조직처럼 된 데에는 그런 속사정도 있었을 겁니다."

분명 비화까지 담은 자세한 내용일 텐데, 그 바닥 생리를 모르는 강하윤은 들어도 잘 모르겠단 생각을 후배 앞에서 애써 감췄다.

"……으응. 그런 것치곤 나는 좀 본격적이란 느낌이 들었거든."

여진환이 씩 웃었다.

"그야, 그 조세광이 두목이니까요. 어쨌거나 대 조광 그룹의 장손이 아닙니까. 그러니 잘만 하면 나중에 조세광 밑에서 콩고물이라도 주워 먹을 수 있겠다 싶은 곳이기도 하죠."

여진환의 냉소적인 말을 들으며 강하윤은 그가 마냥 남 앞에서 속없이 헤실헤실하기만 할 뿐인 사람은 아님을 직감했다.

'게다가 암만 관할 동네일이라지만, 나도 모르는 걸 잘도 알고 있어.'

아마, 박순길이 저 일당 속에서 지동훈을 빼 올 때도 그는 깍두기처럼 박순길 곁을 졸졸 따라다니기만 했던 것은 아니었으리라.

"그러면 장건후는 딱히 조세광과 친하다거나 하는 사이는 아니었네."

"예. 그건 그렇습니다만, 그렇다고 장건후가 밑에 애들한테 마냥 바지 사장 취급당하며 무시당할 위치는 아닙니다. 그 사람도 따지고 보면 구봉팔이나 박길태급은 되는 서열이

거든요."

여진환의 입에서 구봉팔과 박길태가 언급되자 강하윤은
눈을 가늘게 떴다.

"구봉팔이랑 박길태?"

"예. 그러니까 범죄와의 전쟁 이전, 조폭들이 활개 치던
그 세대죠. 서당 개 삼 년이면 풍월을 읊는다고, 그 바닥에
그 정도로 오래 붙어 있었으면 이래저래 인맥이나 정보를 무
시할 수 없게 되기 마련 아니겠습니까."

여진환이 싱긋 웃었다.

"그러니 만일 선배님께서 조세광에 대해 궁금한 게 있다
면, 그 사람을 만나 보는 게 가장 빠를지도 모릅니다. 지금이
라도 사복으로 갈아입고 올까요?"

"······."

그건 마치, 처음부터 강하윤이 자신을 찾아온 목적을 알고
있었다는 투여서, 그녀는 잠시 아무런 말도 하지 못했다.

'······왠지 박순길 형사님이 입에 침이 마르도록 칭찬한 이
유를 알 것 같네.'

조금 갑작스럽긴 하지만, 강하윤은 그녀가 당초 의도했던
대로 여진환을 설득(?)해 장건후와 만나기로 했다.

"별로 안 머니까 조금만 걸을까요?"

강하윤은 고개를 끄덕이곤 사복 차림의 여진환 곁에 서서
발걸음을 옮겼다.

얼마 전까지만 하더라도 하늘에 구멍이 뚫린 것처럼 쏟아 붓던 장맛비가 무색하리만치, 지금은 쨍쨍한 햇살 아래 폭염이 기승을 부렸다.

그래서 여진환이 말한 '별로 멀지 않다'는 말은 그 과장에 더해 그녀가 체감하는 이동 거리를 더욱 멀게 느껴지게 만들어, 참다못한 강하윤이 '대체 어디까지 가는 거냐' 묻기 직전 여진환이 입을 뗐다.

"이제 다 왔습니다."

그가 발걸음을 옮긴 곳은 조금 낙후된, 포터 한 대가 간신히 들어갈 만큼 좁고 굽이진 주택가 골목 안이었다.

"장건후가 사는 집이야?"

"예. 원랜 조세광 조직의 합숙소로 쓰던 곳인데, 조세광이 구속된 뒤엔 다들 이래저래 뿔뿔이 흩어지고 장건후가 쓰는 중입니다."

골목길 안으로 발걸음을 옮긴 여진환이 어느 집 대문 앞에 멈춰 서더니 차임벨을 눌렀다.

하지만 여진환이 몇 차례 반복해 벨을 눌렀음에도 불구하고 안쪽에선 반응이 없었다.

"으음, 이거 참."

여진환은 머리를 긁적이더니 대문을 슥 밀었고, 대문은 녹슨 경첩에서 끼익 소리를 내며 여진환의 손길에 밀려났다.

"열려 있군요."

강하윤이 슬쩍 대문 안쪽을 살피니, 관리되지 않은 마당은 잡초가 무성했다.

"선배님은 여기서 잠시 기다려 주십쇼. 제가 가서 불러오 겠습니다."

그 말에 강하윤은 지극히 상식적인 반박을 했다.

"그 전에 먼저 전화를 해 보면 어때?"

"아까 옷 갈아입을 때 핸드폰으로 걸어 봤는데, 전화선을 아예 뽑아 버린 모양이어서요."

하긴, 상황 자체가 상식적이지 않았다.

"그럼, 잠시만."

여진환은 아무 망설임 없이 성큼성큼 대문 안으로 들어섰 고, 강하윤은 하는 수 없이, 그리고 조금 안도하며 담벼락 그 늘에 잠시 몸을 피했다.

'습도 탓인지, 그늘이라고 해서 딱히 시원하지도 않네.'

잠시 그러고 있으려니 강하윤은 문득 부스럭거리는 인기 척을 느끼곤 고개를 들었다.

'응?'

그리고 숨죽인 기합 소리가 들렸다.

"끙차!"

그 상태에서 고개를 든 강하윤은 팬티 바람으로 담장을 넘 으려던 남자와 눈이 마주쳤다.

"……."

"……."

당황한 것도 잠시, 그는 담장을 마저 뛰어넘었고, 그가 착지하는 위치에서 기다리고 있던 강하윤은 어렵지 않게 남자의 팔을 뒤로 꺾어 제압해 아스팔트 바닥으로 그 얼굴을 붙일 수 있었다.

"컥!"

"누구냐!"

강하윤의 말에 남자는 몸을 비틀어 가며 저항했다.

"……쌍, 이거 놔!"

여진환이 복귀한 것도 그때였다.

"죄송합니다, 아무래도 부재중……."

여진환이 강하윤과 바닥에 엎어져 욕지거를 뱉다가 멈춘 남자를 번갈아 보더니 싱긋 웃었다.

"아, 벌써 만나셨군요."

"……."

하긴, 생각해 보니 아무리 덥다 해도 팬티 바람으로 빈집을 터는 도둑은 없을 것 같긴 하다.

그 뒤, 강하윤과 여진환은 장건후의 안내를 받아 생활감이라곤 전혀 느껴지지 않는 집 안으로 초대되었다.

덜컥.

방 안쪽에서 장건후가 바지를 추스르며 나와 소파에 털썩 앉았다.

"그래서, 여긴 어쩐 일이야?"

방금 전 강하윤에게 제압당했단 사실은 없던 일로 치려는 것인지, 그는 애써 태연한 기색으로 여진환에게 말을 건네며 입에 담배를 물었다.

"잘 지내고 계시나 해서요."

"……잘 지내기는 옘병."

치익.

담배에 불을 붙여 한 모금을 태운 장건후는 쓴웃음을 지었다.

"위쪽에서 무슨 수를 썼는지는 몰라도 다니던 회사에서도 잘렸는데. 뭐, 어차피 이름만 넣어 두고 있던 곳이기는 하지만."

"하시던 일은요?"

"그것도 나가리야. 안 그래도 그거 때문에 이 동네 물관리가 말이 아니야. 원래도 이놈 저놈이 군침을 흘리던 곳이긴 한데……."

거기까지 말한 장건후는 그제야 강하윤을 보았다.

"그나저나 그쪽은?"

강하윤이 대답했다.

"강력계 강하윤 형사입니다."

그 말에 장건후는 두 눈에 경계하는 빛을 감추지 않으며 강하윤을 쳐다보았다.

"……이미 알겠지만, 장건후요. 그런데 이제 와서 새삼 강력계 형사가 또 찾아올 줄은 몰랐는데."

여진환이 끼어들었다.

"아, 다름이 아니라 강하윤 형사님이 장건후 씨에게 몇 가지 물어보고 싶은 게 있다고 해서요."

"나한테?"

장건후가 코웃음을 치곤 강하윤을 쳐다보았다.

"이미 내가 아는 건 다 말했습니다. 이제 와서 새삼 뭘 캐내려 해 봐야 헛된일이니 그냥 가 보쇼. 아니면, 영장이라도 가져오셨나?"

장건후는 퉁명스레 말한 뒤 담배를 한 모금 태웠고, 강하윤은 눈 하나 꿈쩍하지 않으며 말을 받았다.

"영장은 없습니다만, 잠시 대화를 나누는 정도는 가능하지 않습니까?"

"그거 안됐습니다. 제가 좀 바쁜 사람이어서."

예전이라면 몰라도, 그새 좀 단련된 모양인지 강하윤도 마냥 호락호락하지 않았다.

"그 바쁜 용건 탓에 팬티 차림으로 담을 뛰어넘으셨습니까?"

"……."

장건후는 잠시 강하윤을 노려보다가 담뱃재를 바닥에 아무렇지 않게 툭툭 털었다.

"그땐 내가 방심한 거고⋯⋯. 이것 보시오, 아가씨. 보아하니 형사 짬밥도 얼마 안 되는 거 같은데, 어디서 그런 돼먹지 않은 흉내를 배웠나?"

그야, 이 상황에—심지어 지금은 여진환까지 있으니—강하윤에게 덤벼 봐야 장건후의 패배는 불 보듯 뻔한 일이었지만, 자고로 건달에게서 허세를 빼면 아무것도 남지 않는다고 하였다.

이는 죽어도 곱게 죽지는 않겠다, 그런 마음가짐이면 못할 것이 없다는 의미이기도 했다.

강하윤은 주춤하며 끼어들려는 여진환을 가벼운 눈짓으로 제지하며 대답했다.

"배웠다고 한다면 박순길 형사님께 배운 거 같습니다."

박순길이 언급되자 장건후의 표정이 벌레라도 씹은 것처럼 일그러졌다.

"⋯⋯그 양반 부하였습니까?"

"관할은 다르지만, 존경하는 선배님 중 한 분입니다."

사실, 박순길을 별로 존경하지는 않지만 말은 공짜니까.

"쯥."

장건후가 혀를 차곤 담배를 깊숙이 빨았다가 한숨처럼 연기를 푹 내뱉었다.

"좋습니다. 제가 아는 거라면."

혹시나 하고 오전에 정진건에게 들은 이야기를 떠올려 박순길의 이름을 입에 담아 본 것이었는데, 금세 고분고분해진 장건후를 보며 강하윤은 그가 박순길에게 당해도 된통 당했구나, 하고 생각했다.

강하윤이 여진환을 보았다.

"그럼 잠시 자리 좀 비켜 줄래?"

"아, 예."

여진환이 앉은 자리에서 몸을 일으켰다.

"그러면 저는 나가서 마실 거라도……."

"아니, 앉아 있어."

장건후는 강하윤에게서 시선을 돌리지 않은 채 말을 이었다.

"어차피 저 형사 나으리랑 나눈 대화는 네 귀에도 들어갈 건데, 뭐 새삼스레."

그 말에 강하윤이 장건후를 노려보았다.

"그렇게 생각하십니까?"

"보쇼, 아가씨."

장건후가 히죽 웃으며 담배를 꼬나물었다.

"그쪽이 나한테 무슨 말을 할지는 모르겠지만 처음부터 아무 말도 하지 않았으면 모를까, 무어라 입을 한 번이라도 벙긋했다면 그 말은 이미 밖으로 새어 나간 거나 마찬가지인 거 아닙니까? 게다가 그 말은 여기까지 아가씨를 안내한 여 순경님을 무시하겠단 처사로도 보이는데."

"……."

의외의 정론에 정곡을 찔린 강하윤은 아무 말도 할 수 없었다.

하긴, 장건후가 여진환에게 이미 말을 놓고 있는 것에서 그녀 또한 여진환이 '단순한 동네 순경' 정도는 아닐 거라고 생각했다.

'……그래, 완전히 남도 아니고, 이제 우리 부서로 전입 올 사람이니.'

강하윤이 장건후에게 시선을 떼지 않은 채 입을 열었다.

"좋습니다. 그러면 이 자리엔 여진환 순경도 동석하기로 하겠습니다."

그러자 엉거주춤하게 서 있던 여진환은 다시 자리에 엉덩이를 붙이며 너스레를 떨었다.

"어쩔 수 없네요. 하긴, 저도 선배님을 이런 남자랑 단둘이 두는 게 걱정스럽긴 했거든요."

그렇게 여진환도 장건후의 이간질에 놀아날 생각은 없다는 듯 말했지만, 그러거나 말거나 장건후는 소소한 승리에 기뻐하듯 담배를 맛있게 한 모금 태운 뒤 입을 뗐다.

"아주 꽉 막힌 건 아닌 모양이군. 자, 그래서, 아가씨. 나 같은 개털한테 뭘 묻겠단 겁니까?"

강하윤은 속으로 떨떠름한 기분을 삼키며 대답했다.

"일단은 왜 스스로를 개털이라 생각하시는지부터 여쭙고

싶습니다."

"……."

"선생님께서……."

"선생님은 무슨."

장건후가 욕지기가 치민다는 듯 강하윤의 말을 끊었다.

"그래, 피차 알 거 다 아는 사이인 거 같으니 까놓고 말해 봅시다. 그쪽은 지금 내가 조직을 배신하고도 얻는 것 없이 숨어 지내는 모습이 신기한 겁니까?"

생각 이상으로 단도직입적이었다.

그렇게 말하며 장건후는 담뱃재를 바닥에 아무렇지 않게 툭툭 털었다.

"씁, 나라고 조설훈이랑 조지훈이 그렇게 죽어 버릴 줄 알았겠냐고."

"왠지 그런 걸 바란 적은 없단 말씀처럼 들립니다."

"거 진짜."

장건후는 인상을 일그러트렸다가 한숨을 푹 내쉬었다.

"뭐, 그야 밖에서 보면 내가 지동훈 일로 '배신'을 한 것처럼 보일 수도 있단 건 인정합니다. 하지만 그렇다고 해서 나도 조설훈이 그렇게까지 좆되기를 바랐단 건 아닙니다."

자연스럽게 튀어나온 비속어에 강하윤은 인상을 찌푸리며 물었다.

"그건 의리 때문입니까?"

"의리? 하하하하!"

장건후가 박장대소했다.

얼마나 심하게 웃었는지, 그는 웃으며 담배를 피웠다가 잠시 사레에 들려 켁켁거리기까지 할 정도였다.

"아가씨, 알고 보니 꽤 재밌는 사람이군."

"……."

"이 바닥에 의리 같은 게 어디 있다고 그러나. 아직도 그런 게 있다고 믿는 순진한 사람도 다 있군요."

장건후가 킬킬 웃으며 말을 이었다.

"까놓고 말해서 나는 조설훈이 계속 회사를 붙들고 질척거려 주기만 바랐을 뿐입니다. 조설훈이 그렇게만 해 준다면 조광 내의 공고한 지배 구조에 균열이 갈 테고, 그 과정에 나 같은 놈도 그 혼란을 틈타면 구봉팔 형님처럼 뭔가 한 자리 차지할 날도 올 거란 계산이 섰을 뿐."

구봉팔.

'이 사람 입에서 구봉팔이 언급될 줄이야.'

강하윤은 문득, 여진환이 '장건후도 따지고 보면 구봉팔이나 박길태급은 되는 서열'이라고 말했던 내용을 떠올렸다.

그러니 현재 조광 내에서 새로이 입지를 다지고 있는 구봉팔은 장건후 같은 인물에게 일종의 롤모델로 작용하고 있었으리라.

하지만 강하윤은 내색하지 않고 장건후에게 물었다.

"계산 말씀입니까?"

"예. 조세광 그 새끼가 깜빵에 들어가면 그것만으로도 조설훈의 입지가 좁아질 테고, 나는 조설훈이랑 조지훈이 피터지게 싸우는 사이 어부지리를 노릴 셈이었단 겁니다. 그렇게 흘러간다면 각 세력도 인원을 확충하려 들었을 것이니, 나도 그때가 오면 중앙으로 들어갈 기회를 얻을 수 있을 거라 본 거죠."

그런 노림수가 있었던 것인가.

'하긴, 장건후 본인은 박길태의 사망과 아무 관계도 없다는 것이 현재까지 수사 내용이고.'

만일 조설훈과 조지훈 형제가 사망하지 않았더라면 장건후의 말마따나 조광은 내부 분열로 큰 다툼이 생겨났을 것이다.

'그 과정에 구봉팔이 힘을 얻게 되었을지도 모르지……. 응?'

강하윤은 방금 한 생각에서 묘한 위화감을 느꼈다.

마치 자신의 생각이 어떤 '결과론적'인 것에 끼워 맞춘 것 같다는, 그런 생각.

그때, 거기까지 말한 장건후가 다시 인상을 찌푸렸다.

"……하지만 조설훈과 조지훈이라는 대가리 둘이 죽고 없어진 지금은 그런 걸 따질 때가 아니게 되었습니다. 이제는 조광이라는 조직 자체가 위태롭게 되었으니, 조만간 전국 각지에서 난리가 날 겁니다."

"······전국에서 말입니까?"

장건후가 고개를 끄덕였다.

"조광이 원래 뭘 하던 조직인지, 또 어떻게 이 정도로 성장해 왔는지는 새삼스러운 사실 아닙니까."

장건후가 말을 이었다.

"정부나 경찰에선 저번 정부 때부터 요 몇 년간 줄곧 조폭이 근절되었다고 주장하지만, 따지고 보면 가장 큰 조폭 집단인 조광이 건재해 있습니다."

"······."

"게다가 조광이라 하면 대한민국에서 알아주는 대기업 중한 곳이기도 하니, 사실상 전국구 조폭 중 우두머리라 할 법합니다. 그런데 그 거대 조직이 뿌리부터 흔들려 무너지게된다면, 앞으론 어떻게 될 것 같습니까?"

강하윤이 대답을 하지 못하자, 장건후는 잠자코 있던 여진환을 쳐다보았다.

"강 형사께선 나 같은 놈이랑 말도 나누기 싫어하는 모양이니 여 순경이 대답해 보지 그래."

"저요?"

여진환은 능청스레 어깨를 으쓱였다.

"흠, 저희 선배님도 알고 계시겠지만, 장건후 씨에게 닥친일로 짐작해 보자면 그동안 숨죽이고 있던 다른 건달들이 슬

그머니 나타나기 시작한단 겁니까?"

"그래."

장건후가 비릿한 미소를 지었다.

"옛날부터 그런 식이지 않냐? 일대를 주름잡던 대가리가 사라지고 나면, 그 그늘 아래 기도 못 펴고 살던 떨거지들이 활개를 치기 시작하는 법이지. 그러니 지금처럼 조광이 위태 로워지다 못해 폭삭 주저앉게 되면 별의별 잡놈들이 설치기 시작할 거란 말이야."

장건후는 담배를 마저 한 모금 태우곤 담배 자국이 무성한 소파 팔걸이에 담배를 비벼 끄며 그 흔적을 하나 더 추가했 다.

"이 동네만 하더라도 얼마 전까진 있는 줄도 몰랐던 놈들 이 어깨를 펴고 다니기 시작하는 꼬락서니지."

"벌써요?"

"그래, 벌써부터 말이다. 게다가 그런 길거리 양아치들은 근절되지도 않고, 잡아들여도 금세 새로운 놈이 튀어나오기 마련이야. 그러니 조광이란 건 경찰 입장에서도 치안 유지를 위해선 어느 정도 필요악이지 않겠어?"

그 말에 강하윤은 언젠가 '어디까지나 그런 견해도 있다'고 서두를 뗀 교수의 말을 떠올렸다.

지금도 그렇지만, 미국에서 소모되는 마약의 대부분은 남 미에서 온다.

70~80년대, 콜롬비아의 마약왕 파블로 에스코바르가 DEA의 체포 작전 중 사망한 뒤, 남미 마약 조직은 점조직으로 흩어지며 FBI가 추적하기 힘든 지경에 이르렀다.

그래서 어떤 음모론에 의하면, 미국이 마약 밀매 카르텔을 잡아들이지 않는 건 이들을 잡아넣어 봐야 그때마다 새로운 마약 조직이 생겨나기 마련이어서 개중 '관리가 용이한' 인물을 카르텔 수장 자리에 앉히고, 그 일거수일투족을 감시하고 있단 이야기가 있다는 것이었다.

강하윤은 기업형 조직폭력배 집단인 조광을 필요악이라 말하는 장건후의 의견에 전적으로 동의하지는 않았지만, 그의 말마따나 '통제되지 않는 변수'가 늘어날 여지는 고려해야 할 듯하다고 생각했다.

장건후가 말을 이었다.

"어쨌건 다들 이번 일로 조광이 이빨 빠진 호랑이라는 걸 눈치채기 시작한 모양이더군. 하긴, 회사 최대 주주가 고작 중학생밖에 안 되는 여자애이니, 누가 봐도 위기 상황이야."

전형적인 선입견에 갇혀 있는 장건후를 보니, 아무래도 그는 조세화를 만나 본 적도, 그렇다고 초등학생 사장인 이성진의 존재도 모르는 모양이었다.

'뭐, 지금 이 사람에게 굳이 그 두 사람이 어떻단 이야기를 할 필요는 없겠지.'

강하윤이 장건후의 말을 받았다.

"즉, 장건후 씨가 지금 이 집에 숨어 지내는 건 조광이 직면한 현재 상황과 무관하지 않다는 겁니까?"

강하윤의 '숨어 지낸다'는 표현에 장건후는 신경이 거슬린 듯 인상을 찌푸렸지만, 그게 딱히 틀린 말은 아니었던지 그는 떨떠름해하며 고개를 끄덕였다.

"그런 셈입니다."

"그럼, 만약 조설훈이나 조지훈이 사망하지 않았다면 상황은 달라졌을까요?"

"……."

장건후는 즉각 대답하지 않고 잠시 뜸을 들인 뒤 대답했다.

"최소한 조지훈만 살아 있었더라면 이 꼴은 나지 않았을 겁니다. 조지훈 체제의 조광이라면 어쨌건 안정적이긴 했을 테니까요."

"……."

"한 가지 물어봅시다."

장건후가 강하윤을 물끄러미 쳐다보았다.

"조설훈이랑 조지훈이 죽은 건, 대체 어떻게 된 일입니까?"

"……수사 중인 사안은 민간인에게 발설할 수 없습니다."

"그렇다면 이 이야기는 여기서 쫑 나는 거죠."

장건후가 히죽 웃었다.

"까놓고 말해서, 내가 지금 뭐가 아쉬워서 형사님께 미주알고주알 우리 조직 이야기를 하겠습니까?"

"……."

"그쪽이 이런 누추한 곳까지 굳이 바쁘신 걸음을 하신 건, 나름대로 저에게 얻어 낼 것이 있어서겠죠. 그러니 얻고 싶은 게 있으면, 그쪽도 상응하는 대가를 내놔야 할 겁니다."

강하윤은 생각보다 강하게 나오는 장건후의 반응에 잠시 당황했다.

'……그래, 기브 앤 테이크는 상식인걸.'

강하윤은 잠시 망설이다가 고개를 끄덕였다.

"좋습니다. 그럼, 외부에 발설하지 않는 것을 조건으로 하나씩 정보를 주고받기로 하죠."

그렇게 말한 뒤, 강하윤이 힐끗 여진환을 보았다.

"여진환 순경은……."

"아, 물론입니다."

여진환은 능청스럽게 입에 지퍼를 채우는 시늉을 했고, 강하윤은 짧게 고개를 끄덕인 뒤 장건후를 보았다.

"어떻습니까?"

"좋습니다. 단."

장건후가 진지한 눈으로 강하윤을 보았다.

"질문은 제가 먼저 하겠습니다. 왠지 지금은 그래야 공평

할 것 같으니까요."

"그러시죠."

강하윤의 말에 장건후는 고개를 끄덕인 뒤, 입을 뗐다.

"조설훈이랑 조지훈은 누가 죽인 겁니까?"

그 말에 강하윤은 생각에 잠겼다가 대답했다.

"한 가지만 물으십시오. 그런 조건이니 말입니다. 조설훈입니까, 조지훈입니까?"

장건후는 떨떠름해하는 얼굴로 강하윤을 노려보다가 툭하고 입을 뗐다.

"조설훈."

"경찰 수사 결과로는, 조지훈에 의해 살해당했습니다."

물론 현재 그것과 관련해 강하윤 주변 인물 사이에선 논의가 분분한 사안이긴 하나, 거짓말은 하지 않았다.

"……뭐요? 대체 어떻게……."

장건후가 인상을 찌푸리며 무어라 말을 잇기 전, 강하윤이 그 말을 도중에 끊어 냈다.

"그 다음은 제 차례인 것 같은데요."

"……쳇."

장건후는 혀를 차며 소파에 등을 기댔다.

"거 까다롭게 나오는군. 그런 식으로 단답만 할 거라면, 내 대답도 거기 맞춰 짧아질 거란 걸 염두에 두는 게 좋을 겁니다."

장건후도 마냥 호락호락한 인물은 아니었다.

강하윤은 하는 수 없이 입을 열었다.

"······그러면 조설훈의 사인까지만 언급하죠. 조설훈은 총으로 후두부를 관통당해 사망했습니다."

"······총이라."

장건후는 한동안 생각에 잠겼다가 고개를 들었다.

"지금 당장 조지훈의 사인에 대해서도 묻고 싶지만, 답해주지 않겠군요. 그러면 이제 형사님 차례입니다. 뭐가 궁금합니까?"

단도직입적으로 물어보고 싶은 건 많다.

하지만 암만 '조건'이 붙어 있다고 해도, 장건후의 말을 곧이곧대로 믿을 수만은 없는 노릇이므로 그녀는 주변부부터 조금씩 공략해 가기로 했다.

'그 전에 저쪽이 궁금해하는 것이 끝나 버리지 않길 바라야겠지.'

강하윤이 신중하게 입을 뗐다.

"······얼마 전까지 이끌던 이 조직의 자금 출처입니다. 적지 않은 인원이 장건후 씨 휘하에 있었던 것으로 아는데, 그러니 아무런 수익도 없었던 것은 아니겠죠?"

그 말에 장건후가 눈썹을 씰룩였다.

"잠깐, 한 가지 짚고 넘어갑시다. 혹시 내 입에서 나오는 말이 무언가, 수사에 불리하게 작용한다거나 그쪽을 비롯한 경찰 측이 나를 잡아넣지 않는단 보장이 있어야 대답하겠습니다."

"법에 저촉되는 일을 한 겁니까?"

"한 가지 질문이 아닌 것 같군요. 그걸로 퉁 쳐도 되겠습니까?"

강하윤은 장건후를 물끄러미 쳐다보다가 한숨을 내쉬었다.

"죄송합니다. 방금 전 장건후 씨가 말씀하신 조건에 동의하기로 하죠. 단, 이후 어떤 일로 인해 장건후 씨가 체포되었을 경우에 그건 제가 주도한 것이 아님을 알아주십시오."

강하윤이 타협하자 장건후가 입매를 비틀었다.

"좋습니다. 그렇게 안 봤는데 그쪽도 상당히 융통성이 있군요."

"……대답부터 하시죠."

장건후가 피식 웃었다.

"대답하자면, 크게 두 가지 경로였습니다. 하나는 이쪽 나름대로 꾸리던 사업이고, 다른 하나는 조세광입니다."

장건후는 제법 영리한 대답을 내놓았다.

그는 여기서 강하윤에게 '이쪽 나름대로 꾸리던 사업'에 관심을 갖느냐, 아니면 '조세광'에 관심을 갖느냐라는 분기를 제공한 것이다.

만일 전자라고 한다면 그는 알아서 입을 다물 용의가 있었고, 후자라면 그녀를 경계하며 대답을 신중히 고를 것이다.

'뻔한 수작이지만 안 넘어갈 수가 없네.'

강하윤은 새어 나오려는 쓴웃음을 속으로 삼키며 입을 뗐다.

"여전히 제 차례입니까?"

"제 차례인 걸로 하죠."

장건후가 담담히 말을 이었다.

"조지훈의 사인은 뭡니까?"

"총상입니다."

"……총? 뭐, 그러면 조설훈이랑 조지훈이 서부극처럼 동시에 총을 뽑아 서로를 쏘기라도 했단 겁니까?"

"……."

장건후는 강하윤이 말을 이어 가길 기다린 눈치였지만, 그녀가 거기서 더 이상 말을 할 생각이 없어 보이자 인상을 구겼다.

"그게 끝입니까?"

"예."

"불공평하군요. 그러면 제 대답도 자연히 짧아질 수밖에 없다는 걸 그쪽도 잘 알고 계실 텐데."

강하윤이 담담히 대꾸했다.

"조설훈과 조지훈의 사망 경위는 중요한 것이라 판단했기 때문에 다음 기회로 넘기겠습니다."

"쳇."

장건후가 혀를 차며 해 보란 듯 손짓하자 강하윤이 다시 입을 열었다.

"그럼, 조세광의 자금 출처는 어떻게 됩니까? 아무리 재벌가 도련님이라 할지라도 용돈만으로는 그 많은 식구를 챙길 수는 없었을 것 같습니다만."

"아, 여러 가지가 있죠."

"……"

"……"

장건후의 침묵에 이번엔 강하윤이 인상을 찌푸렸다.

"그런 식으로 나오깁니까?"

"자고로 되로 주면 되로 받아야 하는 것이 세상의 이치죠."

꿀릴 게 없다는 듯한 장건후의 능청스런 말에 강하윤은 한숨을 내쉬었다.

이번엔 이쪽의 불찰이었다.

"알겠습니다. 다음 질문이 있으면 물어보십시오."

"……"

장건후는 곧장 물어보는 대신 심사숙고 뒤 입을 열었다.

"조설훈을 죽인 건 누구입니까?"

"경찰 수사 결과, 조지훈이 조설훈을 살해하였습니다. 그리고 조지훈은 현장에서 경찰에게 사살되었습니다."

이번엔 일부러 길게 대답했다.

물론 그것 역시 현재 논의가 분분한 내용이지만, 이번에도 거짓말은 하지 않았고······.

그런데 장건후는 눈을 예리하게 빛내며 강하윤의 대답에 생겨난 허점을 물고 늘어졌다.

"흐음, 보아하니 아까 전부터 '경찰 수사 결과'라는 걸 계속 강조하고 계신데······."

"······."

강하윤은 자신이 장건후의 말을 듣고 표정에 변화가 있거나 몸을 움찔하지는 않았는지 의식했다.

"뭐, 좋습니다."

장건후가 자세를 고쳐 앉으며 입을 열었다.

"조세광은 다방면에 걸쳐 수익을 거두고 있었습니다. 개중에는······."

"잠깐만."

강하윤이 끼어들었다.

"저는 아직 질문을 하지 않았습니다만."

"서비스입니다."

장건후가 피식 웃었다.

"방금 전 대답으로 최소한 그쪽이 내게 거짓말을 하는 건 아니라고 판단했으니까요."

"······."

"아니면, 방금 하던 스무고개나 계속합니까?"

자신의 말에 거짓이 없다는 것도 어디까지나 장건후 스스로가 알아낸 것에 불과했지만, 강하윤은 이번엔 그가 자신에게 나름 호의를 베푸는 것임을 깨닫곤 고개를 저었다.

"아닙니다. 말씀해 주십시오. 장건후 씨가 아시는 조세광의 자금 출처 경로는 무엇이었습니까?"

조세광의 구속까지 이루어진 마당에 그 혐의에 더할 것이 뭐가 있는지 조금 궁금했지만, 장건후는 그에게 집착하는 강하윤에게 양보를 해 주기로 했다.

어차피 조세광에 대해선 장건후도 아니꼽게 생각하고 있었으므로, 장건후 자신이 연루된 일만 아니라면 하등 가책 없이 이야기를 할 수 있었다는 것도 그 마음가짐에 한몫했으리라.

"아까 전 대답했듯 조세광의 자금 출처는 다각화되어 있습니다. 그 일은 대부분 조광이 하는 일과 연관되어 있었죠."

"그건 합법적인 일이었습니까?"

장건후가 픽 웃었다.

"글쎄요."

"……."

"아, 대답을 피한 게 아닙니다."

장건후는 담배를 한 개비 꺼내 불을 붙였다.

"조세광이 하던 개인 사업은 제가 아는 것만 하더라도 합법, 편법, 위법 등등 워낙 다양해서요. 아무래도 범위를 좁혀야 할 것 같습니다만."

아무리 장건후가 조세광의 심복은 아니라지만, 쌓인 눈칫밥이 있다 보니 그는 조세광이 김수영이며 지동훈이 할 줄 모르는 일을 부리기엔 적당한 인재였다.

또, 개중엔 그가 속 시원히 대답할 수 없는 것도 포함되어 있으리라.

'그런 중요 인물의 신의를 얻지 못한 것이 조세광의 패착이라면 패착이지만.'

사실, 조세광도 아직 고등학생에 불과했다.

그녀도 이성진과 어울려 다니다 보니 이따금 깜빡하곤 하지만, 세월이라고 하는 절대적인 경험치가 부족하면 종종 돌이키기 힘들만치 어리석은 실수를 할 때도 왕왕 있기 마련인 것이다.

'……게다가 어차피 그에게 경제사범 혐의를 적용하는 건 지금 내가 할 일이 아니야.'

강하윤이 입을 열었다.

"그럼, 조세광이 올해부터 시작한 일이 있었습니까?"

그 말에 장건후는 천천히 담배 연기를 뿜은 뒤 자세를 고쳐 앉았다.

"서비스는 여기까지로 해 두죠. 그걸 질문으로 하시겠습니까?"

"……."

결국은 그거냐.

그래도 어쨌건 '숨길 생각까진 없어 보이는' 장건후의 대답은 강하윤 입장에서도 나쁘지 않은 제안이었다.

"그렇게 하겠습니다."

"흠, 어디 보자."

장건후는 뜸을 들였다가 혼잣말처럼 말을 이었다.

"연초? 아니, 겨울이 지나고 봄쯤이었나. 조세광이 골프 사업을 준비하더군요."

골프?

다소 생뚱맞다.

"조광이 경영하던 컨트리클럽과 별개로 말씀입니까?"

강하윤의 물음에 장건후가 고개를 끄덕였다.

"아, 예. 그전에도 이래저래 협박할 빌미가 있으면 골프 회원권은 팔아 치워 댔습니다만, 이건 뭐라고 해야 하나……. 뭔가 생소한 단어였는데. 아니, 흔했던가?"

담배를 연거푸 태우고도 좀처럼 단어가 생각이 나질 않는지 장건후는 인상을 찌푸리며 고개를 저었다.

"뭐, 아무튼 실내에서 골프를 칠 수 있게 하는 거였습니다."

그 말에 강하윤은 도심 외곽에서 흔히 볼 수 있는 골프 연습장을 떠올렸다.

"아, 저도 알 거 같습니다. 그걸 뭐라고 부르는지는 잘 모르겠는데…….."

강하윤의 중얼거림에 잠자코 있던 여진환이 툭하고 끼어들었다.

"인도어 골프 연습장 말인가요?"

"인도어 골프 연습장?"

"그, 있잖습니까. 5~6층 정도 되는 건물에 전방을 개방해서 그물에다가 드라이버 샷을 연습하는…….."

장건후가 고개를 저었다.

"아니. 골프라곤 구경도 못 해 본 나도 그게 뭔지는 알아. 내가 말하려는 건 그런 것보단, 좀 더 협소하고 밀폐된 장소, 이를테면 건물 지하실에서도 가능한……. 좀 테크니컬? 그런 느낌이었는데."

그 말을 들은 여진환이 아, 하고 고개를 끄덕였다.

"혹시…… 스크린 골프?"

"맞아. 그거. 조세광은 스크린 골프라는 걸 하려고 했어."

강하윤이 고개를 돌려 여진환을 보았다.

"스크린 골프?"

"아, 네."

여진환이 빙긋 웃으며 대답했다.

"빈 스크린에다가 공을 날리면 화면에 공이 날아간 궤적과 위치 같은 걸 컴퓨터 그래픽으로 보여 주는 장치입니다."

"별의별 게 다 있구나……."

기술의 발전이란.

골프에 관해선 '하얀 공을 막대기로 날려 구멍에 집어넣는 부자들의 스포츠' 정도로만 알고 있던 강하윤이 감탄하며 고개를 주억거리는 사이, 여진환이 머리를 긁적이며 중얼거렸다.

"그런데 그런 건 엄청 비쌀 텐데……."

"비싸?"

"예? 아, 그렇습니다. 아직까진 국내에도 몇몇 컨트리클럽 정도에만 수입품이 비치되어 있는 수준이라고 했거든요."

그런 것치곤 잘 알고 있네.

자신을 물끄러미 쳐다보는 강하윤의 시선에 여진환이 어색한 미소를 지으며 어깨를 으쓱였다.

"저도 어디서 우연히 주워들은 겁니다."

누가 뭐랬나.

장건후가 끼어들었다.

"아, 그래서 조세광이 국내 어느 연구소에 투자도 한다고 들었어."

"국내 연구소 투자요?"

선입견이 작용한 걸 수도 있겠지만, 왠지 모르게 조세광이랑, 아니, 조광이라는 그룹과 전혀 관련이 없어 보이는 단어의 조합이어서 여진환은 저도 모르게 물었고.

장건후가 여진환의 말에 고개를 끄덕였다.

"그래. 나이스트였나? 거기 어느 연구소에서 상대적으로 값이 저렴한 스크린 골프 기계를 개발한다더군. 언젠가 조세광이 자랑스레 떠들어 댔지, 그걸."

"……."

심지어 나이스트까지 언급되자 강하윤은 장건후가 한 말의 진위 여부를 의심해 봐야 하는 건 아닌가, 하고 생각했다.

강하윤이 다시 장건후를 보았다.

"……아무튼 조세광은 올해 초부터 그 스크린 골프라는 사업을 시작했단 겁니까?"

"예. 그래서 조세광 명령으로 유흥가 쪽에 땅을 알아보러 다닌 적이 있거든요. 매물로 싸게 나온 넓고 밀폐된 지하 위주로."

그래서 골프에 문외한인 듯한 장건후도 '스크린 골프장'이 들어설 지리만큼은 빠삭했던 모양이었다.

"뭐, 그 외에는 저도 그렇게까지 측근은 아니어서 말입니다. 자세히는 모르겠군요."

"그러면……."

"이젠 제 차례 아닙니까?"

장건후는 재차 말을 이으려는 강하윤의 말을 끊어 냈다.

"암만 형사님이라도 서비스로 본전까지 챙겨 가려 하시는 건 수지가 안 맞죠."

"……좋습니다. 질문하시죠."

장건후가 고개를 끄덕인 뒤 뜸을 들였다가 입을 뗐다.

"그러면…… 조설훈과 조지훈의 사망 경위는 뭡니까?"

장건후가 던질 질문이 무엇인지 정도는 예상하고 있었지만, 막상 그 질문이 닥쳐오자 강하윤은 망설이지 않을 수가 없었다.

그래서 강하윤은 뒤로 슬쩍 한 발을 뺐다.

"내용에 비해 질문이 포괄적입니다만."

"쯥."

장건후가 인상을 구겼다.

"그러면 '경찰이 조사한' 조설훈의 사망 원인 정도라도 말씀해 주시죠. 지금은 어째어째 막고 있는 모양이지만 어차피 조금 더 시간이 지나면 언론에 보도될 내용 아닙니까?"

"……."

하긴, 장건후의 말마따나 지금은 언론에 보도되는 걸 막고 있다뿐이지, 이것도 영원히 비밀로 할 수는 없을 것이다.

강하윤이 대답했다.

"조설훈은 조지훈에게 살해당했고, 조지훈은 현장을 찾은 형사가 제압 도중 쏜 총에 맞아 사망하였습니다."

"……."

장건후는 아무런 말없이 담배를 몇 모금 태웠다.

"그러면……."

장건후가 입을 뗐다.

"그 내용은 조지훈을 죽인 형사가 증언했습니까?"

"……그분 역시 조지훈이 쏜 총에 의해 순직하셨습니다. 해당 내용은 그 형사의 동료 경찰이 증언하였으며, 국과수의 감식을 거쳐 교차 검증 된 내용입니다."

강하윤이 구태여 상세한 대답을 내놓은 건, 장건후가 베푼 '서비스'의 영향이었다.

장건후 역시도 그 내용이 자신에게 딱히 득될 것 없는, 단순한 호기심 해결에 불과하다고 생각했지만…….

'음?'

장건후는 그 이야기가 나오던 찰나 강하윤의 곁에 앉아 있는 여진환의 표정이 굳는 걸 보았다.

'……아하.'

그래서 장건후는 강하윤의 입에서 나온 내용의 위화감을 놓치지 않고 가슴 한구석에 붙들 수 있었다.

'아무래도 경찰이 조사한 것과 저 여자가 느낀 의문점에 차이가 있는 모양이군.'

낌새는 있었다.

방금 전부터 강하윤은 줄곧 '경찰이 조사한' 것이란 전제를 붙여 말했다는 것.

그리고 강하윤이 '경찰 입장에 해가 되는 걸 감수해 가며' 개털에 불과한 자신을 굳이 찾아와 준 것.

'어쩌면, 사건의 핵심은 조세광의 행적이 쥐고 있는 것일지도 모르겠어.'

아마도 거기엔 '조지훈이 조설훈을 죽였다'고 하는 표면적 진실과 다른 결말을 내포하고 있으리라.

'이제부턴 앞으로 들어올 질문에서 역으로 단서를 캐 봐야겠군. 그리고…….'

건달에게 허세란 무기이자, 자신의 속내를 감추는 가면이기도 하다.

그래서일까, 밑바닥에서 구르며 단련된 장건후는 자신의 본심을 감추는 것에 남보다 능숙한 편이었다.

장건후는 티 나지 않게 여진환의 안색을 힐끗 살폈다.

'여진환도 관련해 무언가 정보가 있군. 여진환이 뭔가를 안다는 걸 저 여자가 알고 있는지까진 모르겠지만.'

계산을 마친 장건후가 능청스레 입을 뗐다.

"여기서 더 물어보는 건 거래에 해당하지 않겠죠?"

장건후의 말에 강하윤이 고개를 끄덕였다.

"예. 그러면 질문해도 되겠습니까?"

"하시죠."

이젠 피차가 이 '스무고개'에 익숙해진 듯했다.

"조세광이 골프 사업을 시작하던 당시, 포기한 사업체가 있습니까?"

"……."

강하윤의 질문에 장건후는 저도 모르게 반응을 할 뻔했다.

그 말은 '그녀가 의심하고 있는 어떤 사실'을 전제로 삼지 않으면 나올 수 없는 질문이었기 때문이었다.

'그 시기, 그 상황에 무언가가 있나 본데.'

장건후는 이어서 생각했다.

'……물론 전혀 모르는 일이라고 잡아 뗄 수도 있겠지만, 그러면 여기서 대화는 쫑 나고 말겠군.'

장건후 쪽이 먼저 질문을 던졌으니 그래도 손해 보는 건 아니었지만, 그는 상황을 이용하기로 했다.

"새마음아동복지재단."

"……."

강하윤이 눈을 가늘게 떴다.

그 표정을 본 장건후가 빙긋 웃었다.

"표정을 보니 설명은 필요 없겠군요."

"……조세광은 거기서 무슨 수작을 부려 왔습니까?"

"서비스는 한 번뿐입니다만."

"……."

"농담입니다. 뭐, 조금 사족을 덧붙이자면……."

장건후는 구봉팔에 대한 언급은 피한 채 조세광이 새마음아동복지재단 일부를 관리하며 자금을 세탁해 온 것을 말했다.

"그 과정에 콩고물도 좀 떨어진 모양이죠. 조세광 같은 놈이 남 좋으라고 그런 복지 사업을 하겠습니까? 다 이유가 있으니 하는 거죠."

쓸데없는 사족을 덧붙이긴 했지만, '조세광이 새마음아동복지재단과 관련되어 있었다'는 장건후의 말은 큰 수확이었다.

다만, 한 가지 더 걸리는 게 있었다.

"그런데 조세광이 그걸 순순히 포기했습니까?"

"솔직히 말하면 그 시점에 이미 새마음아동복지재단은 조설훈 입장에서도 처치 곤란한 물건이었습니다. 그 왜, 연말에 그 밑에 고아원이 방송을 타는 바람에 돈이 무지막지하게 쏟아졌거든요."

"원치 않던 세간의 주목을 받은 판국이니 이걸 어떻게 해야 하나, 하고 당시엔 조세광도 신경질을 냈죠. 그렇다고 그놈 성격에 제대로 된 재단으로 관리하겠단 생각을 할 리도 없고……. 거기서 이미 조세광은 적당한 구실을 붙여 재단을 버려야겠단 생각을 했을 겁니다. 뭐, 그나마 다행인 건 그 지랄도 오래가지 않았단 거지만요."

즉, 조세광은 그 시점엔 새마음아동복지재단을 잘라 낼 필요가 있었단 의미였다.

그렇다고 해서 마냥 내다 버리기엔 아깝고, 가지고 있어도 귀찮기만 한 것이니…….

"계륵이군요."

여진환이 툭하고 뱉은 말에 장건후가 그를 보았다.

"계륵?"

"아, 네. 삼국지에서 나온 말인데…… 대충 내가 먹자니 귀찮고 그렇다고 버리긴 아까운 그런 걸 의미하는 겁니다."

"계륵이라…… 흠, 이번엔 그 말이 꼭 들어맞겠군."

둘의 대화를 들으며 강하윤은 문득 '양상춘도 이 상황엔 그런 표현을 쓸 것 같다'고 떠올리며, 왠지 모르게 여진환과 양상춘은 죽이 맞을지도 모르겠단 생각을 했다.

'그보다는…….'

강하윤은 장건후의 대답에 주목했다.

'혹시 조세광은 계륵을 포기하는 대가로 스크린 골프 사업을 소개받은 것이 아닐까?'

스크린 골프라니, 강하윤도 처음 들어 보는 첨단 문물이었지만.

그녀는 마침 그런 첨단 문물과 밀접하게 살아오며 이를 생업으로 삼고 있는 인물을 알고 있었다.

'……어쩌면 성진이일지도 몰라.'

그렇다는 건, 이성진은 처음부터 이권을 두고 조세광과 만났다는 것일까.

'그런 거라면, 나는…….'

한편, 장건후는 표정이 딱딱하게 굳어 있는 강하윤을 힐끗 쳐다보며 속으로 미소를 지었다.

몇 년간 눈칫밥을 먹어 오며 속내를 감추는 일에는 이골이 났다.

장건후는 지금껏 일부러 모른 척하며 강하윤의 반응을 살피고 있었다.

비록 박순길 때는 강제로 술을 들이붓는 바람에 빈틈이 생기고 말았지만, 정신이 말짱한 지금 풋내기 경찰 한두 사람 속이는 것쯤이야 어린애 손목을 비트는 일보다 손쉽다.

'게다가 박순길 그 새끼는 생긴 거나 하는 거랑 달리 속이 음흉하기 짝이 없었으니까.'

그에 비하면 속내를 감출 줄 모르는 눈앞의 강하윤은 귀엽게 볼 수도 있을 지경이다.

세상에 완전한 비밀은 없다고 하듯, 그는 조설훈과 조지훈이 공멸(그 구체적인 정황까진 모르지만)했다는 소문은 익히 들어 알고 있었고, 조설훈은 박상대 건으로 발목이 잡혀 있었다는 것도, 심지어는 예전부터 이미 '계륵'이라는 단어도 알고 있었다.

'나도 삼국지 정도는 읽었다 이거야.'

'계륵'과 조설훈이 박상대의 뒤처리를 해 주었다는 건 차치하더라도, 조설훈과 조지훈의 공멸에 대해선 장건후 본인 같은 개털도 알고 있으니, 하물며 각 파벌의 핵심 인사들 중에도 수사 내용이 어떠한가를 아는 이는 제법 있을 것이다.

그날 조성광마저 숨을 거둔 건 정말로 우연이겠지만, 애당초 형제가 한 날 한 시에 사망했다는 그 자체를 공론화하지 않고 다들 쉬쉬하고 있는 건, 그 일이 알려져 봐야 조설훈과 조지훈, 두 파벌 모두에게 득될 것이 없기 때문이었다.

조지훈 파벌 측에서는 당연히 '조지훈이 조설훈을 살해했다'는 자체가 리스크로 작용하여 명분을 빼앗고 파벌의 힘을 분산시킬 것이다.

그리고 조설훈 파벌이 감내할 리스크의 경우는 일반 상식 기준으로 조금 특이한데, 이는 조광이 아직 조폭 물이 덜 빠진 곳이기에 생겨난 가치관이라 할 수 있었다.

어차피 주먹만이 낭만이던 시절은 김두한이 종로 사거리를 주름잡고 다닐 때 이미 사라지고 없었고, 항쟁에는 '연장'이라 불리는 흉기가 보편화된 시대라지만.

조직의 수장쯤 되는 인물이 '작업을 당했다'는 건 곧 '가오가 살지 않는 일'이었다.

만일 세대가 조금 더 지나 조광이 조폭 티를 온전히 벗어던지고 합법적인 회사로 세탁이 이루어졌다면 또 모를까, 아직까진 요직에 앉은 이들도, 그들을 따르는 부하들도 깡패 물이 덜 빠진 것이다.

'어쨌건 구세대인 거지, 살아남은 그놈들도.'

다만 그런 장건후의 눈에 강하윤의 태도가 수상쩍긴 해도, 이것만큼은 눈치 이상의 직관이 필요한 일인지 아무리 머리를 굴려 보아도 그녀가 오늘 자신을 찾아온 이유만큼은 당최 짐작이 가질 않았다.

'하필 구체적으로 올해 조세광의 자금 출처에 대해 콕 짚어 물었다는 건, 어느 정도 정보는 있되 애매한 것들이 있단 이야긴데…….'

그리고 그건 분명 '새마음아동복지재단'과 관계된 것일 터.

'확신은 없지만 저 여자가 물어본 시기와 반응을 보면 분명 거기에 핵심이 있을 것이다.'

새마음아동복지재단은 이미 조세광의 손을 떠나간 사업이었지만, 장건후는 조세광이 손을 놓은 이후로도 조금씩 신경은 기울이고 있었다.

특히 최근 들어선 더더욱.

'그도 그럴 것이 그 재단 이사장이 구봉팔이니까.'

올해 어느덧 1996년 3분기로 들어선 이 시점, 조광 그룹 내에서 가장 극적인 변화를 겪은 건—하루아침에 대주주로 거듭난 조세화를 제외한다면—명실상부 구봉팔이었다.

얼마 전까지만 하더라도 한물간 건달 취급받고 잊혀 가던 구봉팔은 현재, 작고한 조성광 회장의 숨은 실력자라는 소문과 함께 굵직한 자리를 떠맡아 가며 조광에 재등장했다.

외부에선 그런 식으로 떠들어 댔지만, 그럴 리가 없다는 것은 구봉팔과 비슷한 서열인 장건후가 가장 잘 알고 있었다.

심지어 조세광이 새마음아동복지재단에서 손을 놓기 전까지 구봉팔이 그 어린놈의 귀찮은 수발을 다 들어가며 자신에게 넘어온 역할을 전담해 온 것이다.

그리고 그 변화의 단초는 분명, 조세화가 물어본 여타의 사안과 무관하지 않을 것이라는 게 장건후의 생각이었다.

'암만 계륵이라지만 조세광이 새마음아동복지재단을 순순히 놓아줬을 리는 없지.'

그리고 분명—여기서부터는 다소간 장건후의 착각이 섞이지만—거기에는 새마음아동복지재단을 조세광에게 맡겼던 조설훈의 의지 또한 개입해 있었을 것이다.

'즉, 구봉팔의 현 위치는 다름 아닌 조설훈과 조지훈 두 사람의 뜻이 맞아떨어졌기에 가능했던 거야.'

대관절 새마음아동복지재단이 무엇이기에?

분명, 단순한(?) 자금 세탁용 재단은 아니었던 듯했다.

어쩌면 그건 조설훈이나 조지훈의 죽음과 유관할지도 모르고, 그녀가 '조세광의 자금 출처'를 물은 건 거기서 파생한 일이 지금의 결과로 이르도록 이끈 걸지도 모른다.

'무언가, 그 자체가 아킬레스건이었다면……. 아!'

거기서 그는 문득 박순길과 나눴던 대화를 머릿속에 떠올렸다.

「조지훈이가 박길태를 시켜 설치한 도청기. 그짝에다가 조설훈이 박상대 놈이랑 협잡을 해 부린 것이 있다믄, 우째 생각하는가?」

　과연.
　장건후는 속으로 미소를 지었다.
　'그렇다고 한다면 새마음아동복지재단은 박상대와 무관하지 않은 것이렸다.'
　여기서 만일 그가 이성진의 존재를 알고 있었다면 아까 전 강하윤과 일문일답 때 나온 '스크린 골프 사업'이 새마음아동복지재단의 거래 조건이었음을 떠올릴 수 있었을지도 모른다.
　하지만 그는 이성진이라는 인물의 존재 자체를 알지 못했다.
　그래서 그 꼬리에 꼬리를 물고 이어진 생각은 지금 온통 구봉팔을 향해 집중되어 있었다.
　'그러면 저 여자를 비롯한 경찰 측은, 이번 사건 일체의 배후에 구봉팔이 있다고 의심 중인 건가?'
　이만해도 나쁘지 않은 수확이었다.
　박순길과 만나고 조세광을 배신하기로 마음먹은 그때부터, 장건후는 구봉팔과 접선할 요량으로 그와 만날 명분과 구실을 찾고 있었다.
　비록 둘 사이엔 조세광 아래서 굴렀다는 인연(?)이 있다고는 하나, 전성기 때 행동파의 주축이던 구봉팔과 그 당시에도 별 볼일 없는 건달이던 자신 사이에는 큰 격차가 있었다.

조직에 들어온 시기는 비슷했을지 모르나, 구봉팔은 처음부터 '조성광이 데려온—현재 구봉팔 주위를 나도는 그가 조성광의 오른팔이었단 소문은 아무 맥락도 없이 튀어나온 것이 아니었다—놈'이었고, 그 기대에 걸맞게 마치 내일이 없는 것처럼 살았다.

하물며 지금은 그때에 비해 더 큰 격차가 벌어져 있었다.

조세광을 배신했다는 아슬아슬한 낙인이 찍혀 어디 숨을 궁리나 하는 자신과 달리, 구봉팔은 현재 혼란에 빠진 조광 그룹의 숨은 실세로 거듭나 있는 것이다.

그러니 지금 강하윤이 가져 온 정보는 지옥에 떨어진 죄인에게 내려준 부처님 동아줄이나 다름없었다.

'이걸 잘만 이용하면 구봉팔에게 접근할 명분이 생기겠지.'

장건후는 조금 더 파 보기로 했다.

'솔직하게 마음을 터놓은 지금'이 아니면 그녀가 알고 있는 것을 알아낼 방도는 두 번 다시 생기지 않으리라.

더욱이 아마 이번에 던질 질문의 답을 듣고 나면 그녀와 자신 간에 용무는 사라질 것이다.

'기회는 한 번.'

그녀가 아는 것 중 자신에게, 나아가 구봉팔에게 이득이 될 만한 정보를 얻어 내야 했다.

생각을 마친 장건후가 강하윤에게 말을 건넸다.

"질문은 끝나셨습니까?"

그 말에 강하윤이 퍼뜩 상념에서 깨어 그를 보았다.

"예? 아, 예……. 그렇습니다."

어딘가 힘이 없어 보이는 목소리였지만, 장건후는 아랑곳하지 않고 말을 받았다.

"그럼 제 차례군요. 어디……."

장건후가 담배를 한 모금 태우며 잠시 생각할 시간을 벌었다.

지금 구봉팔에게 필요한 건, 그가 다른 파벌에 속한 임원들을 압박해 회사를 차지할 수 있는 정보일 것이다.

그리고 그건.

"형사님께선 아까 전부터 줄곧 '경찰 수사 결과'를 입에 담으셨는데, 실제 조설훈과 조지훈이 사망한 현장은 어땠습니까?"

강하윤은 '올 것이 왔다'는 표정이었고, 장건후는 그녀가 경계하지 않도록 사족을 더했다.

"아, 물론 제가 이 일을 외부에 발설할 일은 없습니다."

장건후는 입에 침도 바르지 않고 거짓말을 했다.

"알고 지내는 기자도 없고, 저 같은 개털이 그런 정보를 가지고 있어 봐야 어디에 쓰겠습니까?"

장건후의 착오라면, 그는 강하윤을 너무 쉽게 봤다는 점이었다.

장건후의 호언장담은 오히려 강하윤의 경계심을 높였고, 그녀는 슬쩍 자세를 고쳐 앉으며 딱딱하게 굳은 얼굴로 그말을 받았다.

"아무리 그래도 민간인에게 수사 중인 사안을 발설할 수는 없습니다."

떠그럴.

그 말에 장건후가 미간을 구겼다.

"그런 게 어디 있습니까? 이건 그런 거래였잖습니까. 이제는 제 차례고⋯⋯."

"선은 지켜 주십시오."

그러면서 강하윤은 무심결에 여진환을 힐끗 살폈는데, 그제야 장건후도 아차 싶어 하는 얼굴이 됐다.

그녀는 지금 혼자가 아니었다.

어쩌면, 곁에 여진환이 없었더라면 하는 수 없이 발설했을지도 모른다.

'씁, 저놈을 진작 내보낼 걸 그랬군.'

하지만 어쩌겠는가, 이 또한 장건후가 자초한 일이었던 것을.

'너무 성급했나.'

장건후가 머리를 벅벅 긁었다.

'됐어. 2안도 있으니까.'

장건후가 강하윤을 보았다.

"좋습니다. 그러면 '경찰이 하는 일의 선을 넘지 않는 수준'에서 질문하겠습니다."

장건후가 말을 이었다.

"조설훈과 조지훈의 죽음, 그 사건의 전말을 저희 아가씨도 알고 계십니까?"

"……아가씨라면, 조세화 양 말씀입니까?"

"아니면 달리 누가 있겠습니까?"

숫제 비꼬는 것처럼도 들리는 장건후의 말을 들으며, 강하윤은 대답을 망설이다가 마지못해 고개를 끄덕였다.

"……예."

흠, 조세화는 이미 알고 있는 것인가.

하긴, 조세화는 유산을 상속받은 직계 당사자이니, 관련하여 어느 정도는 알고 있을 것이다.

"서비스는……."

"……."

"기대할 수 없겠군요. 불공평한 거래였지만, 어쩌겠습니까."

"……죄송합니다."

"아뇨, 경찰 나으리께서 저 같은 놈에게 사과하실 필요까지야. 그 마음만 알고 있겠습니다."

장건후는 하는 수 없다는 듯 능청을 섞어 말하며 담배를 비벼 껐다.

"그러면 이걸로 용무는 마치셨습니까?"

솔직히 더 묻고 싶은 건 많았다.

'이를테면 구봉팔과 이성진의 관계라든가…….'

하지만 이 이상 대화를 이어 갔다간 그에게 발설해선 안될 정보를 들킬지도 모른단 우려가 그녀의 마음을 붙잡았다.

"……예."

"그러면 돌아가 주십시오. 이래 봬도 바쁜 사람이거든요."

전혀 그렇게 보이지 않았지만, 본인이 그렇다고 하니 어쩌겠는가.

장건후의 나직한 축객령에 강하윤은 무표정한 얼굴로 자리에서 일어섰다.

"바쁘신 와중 시간을 내 주셔서 감사합니다."

"뭘요……. 아, 그런데."

강하윤이 그대로 몸을 돌리려다 말고 장건후를 보았다.

"무슨 용건이십니까?"

"박순길 형사는 잘 지내고 계십니까?"

"……."

"아, 그냥 안부나 물어보려고요. 이건 거래와 무관한 겁니다."

강하윤은 딱딱한 얼굴로 대답했다.

"돌아가셨습니다."

그 말에 장건후가 눈을 크게 치떴다.

"예? 그 사람, 죽었습니까?"

"예? 아, 아뇨, 전라도로 돌아가셨다고……."

"……."

왜 주어를 생략하고 그래.

'좋다 말았네.'

하기야, 그 인간이 어디서 쉽게 죽을 인간은 아니라고 생각했다.

"그러면 살펴 가십쇼. 배웅은 안 해 드립니다."

강하윤과 여진환이 돌아가고 난 뒤, 장건후는 소파에 앉아 담배 한 대를 꺼내 입에 물었다.

'이거면 됐어.'

방금 전, 강하윤은 분명 '조세화가 전말을 알고 있느냐'는 말에 긍정했다.

그 말인 즉, 조세화가 알고 있다는 걸 그녀가 인지하고 있단 것이 된다.

'해 볼 만하겠군.'

어차피 자신이 일의 '진상'을 알아봐야 쓸데도 없고, 중요한 건 그 정보를 누가 손에 쥐고 있는가 하는 것이니까.

이것으로 자신이 구봉팔에게 내밀 수 있는 최소한의 협상 카드는 갖췄다.

장건후가 허공에 담배 연기를 뿜었다.

담배 연기가 덥고 습한, 밀폐된 실내에 갇혀 너울너울 춤
을 추었다.

'그 여자한테 말한 바쁜 몸이라는 것은 거짓말이 아니게
됐군.'

3장

저택을 나오자마자 쨍쨍한 한여름 햇볕이 무자비하게 쏟아져 내렸다.

오존층에 구멍이 뚫렸다더니, 정말로 그런 모양이라고 강하윤은 생각했다.

관리되지 않은 마당엔 어디서 날아와 붙었는지 모를 매미가 시끄럽게 배를 떨어 댔고, 그 소리는 회칠된 담장에 부딪히며 여기저기 반향을 일으켰다.

대문까지 나온 강하윤은 문득 온몸에 옅게 밴 끈적끈적한 땀이 마치 몸에 한 꺼풀 수막을 두른 것처럼 느껴졌다.

'나, 땀 냄새 나는 건 아닐까.'

마음 같아선 당장 어디라도 가서 샤워로 땀을 씻어 내고 싶었다.

그러면서 강하윤은 이 불쾌감이 몸에 밴 땀 때문인지, 아니면 속내를 감추고 이쪽을 떠보던 장건후 때문인지 모를 기분이었다.

'이제 어쩐다.'

이대로 이성진을 만나 진상을 캐묻고 싶었다.

조세광과 어떤 거래를 했는지, 그 결과로 새마음아동복지재단을 손에 넣은 것인지, 그 과정에 결국 조설훈을…….

'아니야. 성진이가 그럴 리…….'

과연 그럴까?

정작 자신은 이성진을 얼마나 알고 있는가.

그녀가 마음속으로 던진 질문이었지만, 스스로도 대답할 수 없었다.

그녀가 이성진에 대해 알고 있는 것이라곤, 그가 삼광 그룹의 장손이라는 점과 나이를 잊을 만큼 총명한 소년이라는 것, 전도유망한 흑자회사를 경영하고 있다는 표면적인 사실뿐이었다.

그러면서도 정작 자신조차 이성진에게 그 소년의 나이에 걸맞은 질문—취미가 무엇인지, 장래 꿈이 무엇인지, 학급에 좋아하는 여자애는 있는지 따위의—을 한 번도 해 본 적 없단 생각에 미쳤다.

그리고 그녀 자신은 이성진에게 기대 도움만을 요청했을

뿐이었고, 이성진은 그런 그녀의 욕망을 모두 이루어 주었다.

'……나, 생각 이상으로 저질이네.'

그렇게 현기증마저 느껴지는 자기 환멸에 휩싸인 채, 묵묵히 발걸음을 옮겨 골목길을 벗어났을 때, 여진환이 입을 뗐다.

"그런데 선배님."

"응?"

강하윤은 깜빡 여진환의 존재를 잊고 있었다는 것에 놀라 고개를 돌렸다.

하지만 여진환은 그런 그녀의 속내를 모르는지, 아니면 알고도 별반 신경 쓰지 않는 모양인지 그녀를 불렀던 용건을 담담히 전했다.

"방금 전 장건후를 찾은 건 조세광이 목적이었습니까?"

"……그런 셈이야."

정확히는 조세광 자체가 목적은 아니었지만.

'이걸로 왠지 내 안에서 성진이가 이번 일과 연루되었단 확신이 커졌어.'

여진환이 다시 입을 뗐다.

"저, 선배님. 제가 이런 말씀을 드리긴 뭣합니다만, 조세광 건은 끝나지 않았습니까? 이후로는 그, 김보성 검사님이란 분이 알아서 하실 거라고……."

"나도 알아."

강하윤은 저도 모르게 신경질적으로 말을 받았다가 얼른 어조를 고쳤다.

"오늘 일은 그냥 개인적으로 궁금한 게 있어서."

그러면서 혹시나 하며 덧붙였다.

"도와줘서 고마워."

"아닙니다, 선배님. 신경 쓰지 마십쇼."

정말로 신경 안 쓰는 건지, 예의상 한 말인지.

이래서 아이들과 달리 어른들 간의 관계는 고려해야 할 것이 많아 피곤한 거라고 생각했다.

"그런데, 개인적인 일이라뇨?"

여진환이 뒤이은 말에 강하윤은 아차 하며 얼버무렸다.

"으응, 그냥 조금. 그 왜, 있잖아. 너도 아는 강선이가 어제부터 요한의 집에 들어갔거든. 그래서 그게 좀 신경이 쓰여서……."

"흐음……."

여진환은 무슨 생각을 하는지 알 수 없는 표정으로 고개를 끄덕였다.

"알겠습니다. 선배님이 그렇게 말씀하시니……."

"응."

여진환이 잠시 뜸을 들였다가 표정을 고쳐 말했다.

"그나저나 선배님, 곧장 복귀하셔야 합니까?"

"응? 딱히 그런 건 아닌데……."

"그러면 잠시 어디 시원한 곳에서 커피나 한잔하시죠."

강하윤은 그 말에 잠시, 여진환이 자신에게 추파를 던지는 건 아닌가 하고 의심했다.

자의식 과잉이 아니라, 제법 미인상인 그녀는 살아오면서 그런 식의 추파를 적잖이 받아 왔고, 그에 따른 대처 방법도 숙지하고 있었다.

'마침 여진환도 또래이고…….'

그런데 여진환에게서는 전혀 그런 낌새가 전혀 느껴지지 않아서, 강하윤은 어쩐지 그런 생각부터 떠올리고 만 자신이 부끄러웠다.

"응, 괜찮아."

"잘됐군요. 그럼 선배님이 쏘시는 걸로 하고, 로스트 빈으로 가시죠."

여진환은 별다른 의도 없이 한 말이겠지만, '로스트 빈'이 언급되자 강하윤은 공연히 가슴 한구석이 뜨끔했다.

"아, 응. 그럴까……. 그래도 네가 타 준 커피보단 별로인데."

그래서 그녀는 여진환이 오전에 타 준 커피에 괜한 공치사를 덧붙였는데, 여진환은 기뻐하기는커녕 못 볼 걸 본 것처럼 표정이 딱딱하게 굳었다.

"말씀은 감사합니다만, 그렇다고 해서 로스트 빈의 급이 떨어진단 생각은 하지 말아 주셨으면 합니다."

……어라.

'급발진하는 모습이 진짜 제대로 화가 난 모양인데.'

강하윤은 '지뢰를 밟았구나' 하고 생각했지만, 이미 때는 늦었다.

"선배님, 로스트 빈 커피는 기본적으로 갓 볶아 낸 신선한 원두를 정성껏 갈아 만들고 있습니다. 뿐만 아니라 한국에선 보기도 힘든 에스프레소 머신을 각 매장마다 비치했으며……."

역린을 제대로 건드리고 말았는지, 여진환의 로스트 빈 예찬은 멀지 않은 로스트 빈 프랜차이즈 지점에 도착할 때까지 이어져, 주문한 에스프레소 더블 샷 두 잔이 나와 자리에 앉을 때까지 계속되었다.

'원래는 아이스 아메리카노를 마시고 싶었는데…….'

어쩌다 보니 여진환의 성화에 휘말려 자신도 에스프레소를 주문하고 만 강하윤이었다.

"……해서, 제가 어느 이탈리아인들처럼 아메리카노를 결사반대하는 입장은 아닙니다만, 로스트 빈의 진가는 에스프레소에서 발휘된다고 할 수 있습니다. 선배님은 아직 커피에 관해선 잘 모르실 테니, 여기엔 설탕을 넣어 드리겠습니다. 자, 드셔 보시죠!"

"……."

당초 강하윤이 사기로 한 커피 값도 어쩌다 보니 여진환이 내서, 생색을 낼 권리 정도는 있었다.

"……맛있네."

생각보다는.

그런데 여진환은 마치 전도에 성공한 전도사처럼 득의양양한 얼굴로 강하윤을 보았다.

"그렇죠? 제 말이 맞죠?"

"……."

혹시, 로스트 빈에 뒷돈이라도 받았나.

'그럴 일은 없겠지만.'

그래서 강하윤은 이렇게 된 김에 궁금했던 걸 물어보았다.

"그런데 여 순경은 왜 경찰이 된 거야?"

"……예?"

여진환의 어리둥절해하는 얼굴을 보며 강하윤은 오해의 여지가 없게끔 얼른 말을 이었다.

"아니, 다른 뜻이 있어서가 아니라. 그 정도로 커피를 좋아하면 그냥 그쪽 길을 생각해 볼 수도 있었던 거 아니니?"

강하윤의 말에 여진환은 피식 웃으며 커피를 한 모금 마셨다.

"커피는 어디까지나 취미죠. 흔히들 취미가 직업이 되면 고통이라고들 하잖아요?"

글쎄.

왠지 여진환이라면 카페 사장을 해도 늘 싱글벙글할 것 같은데.

'커피 맛도 좋으니 장사도 잘될 거고.'

여진환은 강하윤이 무슨 생각을 하는지 안다는 양 말을 이었다.

"게다가 제가 바리스타를 직업으로 삼았다간 이렇게까지 못 합니다."

"무슨 의미야?"

여진환이 저 조그만 잔에 담긴 걸 잘도 홀짝이는구나 싶게 커피를 한 모금 더 마신 뒤 잔을 내려놓았다.

"아마, 제가 카페를 차리면 채산성을 무시한 경영 탓에 금방 망해 버리고 말 거거든요."

"그 정도니? 내가 듣기로 커피는 마진이 많이 남는 장사라고……."

여진환이 눈을 가늘게 떴다.

"누가 그럽니까?"

누구긴, 이 프랜차이즈 사장이지.

언젠가 이성진은 강하윤에게 '고작 콩 태운 찌꺼기에 물탄 거 치곤 비싸죠?'하고 말한 적이 있었다.

하지만 강하윤은 속에 든 말을 입 밖에 꺼내기도 전, 여진환이 고개를 저으며 말을 이었다.

"다들 커피를 쉽게 생각하고 있지만, 커피는 뜨거운 물만 있어선 안 됩니다. 당장 저 에스프레소 머신만 하더라도 값이 어마어마하게 나가는 물건입니다."

"얼만데?"

여진환의 대답을 들은 강하윤은 눈을 껌뻑이며 카운터 뒤편에 놓인 기계를 새삼스럽다는 듯 쳐다보았다.

성진이가 돈을 많이 썼구나.

새삼 이성진의 지위를 재확인하는 순간이었다.

그러거나 말거나 여진환의 말이 장황하게 이어졌다.

"게다가 원두를 로스팅하고, 로스팅한 원두의 신선도가 남아 있을 때 손님 앞에 내야 합니다. 게다가 좋은 원두는 값도 만만치 않고, 국내에선 구하기도 쉽지 않아요. 물론 원두마다 풍미가 다르니 어느 것이 최고다, 하고 말할 수 있는 건 아니지만 제가 요즘 빠진 원두 중에는…….."

가볍게 물으려던 것이 삼천포로 빠질 기미가 보이자 강하윤은 얼른 티 나지 않게 여진환의 말을 끊었다.

"그래서 취미가 직업이 되어선 안 된다는 거구나."

"예. 그러니까 커피는 어디까지나 취미의 영역에 두자고 생각했습니다. 한편으론 취미니까 진심으로 할 수 있는 거지만요. 뭐, 게다가."

여진환이 빙긋 웃으며 메뉴가 적힌 카운터 방향을 보았다.

"로스트 빈 같은 프랜차이즈가 유행하고, 커피가 보편적인 것이 될수록 제가 구할 수 있는 물건도 저렴해지겠죠."

"흐음, 그렇구나."

여진환 정도로 커피를 잘 알지는 못하지만, 그가 로스트 빈을 반기는 실용적 이유 정도에는 그녀도 납득이 갔다.

"그런 의미에서 로스트 빈을 생각해 낸 이곳 대표님은 가히 존경할 만한 분이라고 생각합니다. 분명 커피를 진심으로 사랑하는 분이시겠죠."

"……응?"

"그렇지 않고선 이런 프랜차이즈를 시작할 생각을 하지 못했을 겁니다. 그도 그럴 것이, 로스트 빈이 수입하는 원두는 저도 따로 구하고 싶을 정도로 품질이 뛰어나거든요. 제 생각엔 아마 신화호텔 카페에서 사용하는 것과 같은 원두에 배합을 달리해 사용하는 것 같은데, 이 배합법은 분명 커피 맛에 타협하지 못하는 분이 대중성을 위해 타협한 장인정신의 결과라고 생각합니다. 그러니 저는 분명, 매일같이 커피를 마시며 아침을 시작하는 그런, 만인의 본보기 같은 분이시리라 확신하고 있습니다."

강하윤은 조금 질색하며 고개를 저었다.

"뭐래. 로스트 빈 대표는 커피를 마시지도 못하는데."

"……예?"

"몸에 안 받는다나 봐. 그래서 자기는 커피를 못 마신대."

여진환이 눈을 깜빡였다.

"아는 분입니까?"

"응. 어제도 봤는걸⋯⋯."

대수롭지 않은 듯 말하는 강하윤을 보는 여진환의 시선에 묘한 존경심 같은 게 깃들기 시작하자, 강하윤은 기겁하며 손사래를 쳤다.

"잠깐, 무슨 생각을 하는지는 모르지만, 일단 스톱. 물론 관점에 따라선 대단한 사람이고, 존경할 구석도 있는 건 분명하지만, 그렇다고 내가 딱히 대단해서 성진이랑 어울려 다닌 것은 아니야. 그보다⋯⋯."

강하윤이 진지한 얼굴로 물었다.

"너, 성진이에 대해 들어 본 적 없니?"

여진환은 그런 것보다 강하윤의 입에서 '존경하는 대표님이 하대된 것'에 더 신경이 쓰인 모양이었다.

"성진이⋯⋯요?"

"⋯⋯일단 오해가 없도록 하자면, 이것부터 말해야겠다. 성진이는 요만한⋯⋯."

강하윤이 어깨보다 조금 높은 위치쯤에 손날을 슥 그었다.

"초등학생이야."

"⋯⋯초등학생이? 대표님? 예?"

"그렇다니까."

"⋯⋯."

이런 믿지 못하겠단 반응이 나오는 것도 당연했다.

강하윤 본인 역시도 처음 이성진을 만났을 땐 비슷한 반응이었을 테니까.

강하윤은 저도 모르게 한숨을 내쉰 뒤, 이성진에 대해 변호해 주었다.

"초등학생이라곤 해도 되게 똑똑한 애야. 나도 이따금 걔가 무슨 생각을 하는지 궁금할 지경이고."

"……혹시."

한참 만에 여진환이 입을 뗐다.

"SJ컴퍼니 사장인 이성진 말입니까?"

"어라, 아는구나? 맞아, 걔."

"……만나 본 적은 없습니다만."

뒤이어.

"그렇군. 그 이성진인가……."

여진환은 진지한 얼굴로 중얼거리더니 고개를 들어 강하윤을 보았다.

"선배님, 염치 불고하고 부탁이 있습니다."

"뭔데?"

여진환이 말했다.

"혹시, 그분을 제게 소개해 줄 수 없겠습니까?"

"……."

뭐라는 거야, 대체.

다음 날, 회사로 출근하고 어떤 구실로 강하윤을 불러내면 좋을지 고민하며 업무를 보고 있으려니 점심때쯤 저쪽에서 먼저 연락이 왔다.

─여보세요. 성진아, 나야. 하윤 누나.

"네, 누나. 어제는 잘 들어가셨어요?"

─응. 그럼.

마치 어제 헤어진 이후 아무 일도 없었던 듯한 말투였다.

'양상춘이 무언가 언질을 했을 텐데……. 지금으로선 정말로 아무 일도 없었던 건지, 아니면 시치미를 떼고 있는 건지 모르겠군.'

생각하는 사이 강하윤이 수화기 너머로 말을 이었다.

─어제는 덕분에 강선이의 거취 문제가 해결된 거 같아서 고맙단 인사를 하려고.

"에이, 뭘요."

박강선과 혈육인 것도 아니면서 그를 대신해 감사를 표하는 건, 다른 꿍꿍이속이 있어서가 아닌 강하윤의 천성이리라.

이어서 강하윤은 주저하듯 말했다.

─그래서 말인데…… 괜찮으면 밥이나 한 끼 할까? 고맙단 의미에서 내가 살게.

다름 아닌 내게 용건이 있는 거로군.

나는 그럴듯한 구실이라 생각하며 그녀의 제안에 응했다.

"네, 좋아요."

─정 바쁘다면 어쩔 수 없고……. 응?

"마침 오늘 점심 스케줄이 비어 있거든요."

보다 정확히 하자면 비도록 만든 거지만.

─아하, 그랬구나. 그러면 시저스 본점에서 볼까? 한 번쯤 가 보고 싶었는데 마침 좋은 기회라고 생각했거든.

"네, 좋아요."

이후 나는 만날 시간과 장소를 정해 전화를 끊은 뒤, 사장실 책상 앞 의자에 등을 기대듯 누웠다.

'개인적으로는 양상춘과 한번 진득하게 대화를 나눠 보고 싶은 기분이지만…….'

나는 예전에 들었던 그의 개인 연락처를 머릿속에 떠올리며 핸드폰을 만지작거렸다.

'지금은 딱히 그럴 명분도, 구실도 없군.'

게다가 전예은의 말에 의하면, 그는 지금 내심 나를 '조설훈 살해'의 용의자로 생각하는 중이다.

'뭐, 그로 인해 내가 얻을 결과적 이득으로 따지자면 나만한 용의자도 없지.'

하지만 그건 얼토당토않은 소리다.

정작 나 자신도 조설훈을 살해한 진범의 정체가 궁금해 몸이 달아올라 있는 지경이었고, 그 누군가의 손바닥 위에 올라와 있을지 모른다는 현 상황에 불쾌감을 느끼고 있었다.

'……그 정도 결행 능력을 갖춘 인물이라면, 나를 시켜 이
성진을 살해하도록 종용하는 것도 가능할 테니까.'

물론, 현시점에서 나를 죽여 봐야 얻을 것은 없다.

설령 삼광의 계승 구도에 분열을 초래하고자 하는 목적으
로 내가 때 이른 죽음을 맞이한다 할지라도, 이희진—어쩌
면 나 따위보다 훨씬 사업가적 역량이 뛰어날지 모르는—이
기다리고 있다.

이희진이 아니더라도 상황은 이미 전생과 많이 달라져, 지
금은 아직 그 역량이 입증되지 않은 젖먹이 쌍둥이 동생들도
있는 것이다.

'차라리 그럴 목적이라면 내 부친인 이태석을 살해하면 했
지, 나 같은 풋내기를 죽여 봐야 이휘철의 분노만 살 뿐이야.'

이휘철의 꿍꿍이속이야 어찌 되었든 간에, 그는 나를 아끼
고 있다.

그건 내가 이번 생 들어 발휘하고 있는 사업가적 역량을
차치하더라도, 혈육의 정 때문에라도 그들이 지금 이휘철을
자극할 필요는 없을 것이다.

'그러니 이쪽에서 필요한 정보를 약간 쥐어 주는 것으로
양상춘을 끌어들일 수 있다면, 그게 베스트야.'

전예은의 말에 의하면 자칭 백수라고 한 것과 달리 당일
책상에 사직서를 던지고 나온 것에 불과했고, 교단에 서 볼

까, 하는 생각조차 그가 스치듯 떠올린 가능성에 불과한 듯했다.

'만일 그가 바란다면 이쪽에서 그럴듯한 직함 하나쯤 파주는 건 일도 아니고.'

분명, 양상춘의 직관과 통찰력 정도면 어느 일을 맡겨도 평균 이상은 해낼 것이다.

'그에 앞서 지금은 일단······.'

나는 책상 위 호출 버튼을 눌러 전예은을 불러냈다.

"부르셨습니까, 사장님."

호출에 재깍 응한 전예은은 사무적인 인사와 함께 고개를 꾸벅 숙였다가 들어 올렸는데, 그 표정은 모종의 기대감과 긴장감이 반쯤 뒤섞인 얼굴이었다.

나는 그런 전예은의 기대를 배신하지 않도록 말을 전했다.

"오늘 점심땐 강하윤 형사님과 약속이 잡혀 있으니 일정에 참고해 주세요. 시저스 본점에서 만나기로 했으니, 그쪽에 미리 연락 부탁드리겠습니다."

"네, 사장님."

전예은은 정중히 대답한 뒤, 어조를 바꿔 말을 이었다.

"두 분끼리만 뵙나요?"

"별다른 이야기는 없었습니다."

"그렇군요. 그러면 두 분, 시저스 본점 VIP실로 예약해 두겠습니다."

전예은은 고개를 끄덕여 가며 수첩에 메모를 마친 뒤 수첩을 덮고 나를 보았다.

"제 생각입니다만, 오늘 하윤 언니는 사장님께 사건 당일의 행적을 물어보실 것 같아요."

"아무래도 그렇겠죠. 하지만 문제없습니다."

나는 빙긋 웃으며 전예은의 말을 받았다.

"당일엔 후라이드 치킨 시식도 했으니, 이만하면 알리바이는 충분하죠."

말하고 보니 내가 무슨 범인이라도 되는 듯한 느낌이었지만, 전예은은 별로 신경 쓰지 않는 얼굴로 고개를 끄덕였다.

"그렇다면 문제없을 것 같습니다. 하윤 언니는 사장님께 호의적이니까요."

"예. 굳이 문제점이라면 그 다음 양상춘 박사와 만날 구실이 필요하긴 한데……."

나는 잠시 생각하다가 그녀에게 물었다.

"예은 씨, 혹시 우리 회사에서 양상춘 박사에게 일을 맡긴다면, 그를 어떤 자리에 앉히는 것이 적당할까요?"

내가 양상춘의 고용을 전제로 한 거취를 묻자, 전예은은 조금 놀라더니 생글생글 웃으며 기쁘게 내 말을 받았다.

아무래도 방금 전 내 질문으로 전예은은 내가 그녀를 신뢰하며 그 능력을 높이 사고 있단 걸 직감한 모양이었다.

"양상춘 박사 말씀이십니까……."

전예은은 잠시 고민한 끝에 대답했다.

"제 생각에 그분은 임원급은 되어야 할 거예요."

"······임원요?"

적당한 중간 관리자급 자리라면 그러려니 하려 했는데, 다짜고짜 임원급이라니.

'아니, 뭐, 능력이야 있어 보였지만······.'

내 표정이 어땠는지 전예은이 쓴웃음을 지었다.

"그분은 남들 아래에 있거나 다른 사람을 챙기는 일엔 흥미가 없는 분이라고 보았습니다. 그러니 그 누구의 간섭도 받지 않는 자유로운 환경에서만 그분의 역량이 최대로 발휘될 거예요."

"흠."

나는 턱을 긁적였다.

"그러면 만일 그분을 임원급에 앉힌다고 하면, 업무 능력은 제대로 발휘될 거라고 보십니까?"

"임원급이라 할지라도 맡은 바 직책에 따라서 평가는 갈릴 것이라고 봅니다. 혹시 사장님께서 김민혁 CHO님의 후임으로 양상춘 박사님을 고려하고 계신 거라면, 그분은 김민혁 CHO님이 하고 계시던 외부 영업 수주 등의 일에 적합지 않으실 거예요."

전예은은 내가 군 입대를 앞둔 김민혁의 후임을 고려 중이라는 걸 꿰뚫어 보곤 그렇게 조언했다.

'어차피 나도 양상춘이 김민혁처럼 남에게 쉬이 호감을 살 성격이라곤 생각하지 않았다만.'

그래도 어떻게든 내 가려운 부분을 긁어 주려 하는 전예은 의 태도에 나는 가히 흡족했다.

"알겠습니다. 그러면 양상춘 박사님은 상황에 구애받지 않되, 자신의 일을 스스로가 책임지는 자리에서 자신의 역량 을 최대로 발휘할 수 있다는 거군요."

내 말에 전예은이 쓴웃음을 지었다.

"정확합니다."

욕심도 많지.

전예은이 뺨을 긁적였다.

"하지만 그렇다고 해서 자신이 고평가를 받는 것을 신경 쓰는 분은 아니에요."

"무슨 말씀인지 잘 모르겠군요."

"사실 양상춘 박사님이 지금 국과수 자리에서 사직하려는 것도 내부에서 승진 이야기가 나왔기 때문이거든요."

"……그렇습니까?"

전예은이 고개를 끄덕였다.

"네. 그분은 현장에서 멀어져 조직을 관리하는 직책을 맡 느니 인정받던 일을 관두실 그런 분이에요."

……암만 공무원이 저평가 받는 시절이라지만, 그런 일로 승진을 마다하고 사표를 쓰다니.

집에 돈이 많나?

내 생각을 짐작한 듯 전예은이 말을 이었다.

"성장 환경까지는 잘 모릅니다만, 지금도 재테크 한 걸로 유유자적 놀고먹을 정도는 된다고 자신하는 분이기도 하고요."

"……."

이런 사람이야말로 IMF 때 혼쭐이 나기 마련인데.

"실은 양상춘 박사님이 처음 사장님께 관심을 가진 것도 그 일환이었던 걸로 보여요."

딱히 자랑은 아니지만, SJ컴퍼니는 전도유망한 기업이니 (비상장 주식을 구할 수만 있다는 전제하에)조금이라도 재테크에 관심이 있다면 투자할 가치는 충분하다.

'다만, 그렇다는 건 SJ컴퍼니가 무슨 일을 하는지 진즉 관심을 기울여 왔다는 것도 되겠군.'

드물기는 하나, 양상춘 같은 부류를 모르는 바는 아니다.

그런 유형은 일반적으로 지능이 높고, 그 높은 평균 지능만큼 자신감에 차 있기 마련이다.

그렇다고 해서 그 자신감이 남 앞에서 깃발을 들고 돌진하는 유형은 아니고, 오히려 스스로 2인자를 자처하며 상황을 조율하고자 할 것이다.

'내 편만 되어 준다면 딱 좋은 인재로군.'

애당초 조설훈의 죽음은 내가 한 일도 아니니, 그가 내게 일방적으로 덧씌운 혐의를 벗는 일에는 자신이 있었다.

'게다가 나와 함께 일하며 겸사겸사 사건의 진상을 파헤칠 수 있다면, 그도 바라마지 않는 일이 될 테지.'

오히려 문제는 그를 회사로 끌어들일 명분과 구실, 외부에서 보기엔 낙하산으로도 비칠 정도의 파격적인 인사 채용이라고 할 수 있겠다.

'게다가 전공자가 꼭 경영을 잘하는 것도 아니거든.'

어느 대학, 어느 학과 출신이라는 건 그 외적 명분에 다름 아니다.

생각을 마친 나는 고개를 끄덕였다.

"알겠습니다. 그분의 추후 거취 문제는 일단 상황 돌아가는 것을 보고 판단하기로 하죠."

"예, 알겠습니다. 그러면 저는 저대로 그분에 대해 조사해 보겠습니다."

"비공식적으로요."

"예, 사장님."

나는 전예은을 돌려보낸 뒤, 책상 위로 턱을 괴었다.

'흠, 어디 보자……. 양상춘은 아마 조세화랑도 만나겠지?'

어쩌면 어제 이미 만나서 뭔가 떠들어 댔을지도 모르고.

조세화는 조설훈의 폭주를 자신이 그에게 도청기의 존재를 알렸기 때문이라고 생각하고 있으니, 그 죄책감을 덜기 위해서라도 어떻게든 '진범'을 찾으려 할 것이다.

아직은 중학생 소녀에 불과하지만, 그 피가 어디 가는 것도 아닌 데다 전생의 나는 장성한 그녀를 보자마자 첫눈에 '팜 파탈'이라 생각했을 정도였으므로.

지금도 이따금 전생에 본 그녀의 모습이 종종 보일 때가 있어서, 그럴 때마다 나는 표정 관리에 힘쓰곤 했다.

'그러니 괜히 내게 불똥이 튀기 전에 오해를 풀어야겠어.'

만일 진범을 찾아낸다면, 조세화는 그 범인이 상응한 대가를 치르는 일에 주저하지 않을 것이다.

'보아하니 조성광의 충복들은 조세화를 따르는 모양이고……. 심지어 지금은 구봉팔도 내 손을 벗어났으니, 필요하다면 구봉팔도 상대해야만 할 거야.'

일찍이 아군은 가까이, 적은 더 가까이 두라고 했다.

'이렇게 된 거, 조세화와 함께 만들 조광과의 합자회사에 적당한 자리를 알아봐야겠군.'

조세화도 나름 꿍꿍이가 있을 것이니, 양상춘을 종용하자는 내 의견에 큰 반대는 하지 않을 것이다.

'알아서 서로를 견제해 준다면야 더 할 나위 없으니까. 그전에 일단은.'

나는 책상에 쌓인 각종 사내 문서를 물끄러미 쳐다보았다.

'……이래저래 밀린 일부터 처리해야겠군.'

분명 또래들은 즐거운 여름방학을 보내고 있을진대, 나는 왜 사서 고생인지.

4장

나는 시간에 맞춰 빌딩 아래 위치한 시저스 본점으로 향했다.

'사람이 제법 많군.'

휴가 시즌이라고는 하나 평일임에도 시저스는 여전히 성황이었고, 기다리는 손님 줄이 입구 바깥까지 길게 늘어서 있었다.

그 인파 속에서 나는 어렵지 않게 손을 흔들며 얼굴 가득 활짝 미소를 짓고 있는 강하윤과 합류할 수 있었다.

"성진아, 안녕!"

그녀는 마치 나를 만나 기분이 좋은 것처럼 인사하고 있었지만, 왠지 모르게 그 정도가 과해서 나는 되레 위화감을 느

껐다.

'심지어 어제 만났는걸.'

게다가 좀처럼 하지 않던 향수까지 뿌리고.

'여기 오기 전 제법 땀을 흘렸나? 이런 날씨라지만 차에 타고 있었다면 땀을 흘릴 일이 없을 텐데.'

나는 생각한 티를 내색하지 않으면서 인사를 받았다.

"네, 안녕하세요, 누나."

"응, 약속 시간에 딱 맞춰 왔네."

나는 미소 띤 얼굴로 대답했다.

"엘리베이터만 타면 곧장 오는걸요. 누나야말로 여기까지 오는 길이 힘들진 않았어요?"

"응, 오늘은 선배님 차 끌고 왔거든."

그녀는 별로 대수롭지 않아 하며 대답했지만, 나는 그 말에 속으로 움찔했다.

'정진건의 차를 끌고 여기 분당까지 온 건가.'

초짜인 강하윤은 둘째 치고, 베테랑 형사인 정진건의 감은 예사롭지 않다.

'어쩌면 정진건도 이번 일을 파헤치고 싶은 걸지도 모르겠군.'

애당초 양상춘부터가 정진건의 지인이었으니, 그가 내게 품은 의문이 정진건에게 흘러 들어가지 않았으리라 생각하는 것도 낙관적이다.

나는 슬쩍 강하윤을 떠보았다.

"정진건 형사님께서 흔쾌히 차를 내주셨군요."

"으응. 나도 겸사겸사 외근 나올 일이 있어서. 그때 마침 네 생각이 났지 뭐야."

외근이라.

그녀에게서 느껴지는 향수 냄새로 추측컨대 그 자체는 거짓말이 아니겠지만, '마침 내 생각이 났다'는 건.

'그렇다고 내 일정에 맞춰 굳이 분당까지? 속이 빤히 들여다보이는군.'

나는 고개를 끄덕여 강하윤의 말을 받았다.

"그랬군요. 동행하시지 못한 걸 보니 많이 바쁘신 것 같네요."

"내 말이……. 아, 그럼 줄부터 설까?"

얼버무리긴.

다만 나도 그녀의 거짓말에서 정진건이 그녀에게 차를 빌려준 의도까진 읽어 내지 못했고, 결국 하는 수 없이 사전 탐색을 마칠 수밖에 없었다.

"아니에요. 누나 연락 받자마자 예약을 해 뒀거든요."

"어머, 그랬니? 원래라면 내가 해야 했는데……. 고마워."

"아니에요. 신경 쓰지 마세요."

나는 고개를 끄덕이곤 입구를 향해 앞장섰다.

입구에서는 본점으로 복귀한 신은수가 우리를 반겼다.

"어서 오세요. 아, 성진아!"

원래라면 삼풍백화점 사태 때 사망했을지 모를 그녀는 이번 생에선 시저스의 총무이자 홀 담당 매니저로 바쁜 나날을 보내고 있었다.

"안녕하세요, 은수 누나."

"응, 기다리고 있었어. 두 분 예약, 맞지?"

뒤이어 신은수가 강하윤을 향해 영업용 인사를 건넸다.

"안쪽으로 안내하겠습니다."

"……아, 넵!"

안으로 들어서자마자 눈을 동그랗게 뜬 채 주위를 두리번거리던 강하윤은 허둥지둥 신은수의 인사를 받았다.

하긴, 본점 인테리어는 제니퍼의 이해하기 힘든 미학이 잔뜩 반영되어 있어서, 내가 살던 시대 같으면 인테리어만으로도 SNS에 관련 사진이 잔뜩 올라오지 않았을까 싶을 정도니까.

당시엔 나도 '과하지 않나' 하고 생각했지만, 인테리어의 과잉 정도가 어디 싸구려 관광지 식당 수준을 넘어 고객들에겐 그 자체가 하나의 눈요깃거리가 되었단 내부 보고를 받곤 '역시 제니퍼' 하며 나도 고개를 끄덕였던 기억이 났다.

세상을 관통하는 히트 제품이라는 건, 이처럼 실패의 리스크를 감수하고 신념을 밀어붙이는 선각자에 의해 발생하는 것이리라.

강하윤이 입을 연 건, 주문을 받은 신은수가 돌아가고 VIP실에 들어와 홀의 떠들썩함이 약간 차단된 뒤였다.

"손님 많네."

바깥에 길게 늘어선 줄이 말해 주듯, 실내 역시 만석이었다.

그 새삼스러운 이야기에 나는 픽 웃었다.

"다른 지점도 테이블은 가득 채우는데요?"

말은 그렇게 했지만, 보이는 것과 달리 실제 손에 들어오는 시저스의 매출은 별로 대단하지 않았다.

시저스의 식자재는 품질을 우선시하는 제니퍼와 허상윤, 오성환의 고집이 맞아떨어져 원가가 높다 못해, 개중엔 팔수록 손해를 보는 메뉴도 있을 지경이었다.

'그리고 결정적으론 테이블 회전.'

시저스는 각 지점마다 콘셉은 달리하고 있지만 뷔페식 패밀리 레스토랑이라는 핵심만큼은 사수해 왔고, 이는 자연스레 손님이 테이블당 머무르는 시간이 늘어난단 단점까지 공유하는 바람에 어느 곳이건 좀처럼 시간 대비 마진이 나오질 않고 있었다.

그런 의미에서 보자면 가게 바깥까지 길게 선 줄이라든가 매장이 꽉 찼다는 건 겉보기와 달리 별 실속은 없었고, 오히려 테이블을 차지하는 시간이 없다시피 한 테이크아웃 전문점인 로스트 빈이야말로 눈에 보이는 것 이상으로 순 매출이

높게 나오곤 했다.

'뭐, 강하윤에게 그런 걸 미주알고주알 늘어놓을 이유는 없지만, 시저스만으로 유의미한 수익을 거두려면 개선이 필요해 보이긴 하지……'

나야 어차피 시저스를 캐시 카우로 보고 있지 않은 데다가 경영 전반은 제니퍼에게 맡겨 둔 터라 타격은 없지만, 이왕이면 다홍치마라고 시저스에서도 그럴듯한 수익을 내준다면 좋겠다는 생각을 하곤 했다.

'게다가 S&S의 주 수입원은 따로 생각해 둔 바고.'

생각하는 사이 강하윤이 고개를 저었다.

"아니야, 다른 지점도 만석인 건 마찬가지였지만 이 정도 활기? 같은 건 못 느꼈거든."

활기라.

나도 그제야 강하윤이 하려던 말을 이해할 수 있을 듯했다.

"저도 알 것 같아요. 본점엔 왠지 모르게 그런 느낌이 있죠?"

"내 말이."

한때의 유행을 쫓아가지 않고 이를 선도하는 기업이나 매장엔 강하윤이 말한 '활기'라는 것이 따르기 마련이니까.

'매출이야 어쨌건, 본점은 그 자체로 화제의 중심이 되어 있다는 느낌이 다분하지.'

그걸 끌어낼 줄 아는 것이 사업가로서 자질일 터.

나도 단순히 미래에 뭐가 어떻단 정도는 알고 있지만, 그럼에도 경영의 본질은 시대와 함께 걸어가며 시류를 읽고 적재적소에 아이디어를 터뜨리는 힘에 있을 것이다.

'그런 의미에서, 내 주위의 유능한 인재들을 보고 있으면 조금 질투가 날 지경이야.'

그렇게 내심 씁쓸해하고 있으려니 강하윤이 빙긋 웃으며 말을 이었다.

"근데, 저번에 잡지에서 읽었는데…… 처음엔 삼풍백화점에 입점할 뻔했다더라. 진짜니?"

젊은 여사장으로 주목받기 시작한 제니퍼는 홍보를 겸한 잡지 인터뷰 등 외부 활동에도 열심이었다.

나는 그 말에 고개를 끄덕였다.

"그랬던 적도 있죠."

강하윤이 눈을 동그랗게 떴다.

"그러면 인터뷰가 정말이었구나?"

"내용을 안 읽어 봐서 모르겠는데, 뭐라고 나왔나요?"

"그게…… 아마, 동업자의 반대로 무산되었다고 했던가?"

강하윤이 씩 웃었다.

"물론 그 동업자라는 건 너를 의미하는 걸 테지만."

"……."

"긍정의 침묵이네. 혹시 그러면 성진이 너는 삼풍백화점이 무너질 줄 알았던 거야?"

사실이지만, 나는 거짓말로 얼버무렸다.

"그럴 리가요. 그냥, 당시엔 삼풍백화점이 내건 조건이 어딘지 마음에 들지 않았을 뿐이에요."

"흐음, 이렇게 말하긴 조심스럽지만 운이 좋았네."

"……."

내가 운이 좋다고?

남에게 알릴 수 없는 일이긴 하지만 내가 삼풍백화점 참사를 피한 건 단순한 운이 아니다.

그런 내 속을 알 리가 없는 강하윤이 재차 말을 이었다.

"하긴, 그래도 크게 인명 손실이 난 것도 아니고……. 어쨌거나 너에겐 사람과 돈이 모이는 행운이라도 따르는 모양이야."

그녀도 딱히 의도하진 않았겠지만, 강하윤의 그 말은 방금 전 피상적으로 '운이 좋았다'고 한 것과 달리 왠지 모르게 내 가슴에 와닿았다.

"……제게요?"

"응. 뭐어, 결과론이지만, 따지고 보면 성진이 네가 반대한 덕분에 지금의 시저스가 탄생한 거나 마찬가지니까."

강하윤이 미소 지었다.

"그런 의미에서 운이 좋다고 한 거야."

"……."

전적으로 동의할 수는 없지만.

그나마 내게 사업가로서 자질 중 하나가 있다면 그 유능한 인재들이 내 곁에 모여 주었단 행운 정도일 것이다.

한편으론 그게 내가 가진 가장 큰 힘이기도 했다.

'미래가 어떻게 흘러갈지 큰 그림만 있는 내겐 그런 디테일을 채워 줄 인재가 필요한 거고.'

또, 한편으론 이 '행운'이라는 것이 언제까지 나를 따라와 줄지 모른단 단점도 있지만.

'……떠나갈 행운에 대해 걱정해 봐야 의미는 없겠지.'

그 뒤 강하윤이 어깨를 으쓱였다.

"자, 그러면 이제 메인이 오기 전까지 뷔페로 갈까? 실은 누나가 오늘 아침을 못 먹었거든."

"아, 그러실 필요 없어요."

그때 마침 신은수가 트레이를 끌고 와 뷔페 메뉴를 VIP룸에 가지고 왔다.

"실례하겠습니다."

신은수는 나를 대신해 본점 VIP룸만의 특별한 서비스를 —뷔페가 있는 홀에 다녀올 필요 없이 방에 가져와 준다는 것—설명해 주었고, 강하윤은 감탄하며 고개를 끄덕였다.

"그런 서비스가 있는 줄은 몰랐습니다."

신은수가 방글방글 웃으며 대답했다.

"후후, 저희도 사장님 어깨는 세워 드려야죠."

뭐래, 어차피 돈도 받으면서.

그리고 엄밀히 말해, 나는 시저스의 공동대표이지, 사장이 아니다.

'뭐, 몇 번씩 말해도 알아먹질 않으니 나도 포기했지만.'

사정이야 어찌 되었건 신은수가 만들어 낸 자연스럽고 화기애애한 분위기에 편승한 강하윤이 나를 보며 웃었다.

"내가 산다고는 했지만, 왠지 성진이 덕을 보는 기분인데?"

"신경 쓰지 마세요. 얻어먹는 처지에 할 말은 아니지만요."

"후후, 성진이만 안 바쁘면 종종 이용해야겠어."

"누나를 위해서라도 제가 없는 시간을 만들어야겠군요."

"정말."

그런 우리를 지켜보던 신은수가 의기양양한 얼굴로 입을 뗐다.

"그러셨군요. 그렇다면 마침 잘 오셨어요. 오늘이 특별 한정 메뉴가 나오는 마지막 날이었거든요."

강하윤이 고개를 갸웃했다.

"특별 한정 메뉴 말씀이십니까?"

"네, 무려……."

신은수가 짜잔, 하며 트레이에서 접시를 꺼내 테이블에 놓았다.

"시저스의 야심작, 양념 반 후라이드 반, 줄여서 반반 치킨이랍니다!"

"아."

그걸 본 강하윤의 멍한 표정을 신은수는 어떻게 받아들였는지 조금 멋쩍어했다.

"헤헤, 조금 낯설죠? 이탈리안 레스토랑에 치킨이라니……."

"아닙니다. 저도 2호점에서 먹어 보았습니다만, 참 맛있었습니다."

"어머, 그러셨어요? 손님께선 저희 레스토랑 팬이셨군요. 하긴, 뭐가 나오건 맛있으면 장땡이죠."

……어라.

둘의 대화를 들으며, 나는 문득 느껴지는 위화감에 멈칫했다.

강하윤이 시저스에서 치킨을 내놓았단 걸 알고 있나?

'아니지. 맞아, 그러고 보니…….'

공교로운 이야기지만, 그날은 조설훈이 죽은 날이기도 했다.

그날 허상윤은 내게 강하윤이 점심 때 방문했더란 걸 알렸다.

「응. 런치 때 네 손님이 왔다 갔거든.」

당시에는 대수롭지 않게 생각하고 넘겼지만—이후에도 조성광의 사망 등 경황이 없는 하루가 쭉 이어졌으니—생각해 보면 그날은 SBY가 납치미수사건을 막았던 날이기도 했고, 전예은이 취조 차 경찰서를 찾기도 한 날이었다.

'여러모로 바쁜 하루였겠지. 게다가 그날 밤엔 조성광과 조설훈, 조지훈도 죽고 말았으니까.'

그런데 하필이면 그런 날, 굳이 시저스 2호점을 방문했다니…….

'냄새가 나는군.'

이윽고 치킨에 이어 차례차례 메뉴를 소개한 신은수는 '맛있게 드세요, 곧 메인 메뉴를 가지고 오겠습니다!' 하고 인사한 뒤 VIP룸을 떠나갔다.

"뭐랄까, 발랄한 분이시네."

강하윤이 웃으며 나를 보았다.

"시저스 본점만의 활발한 분위기엔 저분의 영향도 있을 것 같아."

강하윤은 싱글벙글 웃으며 접시에 음식을 담아 자리에 앉았고, 나는 샐러드 몇 가지를 담아 그녀 맞은편에 앉았다.

'일단, 선수를 쳐 둘까?'

나는 빙긋 웃으며 접시에 먹음직스럽게 담긴 치킨(알리바이)을 보았다.

"마침 오늘이 치킨을 내놓는 마지막 날이라니 운이 좋네요."

내 말에 자신의 고기가 그득 담긴 접시와 내 접시를 번갈아 보던 강하윤이 허둥지둥 대답했다.

"그러게."

강하윤이 자신의 접시에 담긴 치킨을 보며 말을 이었다.

"그런데, 그러면 앞으론 이 치킨을 못 먹게 되는 거니? 왠지 아쉽다."

"그렇진 않아요."

나는 미소 띤 얼굴로 부정했다.

"누나만 알고 계세요. 실은, 이 치킨은 저희 계열사에서 야심 차게 기획한 메뉴거든요."

"기획?"

"네, 치킨 프랜차이즈를 만들어 보는 게 어떻겠느냔 이야기가 나와서요. 지금은 기본 후라이드와 고추장 베이스 양념 둘뿐이지만, 차차 다른 맛도 늘려 갈 생각이에요."

강하윤이 고개를 갸웃했다.

"다른 맛?"

"네. 간장 베이스 양념이라든지, 파채를 곁들인 거라든지……"

나는 앉은 자리에서 각각 시대를 풍미하며 대한민국 치킨 업계의 대표 주자가 된 것들을 언급했지만, 강하윤은 아리송해하는 얼굴이었다.

"······간장에 파? 말로만 들어선 맛있는지 모르겠는데."

"분명 맛있을 거예요."

"의외네."

강하윤이 웃었다.

"나는 성진이가 그 정도로 음식에 조예가 깊은 줄은 몰랐 거든."

"에이, 아니에요."

나는 미소로 그 말을 받았다.

"그 이야기를 먼저 꺼낸 것도 2호점 사장님이거든요. 오히 려 저보다는 그 말을 꺼낸 2호점 사장님에게 그런 열정이 가 득하죠."

이어서 나는 보란 듯 쓴웃음을 지었다.

"그 바람에 저도 이래저래 불려 다니면서 시식을 해야 했 지만요."

"그런 노력이 있었구나······."

강하윤이 치킨을 한 입 오물거렸다.

"음, 맛있네. 그래서인지는 몰라도, 치킨 참 맛있더라? 안 그래도 나 역시 돈 주고 팔아도 되겠단 생각을 했거든."

"그러시다니 참 다행······. 아, 맞다."

나는 일부러 반색하며 말을 이었다.

"그러고 보니까 저도 그날 하윤 누나가 시저스 2호점에 방 문했다고 듣긴 했어요."

"어머, 그랬니?"

명백히 '그날'을 의식하고 있을 강하윤에게 나는 고개를 끄덕였다가, 고개를 갸웃하며 물었다.

"그런데, 그날 정진건 형사님도 오셨나요? 따님이 저랑 학교 친구인 일행이 있었다고 들었는데……."

더욱이 그날, 그녀는 혼자가 아니었다.

「……아, 그러면 동행한 일행도 다 경찰이었나 보네.」

「일행요?」

「응. 일행 중 어떤 아저씨 딸이 너랑 같은 초등학교 친구라 하더라고.」

「맞아요. 학급 친구 중에 아버지가 형사인 애가 있거든요.」

「그러냐……. 그것참 공교롭네. 뭐, 걱정할 거 없어. 거짓말은 아닌 것 같았고, 서비스도 팍팍 제공했으니까.」

당시엔 으레 정진건이겠거니, 하고 생각했지만.

생각해 보면 그 조건은 김보성 검사 역시도 마찬가지였다.

게다가 허상윤은 '동행한 일행도 다 경찰이었냐'고 물었으니, 방문한 인원도 최소 셋 이상은 되었을 것이다.

'말인 즉, 저쪽에서 일부러 탐색전을 벌였다, 이 말이겠지.'

그 탐색은 그날 오후에 연달아 터진 사건―조성광의 죽음과 조설훈, 조지훈의 죽음 등—으로 인해 경황이 없어서 넘어가고 만 모양이었으나.

'여기서 한 차례 짚고 넘어가지 않으면 쓸데없는 의심이 남을 거야.'

어쩌면 김보성도 나를 의심하고 있을지 모른다.

양상춘이며 경찰이 알고 있는 정보라는 건, 수사를 지휘하던 김보성 역시 알고 있을지 모르는 일이므로.

그렇게 일부러 정진건을 언급하며 물었더니, 강하윤은 예상대로 미끼를 물었다.

"아니. 김보성 검사님이랑."

김보성이었군.

"김보성 검사님요?"

얼추 알고서 묻긴 했으나 김보성과 강하윤이라니, 머릿속으로 떠올려 봐도 썩 어울리는 조합은 아니었다.

그건 강하윤 역시 마찬가지였는지 그녀는 포크를 내려놓곤 조금 멋쩍어하며 대답했다.

"응. 어쩌다 보니 이야기가 나와서, 그곳 사무실에 계신 분들이랑 함께."

그랬군.

강하윤이 덧붙였다.

"게다가 그날은 예은이도 경찰서에 참고인 차 다녀갔고. 그 왜, 있잖니, SBY가 유진이를 지켜 주었던……."

대수롭지 않은 듯 발설한 강하윤은 아차 하며 어깨를 움츠
렸다가 내가 관련해서 잘 모를 거라고 생각했는지 허둥지둥
말을 이었다.

　"또, 그날은 내가 SBY 멤버들을 조사했거든. 그래서 검사
님도 아마 겸사겸사 생각이 나신 걸 거야, 아하하."

　실제론 단순(?) 납치 미수가 아닌, 박길태 사건의 주요 중
인인 지동훈의 가족을 협박하기 위해서였지만, 나는 모른 척
걱정스레 고개를 끄덕였다.

　"그러셨군요."

　다만, 그러면서 나는 그 점을 슬쩍 파고들었다.

　"그분 성함이 유진인가 보네요?"

　"응? 으응. 맞아. 지유진. 너보다 누나야."

　이미 알고 있는 내용이지만, 그녀도 그 정도 정보는 내게
공개해도 무해하단 판단이리라.

　"지유진 씨……. 알겠어요. 그런데, 이후엔 조금 괜찮으신
지 안부가 궁금하네요. 따지고 보면 저도 SBY의 고용주 입
장이니 그 일과 아주 무관하진 않아서……."

　강하윤은 뺨을 긁적이다가 입을 뗐다.

　"괜찮아. 요샌 잘 지내는 듯해."

　"다행이네요. 혹시 트라우마 같은 거라도 생기진 않았을
지 걱정했거든요."

　"그랬구나. 성진이는 상냥하네."

"아녜요. 경영자 입장에서 필요하다면 케어를 할 용의가 있는 것뿐이죠."

그녀는 내 말을 쑥스러움을 감추기 위한 포장 정도로 생각했는지 그저 싱글벙글 미소만 지을 뿐이었다.

"그러면 하윤 누나는 그 누나랑 최근에도 연락하고 지내시나 보네요?"

"아무래도…… 응, 나도 사건 담당자 중 한 사람이었으니까. 아무튼 유진이는 걱정할 거 없어. 원래 SBY의 팬이었던 모양이어서, 얼마 전에 만났을 땐 오히려 싱글벙글하고 있었거든."

"아하."

여기서 더 파고들자면 '그런데 그걸 왜 다른 관할구역에 넘기지 않고 광수대에서 관리하고 있느냐'는 식으로 캐물을 수도 있겠지만, 나는 명랑한 초등학생이라는 내 입장을 견지하기 위해서라도 더 물을 수가 없었다.

"하지만 혹시라도 제 도움이 필요하면 말씀해 주세요. 한우 선물 세트 정도는 드릴 수 있을 거 같거든요."

"아하하, 생각해 볼게. 그래도 한우보단 SBY 사인이 들어간 제품이 좋지 않을까."

"그런가요?"

"그럼. 그 나이대 여자애들은 한우보다 그런 걸 더 좋아할 나이거든."

강하윤은 웃으며 말을 받은 뒤, 식사를 재개했다.

"그러고 보니까."

강하윤이 나와 눈을 마주치지 않은 채 입을 뗐다.

"내가 그날 검사 사무실 사람들이랑 2호점에 갔다는 건 그곳 사장님께 들은 거니?"

제법 본격적인 질문이 나왔기에, 나는 속으로 웃으며 대답했다.

"네. 마침 저도 그날 치킨을 시식하러 시저스 2호점에 들렀거든요."

내 대답에 강하윤은 반색했다가 표정을 관리하며 맞장구를 쳤다.

"그랬어? 어쩌면 만날 수도 있었겠네."

"하하……. 그렇지는 않을 거예요. 저는 일부러 피크 시간대를 피해서 갔거든요."

강하윤이 신중하게, 그러면서 티 나지 않게 물었다.

"언제쯤?"

그걸 묻는 속사정을 알고 있으니 질문이 퍽 노골적이란 걸 알 것 같다.

"아마, 오후……쯤이었을 거예요. 정확한 시간은 생각이 안 나지만 택시에서 내렸을 땐 비가 내리기 시작했거든요."

그날은 오후 무렵부터 비가 쏟아지기 시작했다.

'시간대는 당일 기후를 조사해 보면 나오겠지.'

강하윤이 물었다.

"택시라니, 강이찬 씨는 함께 없었니?"

"그날 강이찬 씨는 예은 누나가 SBY 일로 방송국을 오갈 일이 많아서 저는 택시를 이용했어요. 그래서 예은 누나가 차를 써야 할 일이 생기면 종종 그렇게 하거든요."

겸사겸사 나는 '강이찬에게 지시했다'는 혐의도 벗어 낼 겸 그 일과를 슬쩍 공개했다.

강이찬 역시, 전예은과 동행한 시간과 그녀가 방송국 관계자들을 만나러 돌아다닌 시간을 알아보면 알리바이가 성립한다.

'그러니까 쓸데없는 일에 힘쓰지 말고 진범을 찾는 일에 집중해 줬으면 좋겠군.'

그래도 강하윤은 내 말을 들으며, 내게 적용하고 있던 모종의 찜찜함을 벗어 던진 듯 활짝 웃었다.

"너도 참 바쁜 하루였겠네."

그렇게 웃었다가, 딱히 웃을 대목이 아니었단 걸 깨닫곤 얼른 무어라 말을 덧붙이긴 했지만.

"정말이에요."

나는 모른 척 과장된 한숨을 내쉬며 대답했다.

"예은 누나에게 맡기기는 했지만, 오전에는 SBY일로 조마조마했고…… 그렇다고 오후에 상윤이 형이랑 만나기로 한 약속을 깰 수도 없었으니까요. 그 왜, 저는 치킨 개발 시식

담당이었거든요. 하지만 누나가 올 줄 알았다면 그냥 좀 더 일찍 갈 걸 그랬네요."

그러면서 나는 덧붙였다.

"아, 방금 제가 상윤이 형이라고 한 건, 2호점 사장님이 제 먼 친척 형님이어서 그랬어요."

"아하, 그러면 그때 본…… 조금 통통한 사람이 성진이 친척 형이었구나?"

조금 통통한? 거, 잘도 포장해 주는군.

"네, 먹는 거 하난 진심인 사람이거든요. 그래서 2호점 경영은 그 형님께 맡겨 두고 있어요."

"그랬구나. 안 그래도 덕분에 서비스를 잔뜩 받았어. 기회가 되면 고맙다고 전해 줘."

확실히, 대화를 나누며 나에 대한 혐의가 차츰 벗겨질 때마다 강하윤의 표정엔 여유가 되살아나기 시작했다.

'좋아, 당초 목적은 달성했군.'

나는 방점을 찍기 위해, 뒤이어 시무룩한 얼굴을 만들었다.

"하지만…… 그날은 집에 오자마자 조성광 회장님의 부고 소식을 들었죠."

"……맞아. 그랬지."

강하윤은 표정을 조금 딱딱하게 굳혔다.

"그러면 성진이는 그날 장례식장에 갔니?"

"네. 준비를 하느라 조금 늦긴 했지만요."

조성광의 장례식장에는 김보성도 방문하였다.

당시 나는 혹시 몰라 몸을 숨겼기에, 김보성과 관련한 이야기는 일부러 꺼내지 않았다.

그리고 경계심이 풀린 강하윤이 먼저 관련한 내용을 입에 담았다.

"이번에도 조금 엇갈렸네. 그날 김보성 검사님도 장례 찾아가셨거든."

"그러셨어요?"

나는 눈을 동그랗게 떴다.

"그러면…… 두 분은 평소에 친분이 있으셨나 보군요."

"아니, 그건 아닌 거 같……은데."

그제야 강하윤은 아차 하며 멋쩍어하는 얼굴을 했다.

"……아무래도 장례식 때 찾아뵙는 것이 최소한의 도리라고 생각하신 게 아닐까 싶어."

"……아."

나는 그제야 그녀가 무슨 말을 했는지 깨달은 척 표정을 굳혔다.

"……세광이 형 때문인가요?"

"응……. 그것도 있겠지만."

강하윤은 입술을 잘끈 씹었다가 말을 이었다.

"……누군가는 그날 조설훈 씨와 조지훈 씨의 부고를 전해야 한다고 생각하신 걸 거야."

"……."

김보성도 조성광의 부고와 거의 동시에 조설훈 및 조지훈의 죽음을 알게 된 모양이었다.

'하긴, 나도 조세화에게 그걸 전해 듣곤 표정 관리가 힘들었지.'

나는 어찌할 바 몰라 하는 얼굴을 만들어 고개를 끄덕였다.

"그랬군요. 누군가는 상주를 해야 할 테니……."

"응. 그래서 검사님도 장례식 때는 조세광이 구치소를 나올 수 있게끔 조치를 취하신 거고."

"……."

강하윤은 가벼운 한숨을 내쉰 뒤, 머리를 쓸어 넘기며 나를 보았다.

"그러면……."

아마, '그 이야기는 이제 하지 말자'라는 말을 하려고 한 모양이었던 강하윤은 무슨 생각에서인지 관련 화제를 이어 갔다.

"혹시, 성진이는 조세광이랑 친했니?"

"……예?"

그건 왜 묻는 거지?

그렇게 생각하면서 나는 대수롭지 않게 강하윤의 말을 받았다.

"글쎄요, 친하다고 해야 할지……."

그렇다고 해서 그와의 관계를 완전히 부정하는 것도 내게 불리할 것 같으니, 나는 사실대로 말하기로 했다.

"애당초 그 형이랑 저는 나이 차가 많이 나서요. 초등학생이랑 고등학생 사이는 우정을 쌓기에는 나이 차가 좀 크잖아요?"

"그래? 그런 것치곤 잘 아는 사이로 보이는데."

묘하게 꼬치꼬치 캐묻는 것 같은데.

나는 내심 강하윤을 경계하면서, 그렇다고 그 티를 내지 않게끔 신중히 말을 받았다.

"세광이 형은 제 재종형님의 소개로 만나서…… 함께 골프 정도는 친 적이 있어요."

"골프?"

"네. 조광이 경영하는 컨트리클럽에서요. 마침 거기 전용 홀도 있대서, 초보자인 저라도 뒤쪽 팀에 밀려나는 일 없이 필드에서 칠 수 있었거든요."

"흐음, 그랬구나."

강하윤은 고개를 끄덕이곤 '그냥 물어보았다'는 듯 식기를 집어 들었다.

"미안, 이야기가 길어졌네. 얼른 먹자."

"……네."

나는 힐끗 강하윤을 살피며 포크로 샐러리를 찍었다.

'······아무 의미가 없는 질문은 아닐 터. 방금 혐의를 벗었다고 생각했지만 그 외에 뭔가, 알아냈다거나 생각하고 있는 구석이 있는 건가?'

나로서도 아직은 알 수 없는 일이었다.

저번에 시저스 3호점을 함께 방문했을 때도 느낀 거지만 강하윤은—그런 체질이라는 것이 있다면—뷔페 체질이었다.

그녀는 개인적으론 다소 낭비가 아닐까 생각한 VIP룸의 트레이 서비스를 메인 요리가 나오기 전에 거의 다 비웠다.

'아무리 2인 기준이라지만······ 방준호 감독과 식사를 했을 때도 남았는데.'

심지어 그땐 (소식하는 아이긴 하지만) 윤아름까지 있었는데도.

강하윤은 그 뒤의 메인 요리까지 깔끔하게 마친 뒤, 느긋한 표정으로 커피와 디저트를 만끽했다.

"아, 그러고 보니까 커피 마시다가 생각난 건데."

강하윤이 커피 잔을 내려놓으며 식사를 하며 나눴던 환담을 이어 가듯 툭하고 운을 뗐다.

"아는 사람 중에 여진환 순경이라는 사람이 있거든. 그 사람이 성진이 너를 만나고 싶어 하더라."

"······저를요?"

순경이 나를 왜?

"응. 커피를 아주 좋아하는 사람인데, 로스트 빈의 열렬한 팬이래."

로스트 빈의 열렬한 팬?

로스트 빈은 아직 이렇다 할 브랜드 행사를 한 적도 없는 비교적 신규 프랜차이즈인데.

'그야, 로스트 빈은 이 시대에는 대한민국에서 보기 드문 커피 전문 프렌차이즈란 특징이 있긴 하다만…… 별 이상한 사람도 다 있네.'

우리 회사 브랜드를 좋아해 주는 건 고맙지만, 아무 정보도 없이 내 시간까지 써 가며 무턱대고 사람을 만나기는 내키지 않았다.

다만 그와 강하윤이 어떤 사이일지 모르니 나는 대놓고 거절하기 전, 생각한 바를 내색하지 않으며 미소를 지었다.

"영광이네요. 하지만 로스트 빈을 높이 평가해 준다고 해도, 그건 회사 사람들의 역량이 훌륭해서이지, 제가 관여한 바는 거의 없어요. 심지어 저는 커피도 못 마시는걸요?"

그렇게 말하며 나는 보란 듯이 내 몫의 홍차를 한 모금 홀짝였다.

뭐, 그야 따지고 보면 '아낌없이 공격적인 투자를 감행'하는 일에 결재 도장을 쾅 하고 찍었으니 내 공로도 없다곤 할 수 없지만.

강하윤은 그런 나를 보며 쓴웃음을 지었다.

"나도 그 이야기는 했어."

뒤이어 강하윤은 가벼운 한숨과 함께 고개를 저었다.

"게다가 네가 SJ컴퍼니의 사장인 것도 알고 있더라고. 그런 조사까지 한 걸 보면 로스트 빈에 아주 관심이 많았던 모양이야."

"……."

그 말에 나는 조금 움찔했다.

'그야…… 내가 SJ컴퍼니 사장이라는 건 재계에 관심이 있는 사람이라면 다 아는 이야기지만, 보통은 내 뒤에 있는 이휘철을 주목하기 마련인데.'

그러니 내가 SJ컴퍼니의 경영에 직접 관여하고 있다는 사실은 극소수의 사람만 아는 사실이다.

'그마저도 가까운 친인척이거나 관련 정보를 알고 있어도 무해한 지인 정도고…….'

아니, 억측이 과한 걸지도 모른다.

'……설마, 어쨌건 나도 SJ컴퍼니 사장 직함을 달고 있다보니 강하윤과 이야기를 나누던 와중 내 이름이 언급되었을 뿐이겠지.'

강하윤이 말을 이었다.

"게다가 그 사람 말로는 로스트 빈 커피가 신화호텔에서 쓰는 원두 배합을 사용한 것 같다던데, 정말이니?"

"아, 예. 맞아요."

그 말에 나는 조금 감탄했다.

"로스트 빈은 신화호텔의 계열사인 신화식품과 해림식품, 그리고 SJ컴퍼니가 자본과 기술을 합해서 만든 합자회사거든요. 그래서 로스트 빈의 제조 노하우에는 신화호텔의 기술이 일부 채용되었어요."

"……음."

강하윤은 고개를 끄덕이더니 새삼스럽단 듯 커피를 한 모금 더 홀짝였다.

"그러면 여진환 순경이 정답을 맞힌 거네."

"커피에 조예가 깊으신 모양이네요."

강하윤이 어깨를 으쓱였다.

"응, 나도 오늘 여진환 순경이 탄 커피를 마셔 봤는데, 커피에 문외한인 나도 맛있다고 느낄 정도였어."

그녀는 대수롭지 않은 이야기를 하듯 반사적으로 그런 말을 했지만, 나는 강하윤이 방금 한 말에서 나온 단서를 놓치지 않고 속에 갈무리했다.

'오늘?'

오늘 마셔 보았다, 라는 말은.

'즉, 강하윤은 여기 오기 전에 여진환 순경이라는 사람을 만났단 거로군.'

거기에다가 땀 냄새를 감추기 위해 쓰지 않던 향수까지 뿌렸으니, 이 무더운 날씨에 바깥을 돌아다닐 일이 있었단 것이리라.

'아직은 그게 무슨 의미가 있는지는 모르겠지만, 지금은 돌다리도 두들겨 보고 건너야 할 때지. 조금 떠볼까?'

나는 일단 미소 띤 얼굴로 강하윤의 말을 받았다.

"심지어 맛있는 커피까지 탈 줄 아신다니, 대단한 특기를 가진 분이시군요. 경영자 입장에서 저 개인적으로는 고객께서 로스트 빈의 강점을 알아주셨다는 게 더 기쁘지만요."

"그러니?"

"네. 방금 전에도 말씀드렸지만 신화호텔의 노하우를 담아 대접하고 있습니다. 로스트 빈은 비교적 단가가 높은 고급 원두를 아낌없이 사용하고 있으며, 신선도를 위해 로스팅도 직접 하고 있죠."

"……응, 왠지 조금 비싼 편이라곤 생각했는데, 그런 이유가 있었구나."

나는 그 말에 싱긋 웃어 보였다.

"네, 아무리 마진이 많이 남는 장사라고는 하지만 그래도 그 정도 가격을 책정해 두지 않으면 가게 관리비 내기도 빠듯해요."

그야, 짜장면 값이 얼마라고 하는 이 시대 기준엔 비싼 편이지만, 소비자 물가가 오를 대로 오른 미래를 살다 온 내 기준에선 '꽤 저렴한' 편이라고 생각한다.

'이 가격 그대로 미래로 가져가면 저가형 커피라는 소리를

들을 자신도 있을 정도니까.'

지금은 사람들도 아직 커피 맛에 까다롭지 않은 시대지만, 내가 구태여 약간의 손해를 감수해 가며 '고급 원두를 쓴 커피'를 이 가격대에 제공하기로 마음먹은 것은, 언젠가 대한민국에 각종 커피 프랜차이즈가 각축전을 벌일 때가 오기 전 '기준'을 세워 두기 위한 나름의 전략 수립이었다.

'그러니 추후 후발 주자가 따라오려면 이미 시장을 선점하고 있을 로스트 빈의 높은 기준을 맞춰야 한단 진입 장벽이 생기게 될 거야.'

거기에 더해 S&S그룹 계열사인 파리 파네의 제과류를 납품하게 되면 로스트 빈에 추가 마진을 기대할 수도 있다.

'물론 지금 이 시대에 로스트 빈이 성행하고 있는 건 내 즐거운 착오였지만 말이야.'

나는 홍차를 한 모금 더 마신 뒤 말을 이었다.

"그래도 그런 노력을 기울인 덕분에 커피에 까다로운 이탈리아 사람들도 로스트 빈의 에스프레소를 높이 평가하고 있답니다."

"아, 에스프레소……."

에스프레소를 마셔 본 모양인지, 그 맛을 떠올린 듯한 강하윤이 미간을 살짝 찌푸렸다.

"그 정도니?"

묻는 말투가 '에스프레소 같은 걸 즐기는 걸 보니 이탈리아인은 모두 변태가 아니냐'는 뉘앙스여서, 나는 해당 사안이 외교 문제로 번지지 않도록 그들을 변호해 주기로 했다.

"네. 여담이지만 시저스 2호점에서 제공하는 피자에도 아주 만족하셨죠. 방송에도 나왔는데……."

"그랬구나."

꽤나 화제를 모은 국뽕 방송이었는데, 아쉽게도 강하윤은 그 방송을 보지 못한 모양이었다.

'그 방송이 시저스 2호점의 초창기를 견인하기도 했고, 지금 매출도 거기에 기인한 것이 크지.'

그래도 별수 있나, OTT 서비스가 있는 시대도 아니니, 내 인맥을 동원해 제작한 그 방송을 보라고 권할 수도 없고.

나는 아쉬운 속을 달래며 말을 이었다.

"사실, 이탈리아 사람들은 식음료에 있어서만큼은 굉장히 국수주의적이거든요."

논란의 여지는 있지만 이탈리아인을 화나게 하는 방법 2위가 그들 앞에 아메리카노를 내놓는 거고, 1위는 파인애플 피자를 먹이는 것이라고 할 정도니까, 말 다했지.

참고로 논란의 여지가 있다고 한 건, 그 후보군에 그들의 축구를 비난하는 것을 몇 위에 놓느냔 문제가 뒤따르기 때문이다.

"그런 사람들에게 높이 평가되었다는 건, 로스트 빈은 세계에 내놓아도 나쁘지 않단 증거겠죠."

참고로, 이탈리아 대사관 근처에 입점한 로스트 빈 지점은 한국에 주재 중인 대사관 직원들에게 호평을 받고 있다.

강하윤은 고개를 끄덕이더니 새삼스러워하는 시선으로 자신 앞에 놓인 커피를 보았다.

"그러면 시저스에서 제공하는 커피도 로스트 빈과 같은 거니?"

"네. 같은 S&S 계열사여서 제휴할 수 있는 건 되도록 가져다 쓰고 있어요."

"흐응."

강하윤은 미소 띤 얼굴로 커피를 마셨다.

"성진이한테 그런 이야기를 들어서 그런지, 더 맛있게 느껴져."

"아하하, 뭘요. 누나의 감상은 마케팅에 참고하도록 할게요."

그쯤 해서 나는 이야기가 나온 계기가 된 여진환 순경이란 인물에 대해 슬쩍 떠보았다.

"그런데 여진환 순경님은 어떤 분이신가요?"

"왜, 만나 보려고?"

방금 전과 달리 그에 대해 조금 흥미가 동한 나는 미소 띤 얼굴로 고개를 끄덕였다.

"경영에 도움이 된다면 얼마든지 스케줄을 조율해 봐야죠. 커피를 못 마시는 저로서는 맛을 평가할 기준이 없고, 따라서 고객님의 의견 하나하나가 다 소중하거든요."

나는 슬쩍 덧붙였다.

"그 전에 누나에게 그분이 어떤 사람인지 들을 수 있다면 더 큰 도움이 되겠지만요."

내 말에 강하윤은 잠시 생각하더니 살짝 웃었다.

"여진환 순경에 대해 내가 아는 건 많지 않지만…… 일단 곧 승진을 앞두고 있는 데다가 조만간 내가 있는 부서로 전출을 올 예정이야."

"승진요?"

내 말에 강하윤이 이유 모를 쓴웃음을 지었다.

"응, 이번에 공을 세웠거든."

이번에 공을 세웠다니.

지금이 SNS를 잘 다뤄서 승진하는 시대도 아니니, 순경에서 형사로 특진해 전출을 할 정도라면 뒷배가 있거나 제법 큰 공을 세웠기 때문일 것이다.

'아니, 뒷배가 있다면 강하윤이 근무하는 험지에 배속될 리는 없겠군……. 그게 내가 모르는 어느 특정 사건인지, 조광이 얽힌 사건 일체를 말하는 건지, 아직은 감이 안 오는걸.'

나는 미소 띤 얼굴로 말을 받았다.

"유능한 경찰이신가 봐요."

"……아마도, 그럴 거야."

잘은 모르지만, 하고 덧붙인 강하윤은 재차 말을 이었다.

"그 전에도 인사 정도는 했지만 제대로 대화를 나눠 본 건 나도 오늘이 처음이거든."

별로 친하지도 않구먼.

그래도 나를 위해 애써 준 강하윤이 고마워서 나는 인사치레를 했다.

"고맙습니다, 누나. 그분을 만나 뵙게 되면 경영에도 큰 도움이 될 거 같아요."

"그걸로 너에게 도움이 될 수 있다면 얼마든지."

"……."

갑자기 웬 낯간지러운 소린가 생각했더니, 강하윤은 부드러운 말씨로 말을 이었다.

"나도 고작 오늘처럼 밥 한 끼 사는 정도로는 성진이에게 받은 도움을 다 갚을 수 없을 거라고 생각했고."

그 말에 나는 나도 모르게 고개를 갸웃하고 말았다.

"제가 누나에게 그 정도로 큰 도움을 주었나요? 실은 오늘 식사도 고마울 정도인데요."

"얘도 참."

강하윤은 되레 무슨 소리냐는 듯 내 말을 받았다.

"저번에 반지 주인 찾는 것, 도와줬잖니?"

"……굳이 말하자면 그때도 저희 외삼촌이 힘써 주신 거지, 제가 한 건 없는데요."

더군다나 내가 알기로, 설령 반지 주인이 누군지 찾지 못

했다 하더라도 박강선을 먼저 손에 넣은 이상 한강에서 발견된 변사체의 신원을 확인하는 일은 어차피 시간문제였다.

'구태여 의미를 찾자면 박상대를 압박하고 조설훈과 그 사이에 금이 가는 일 정도는 도움이 되었겠지.'

또, 그로 인해 내가 사건에 발을 걸쳐 둘 구실이 생겼다는 점도 있겠지만, 그조차도 정진건이 박강선을 요한의 집에 임시로 맡길 당시 이미 확정이다.

그러나 강하윤은 미소 띤 얼굴로 내 말을 반박했다.

"그 외삼촌님을 소개해 줬잖아. 그것만으로도 대단한 도움을 받은 거라고 생각해."

강하윤이 손가락을 꼽아 가며 말을 이었다.

"게다가 강선이가 지낼 곳도 알아봐 주었고, 변호사님도 소개해 줬는걸."

"……."

그건, 그녀가 내게 고마워할 일이 아니라고 생각한다.

'게다가 박강선의 유산 문제를 해결해 준 건 내게도 쓸모가 있어서 한 일인데 말이야.'

하물며 생판 남의 앞가림을 도와준 일로 내게 감사를 표하는 것도 어불성설.

'사람이 착한 건지, 순진해 빠진 건지.'

심지어 백 번 양보해 '수사에 도움을 주었다'는 요소조차도 그녀 개인이 내게 감내할 채무는 아닌 것이다.

어처구니가 없어서 입을 다물었더니, 내 침묵을 오해한 강하윤은 미소 띤 얼굴로 나를 물끄러미 바라보았다.

"성진이는 겸손하네."

"말씀이 과해요."

나는 진심으로 손사래를 쳤지만, 그럼에도 강하윤의 표정엔 변화가 없어서 하는 수 없이 포기했다.

"……뭐, 누나가 그렇게 생각하신다면, 그건 그것대로 제가 끼어들 문제는 아니지만요."

"응."

왜 그쪽이 기뻐하는 건지 모르겠군.

강하윤은 싱글벙글 웃으며 커피를 한 모금 마신 뒤, 입을 뗐다.

"그래서, 여진환 순경이랑 만나 볼 생각이니? 그럴 거라면 그 사람 핸드폰 번호 알려 줄게."

나는 그 말에 움찔할 뻔한 걸 참았다.

"……그분께 핸드폰이 있나요?"

"응."

그 찰나 강하윤은 내가 무슨 생각을 떠올렸는지 아는 듯 쓴웃음을 지었다.

"그러게, 너에게 핸드폰을 공짜로 받아서 쓰고 있는 내가 할 말은 아니지만, 그거 되게 비싸지 않니?"

"……그런 편이죠."

삼광전자의 플립형 핸드폰 클램 개발에 기여한 내 입장에서 말하긴 껄끄럽지만, 이 시대에 핸드폰은 아직 시기상조였다.

핸드폰의 기기 가격은 물론이거니와 매달 내는 이용료는 이 시대 박봉의 대명사인 공무원, 특히 순경 월급으로 감당할 수 있는 물건이 아니다.

'나중에야 생활필수품 수준을 넘어 개인을 증명하는 수단으로까지 발전하게 되지만.'

지금 시점에서 핸드폰이란 그 편리성에도 불구하고 '굳이 갖출 필요까진 없는' 고가의 사치품에 지나지 않는다.

강하윤이 아, 하고 말을 이었다.

"그래, 나한테 핸드폰 준 거, 그것도 갚기 힘든 은혜야. 깜빡할 뻔했네."

"……."

그렇게 사족을 덧붙이는 것으로 그녀는 공연히 내게 심리적 부채를 늘렸다.

'그나저나, 핸드폰을 소유한 데다가 커피에 조예가 깊은 순경이라?'

게다가 'SJ컴퍼니 사장 이성진'을 의식하고 있기까지.

'재밌는 사람인 건 분명해 보이는군. 시간 날 때 한번 만나 보는 것도 나쁘지 않겠어.'

나는 지하 주차장까지 전예은을 배웅한 뒤, 엘리베이터를 타고 곧장 사무실로 직행했다.

'오랜만에 공짜 밥을 얻어먹었군.'

양상춘에게 무슨 이야기를 들었건 간에 강하윤은 내게 여전히 호의적이었다.

'그렇다곤 하나, 지금으로서는 그녀가 양상춘이며 조세화 등에게 내 알리바이를 잘 해명해 주길 기다리는 수밖에.'

차라리 모든 걸 속 시원히 털어놓고 진범을 찾는 일에 전력으로 협조하고 싶단 생각도 없지는 않았으나, 나는 그럴 수 있는 입장이 아니었다.

만일 이 모든 걸 해명하기로 마음먹는다면, 내가 구봉팔과 김기환을 이용해 의도적으로 박상대를 궁지에 몰아넣은 일이며, 알고서도 입 다문 것에 대한 해명이 필요했다.

그 과정에 누군가는 나를 환멸할 것이 분명했고, 불필요한 원한을 늘리는 건 내가 바라는 일이 아니다.

감정이란 건 이성으로 해명하지 못하는 것이 많고, 누군가는 과오를 다른 사람에게 전가하는 것으로 위로를 받기 마련이니까.

'게다가 결국, 사건의 결말은 내게 유리한 방향으로 기운 것도 사실이니 말이야.'

그런 의미에서 보자면, 양상춘이 나를 조설훈을 살해(또는 교사)한 용의자로 생각한 것도 당면한 상황에선 합리적이었다.

'오히려 나에 대해 선입견을 품고 애 취급하지 않은 것을 대단하다고 여겨야 하나.'

그러며 잠시 엘리베이터 벽에 등을 기대고 섰다.

"으음."

나름 조절한다고 신경 썼는데도 속이 더부룩하다.

'지금은 전생에 비하면 비교할 수 없을 정도로 자산이 불어났지만, 왠지 뷔페만 다녀오면 과식을 하게 된단 말이야.'

원인은 아마 전생부터 뼛속 깊이 밴 서민 근성일 것이다.

'오늘 운동은 몇 세트를 추가해야겠군.'

전생의 나는 40줄에 들어서면서부터 체력이 급격하게 줄어드는 것을 체험한 바, 자기관리의 중요성을 이 시대 그 어느 초등학생보다 절절히 알고 있었다.

'기초 체력을 늘려 둬야 해.'

그리고 기초 체력이라고 함은 장기적인 관점에서 바라보아야 하는 법, 나는 저택 지하에 헬스 기구를 들여놓고 무리하지 않는 선에서 꾸준히 운동을 해 오고 있다.

전생에는 운동을 그렇게까지 즐기는 성격은 아니었다.

아니, 좀 더 정확히 말하자면 장애를 겪게 된 몸으로는 운신의 폭이 제한될 수밖에 없었고, 이후론 자연스레 몸 쓰는 일을 줄여 갔다.

'하긴, 몸이 멀쩡할 땐 체육 선생으로부터 육상 주자 권유를 받기도 했을 정도니까.'

하지만 어쨌건, 이번 생의 나는 전생과 달리 다리가 멀쩡했다.

그러다 보니 아무래도 전생에 느끼지 못하던 모종의 보람에 더해 성장기의 육신이 맞이하는 가파른 성장을 맛본 나는 '헬창'이라 불리던 부류의 심정을 어느 정도 이해할 수도 있을 정도였다.

'그러고 보니 전생의 이성진은 중년에 들어서도 몸이 탄탄했군.'

심지어 잘 먹고 살아서 그런 것인지, 아니면 유전의 영향인지 이마가 벗겨지는 일 없이 머리숱도 풍성했다.

'그러니 그 나이 되어서도 플레이보이 행세를 할 수 있었던 거겠지만.'

그러면서 내가 조만간 이 땅에 불어 닥칠 '웰빙' 열풍에 어떻게 대처할지 고민하는 사이, 엘리베이터는 나를 내 사무실까지 실어 날랐다.

'그러자면 지금부터 슬슬 유기농 무농약 상품을 준비해야…… 어라.'

사장실로 향하는 복도가 왠지 모르게 부산스럽다고 생각했던 찰나, 나는 비서가 대기하곤 하는 사무실 겸 프론트 앞에서 익숙한 얼굴을 목도했다.

"오셨습니까."

눈이 마주치자마자 기다렸다는 듯 내게 정중하게 인사한 인물은 이휘철의 개인 비서인 김 실장이었다.

"아, 네. 안녕하세요."

게다가 그뿐만 아니라 전생을 통틀어 처음 보는 여러 수행 인원 및 보디가드로 보이는 인물들까지.

'이거 참, 누구 보라는 건지 화려하게도 행차하셨군.'

한편, 나는 그의 인사를 받으며 생각했다.

'김 실장이 여기 왔다는 건…….'

이휘철이 찾아왔다는 이야기인가?

프론트를 지키고 있던 비서실장인 윤선희가 괜스레 김 실장을 비롯한 일당의 눈치를 살피며 내게 사무적으로 말을 건넸다.

"사장님, 경영고문님께서 방문하셨습니다."

그러면 그렇지.

하지만 경영고문이라는 감투만 썼다 뿐, 회사엔 코빼기도 비추지 않던 양반이 여기까지 왕림하시다니.

'게다가 집에서는 아무런 언질도 없었는데.'

나는 구태여 회사를 찾아온 이휘철의 속내를 궁금해하며 고개를 끄덕였다.

"곧바로 들어가겠습니다. 실장님께선 사장실에 녹차 다기를 들여 주세요."

윤선희에게 맡겨도 되겠지만 이휘철은 어째 매번 내가 어영부영 어깨너머로 배운 맛없는 녹차를 평가하고는 했으므로, 이번에도 그걸 바라고 있으리라 생각한 처사였다.

"예, 알겠습니다."

그러지 않으려 해도 부하를 비교하는 건 아무래도 상사의 숙명이다.

원래부터 삼광 본사 출신의 엘리트인 데다 연륜(그래 봐야 20대지만)이 있는 윤선희는 비서 업무 수행 면에서 전예은보다 안정감이 있었다.

'뭐, 전예은도 열심히 노력하고 있는 데다가 잠재력이 있으니 금세 성장하겠지만.'

나는 사장실 문을 열었다.

"오, 사장님이 오셨군."

이휘철은 응접용 소파 상석에 앉은 채, 고개만 돌려 나를 보았다.

나는 그를 '할아버지'로 대해야 할지, 아니면 '경영고문'으로 대해야 할지 망설이다가 그가 먼저 나를 칭한 호칭에 맞추기로 했다.

"오셨습니까, 고문님."

"……크크."

이휘철은 뭐가 우스운지 그런 나를 보며 킬킬 웃었다가 본인이 사장인 양 자연스럽게 자리를 권했다.

"일단 앉아라."

내가 고용주인 거, 맞지?

이휘철은 내가 대각선에 앉자마자 기다렸다는 듯 볼멘소
리를 늘어놓았다.

"나 원, 모처럼 우리 손주랑 밥이나 한 끼 먹으려 했더니
점심 약속이 있었다지?"

이건 '할아버지'로군.

나는 그 태도에 손주의 모습으로 맞춰 괜히 투덜거려 보았
다.

"……방문하실 줄 알았다면 일정을 비워 두었을 겁니다."

"하하하, 그 말을 들으니 너도 딱히 예정엔 없었던 점심
약속이었나 보구나."

이휘철은 가볍게 내 말의 진의를 꿰뚫은 뒤, 나를 물끄러
미 쳐다보았다.

"하여, 내 어디서 네게 미인 비서 아가씨가 둘이라고 들었
기에, 나는 네가 아가씨 한 명을 꾀어 데이트라도 한 줄 알았
지 뭐냐."

이 영감이 뭐라는 거야.

"죄송합니다만, 부하를 그런 눈으로 보진 않아요."

"그래? 그런 것치곤 퍽 파격적인 인사이지 않았느냐. 이제
갓 중학교를 졸업한 아이라고 들었는데. 내친김에 얼굴이나

보려 했더니 어디 갔느냐?"

"……말씀하신 비서라면 타 업무로 외근 중입니다."

SBY는 가요무대에서 1위를 한 뒤부터 스케줄이 늘어났고, 전예은은 이제 굳이 그럴 필요가 없음에도 자청하여 그들의 뒷바라지 아닌 뒷바라지를 하는 중이었다.

'왠지, 전예은이 이휘철과 마주치지 않아서 차라리 다행인 것 같군.'

그러거나 말거나 이휘철이 짓궂은 말을 이었다.

"호오, 일부러 비근한 또래 아이를 곁에 들인 것은 아니고?"

"아닙니다. 저도 어디까지나 그녀에게 그럴 만한 능력이 있다고 판단하여 고용했을 뿐입니다."

"호오."

이휘철이 턱을 쓸어 담으며 그윽한 눈으로, 그러면서 그 안에 감출 생각도 없어 보이는 서늘한 빛을 담은 채 나를 보았다.

"그건 마치 네게 '사람을 볼 줄 아는' 혜안이라도 있다는 투로구나."

"……."

"즉, 오갈 곳 없는 천애고아를 곁에 둔 건 괜한 싸구려 동정심만이 아니란 의미렷다?"

씁.

'밥 먹은 거 소화 안 되네.'

나는 속으로 투덜거린 걸 내색하지 않으며 차분히 그 말을 받았다.

"물론입니다. 저는 그녀에게 연수 기간을 두고 지켜보았고, 그 비서는 실제로 SBY를 가요무대 1위에 올려놓는 성과를 보여 주었습니다. 이만하면 실력은 검증되었다고 보지 않으신가요?"

"실력이라. 왠지 그건 '비서로서' 능력만은 아닌 듯하군."

쓸데없이 감이 좋다.

나는 순순히 예, 예, 하고 넘어가는 대신 강하게 맞서기로 했다.

"최소한 부족하지는 않다는 걸 증명하긴 했으니까요."

"……흥."

그리고 그건 이휘철의 마음에 드는 행동이었다.

"나쁘지 않구나."

이휘철 입에서 나오는 '나쁘지 않다'는 말은 곧, 칭찬이니까.

'그나저나 그걸 물으려고 회사에 온 건 아닐 텐데.'

내가 회사로 찾아온 이휘철의 의중을 생각하는 사이.

달각, 문이 열리고 윤선희가 다가와 우리 앞에 조용히 다기를 놓았다.

"실례했습니다."

그리고 얌전히 돌아가려는 그녀를 이휘철의 목소리가 붙들었다.

"잠깐 기다려 보거라."

"예, 경영고문님."

윤선희는 당황하지 않고 '시키실 것이 있다면 말씀하십시오' 하는 태도로 섰다.

그러나 뒤이은 이휘철의 말은 그런 그녀를 당혹스럽게 만들기 충분했다.

"내 듣자니, 윤 실장은 우리 남진이 녀석과 교제 중이라 하던데."

그 말에 윤선희는 멈칫했다가, 순순히 대답했다.

"······예, 그렇습니다."

윤선희는 내 오촌 형님인 이남진과 방과 후 교실 업무가 인연이 닿아 연애 중이었고, 지금은 한창 깨가 쏟아지는 중이었다.

"흐음, 그렇단 말이지······. 그건 결혼을 전제로 한 교제더냐?"

거기서 그녀는 새삼 혹여 이휘철이 '신분 차이'를 들먹이려는 것은 아닌가 하는 염려가 있었던 것일까, 경계하듯 말을 받았다.

"······가능하다면 그러고자 합니다."

하지만 그건 그녀가 이휘철을 잘 몰라서 하는 생각일 뿐이다.

이휘철은 빙그레 웃으며 그녀를 보았다.

"그렇다고 하니 마음이 놓이는구나."

"……예?"

"이 늙은이는 그대 같은 참한 처자가 우리 불쌍한 남진이를 가지고 놀다가 버리는 건 아닌지 걱정했지 무어냐, 하나 기우였나 보군. 하하하!"

이어진 이휘철의 다소 짓궂은 농담에 윤선희는 어찌할 바를 몰라 당황했다.

"아, 아닙니다. 남진 씨는 제게도……."

"……제게도?"

"……소, 소중한 사람입니다."

"하하하! 젊음이 좋긴 좋구나. 말만 들어도 회춘하는 기분이야."

이어서 이휘철이 기특한 손주 며느리라도 보는 양 그윽한 미소를 띤 채 윤선희를 보았다.

"내 이 몸의 증손주까진 살아 바라지 않지만, 남진이의 아이 정도라면 내 형님을 대신해 기대해도 남들 욕은 듣지 않을 터."

"……."

그 말에 윤선희는 어딘지 그녀답지 않게 쑥스러워하며 얼굴을 푹 숙였다.

"좋은 소식 기다리고 있으마. 남진이를 잘 부탁한다."

"……예."

"그럼 바쁠 터이니 이만 돌아가 보거라."

"예!"

보라지.

윤선희는 그 별것 아닌 말에 감읍하여 고개를 꾸벅 숙인 뒤 물러났다.

'대단하다면 대단한 양반이야.'

나는 그런 이휘철을 보며 속으로 혀를 내둘렀다.

'어쨌건 이휘철이 어떻게 대외용 이미지를 꾸며 내는지 확인하는 귀중한 체험을 했군.'

세간에서 평가하는 이휘철은 '불의를 용서치 않고 기득권과 타협하지 않으나 아랫사람에게는 자상한' 이상적인 경영자였으니까.

'하지만 핵심은 그게 아니야.'

촌수가 멀긴 해도 피붙이건만, 까놓고 말해서, 이휘철은 이남진이 뭘 하건 '관심이 없다.'

이남진은 내버려 두어도 무해한 인물이며, 그가 이남진의 부친인 이태준을 곁에 두는 것도 그가 분수를 알고 나서지 않는 인물이라 판단했기 때문에 불과하다.

'오히려 이남진이 그럴듯한 집안 사람과 사귄다고 했다면 경계했을 거야.'

윤선희는 남부러울 것 없는 엘리트이긴 하나, 본가는 평범한 중산층 가정이었다.

그러니 회사의 이름에 먹칠만 하지 않는다면 설령 이남진이 어디 험지로 출장을 떠났다가 눈먼 총에 맞아 비명횡사를 하더라도 눈 하나 깜짝하지 않으리라.

'아니, 오히려 그 비극을 잘 포장해 회사며 가문을 홍보하는 데 이용하겠지.'

즉, 이휘철이 윤선희를 붙들고 잠시 안부를 물은 건, 어디까지나 단순한 변덕에 더해 상대가 자신에 대해 호의를 품게 하고자 함에 지나지 않는다.

그는 자신이 중요하게 여기지 않는 것에 대해서는 뭐가 되었건 아무래도 상관없다는 투로 한 줌의 상냥함을 선뜻 건넬 수 있는 사람인 것이다.

'반면, 자신의 마음에 든 것이라면 어떻게든 손에 넣어 쥐락펴락하려는 인물이기도 하지.'

그가 아까 내게 전예은을 한번 보자고 떠본 것도, 어디까지나 '내가 감행한' 파격적인 인사에 호기심이 일었던 것뿐, 전예은에 관심이 있어서가 아니다.

'게다가 이휘철이 전예은의 능력을 알게 되면, 가만히 있을 리가 없어.'

그런 모습도 성공한 경영자로서 귀감이라면 귀감이긴 하겠지만, 별로 본받고 싶지는 않다.

"자, 그럼."

그 증거로, 이휘철은 윤선희가 물러나자마자 방금 전 상황에 대한 감정을 칼같이 끊어 내듯 미소를 거두며 나를 보았다.

"너는 분명 네가 본 적 없던 사람들을 이끌고 내가 회사로 행차한 까닭을 알고 있으렷다."

이휘철과 함께 있으면, 일상이 시험대다.

'씁, 깜짝 쪽지 시험도 아니고.'

새삼스러운 일이지만, 이휘철의 나에 대한 평가는 부담스러울 정도로 높다.

방금 전까지만 하더라도 '왜 찾아온 건가' 생각하던 나는 그 마음에 드는 대답을 위해 묵묵히 차를 타며 생각할 시간을 벌었다.

분명, 이휘철은 복도에 서 있는 저 군단을 이끌고 빌딩 정문을 통과해 들어왔을 것이다.

그리고 윤선희가 내게 이휘철의 방문을 알리기도 전에 사장실로 들이닥쳤을 것이고, 그건 지금 상황으로 이어진다.

"……제 생각에는."

나는 따뜻하게 데운 물을 헹궈 찻잔을 덥힌 뒤 말을 이었다.

"일부러 남들에게 알리기 위함이라고 보았습니다."

그렇게 슬쩍 떠보았으나, 이휘철은 긍정도 부정도 않으며 가만히 내가 차를 타는 양을 지켜보기만 할 뿐이었다.

'일단, 틀린 건 아니군.'

나는 찻잎을 담으며 재차 말을 이었다.

"그리고 그건 외부에 '삼광 그룹의 이휘철 선대 회장님'께서 아직 건재하시다는 걸 보여 주기 위함이죠."

"하면, 그 까닭은?"

그야, 둘 중에 하나다.

하나는 지금 이 자리에서 '회사를 내놓고 물러가라'고 말하기 위해서.

다른 하나는.

"……조광에게 할아버지를 알리고자 함입니다."

내 말에 이휘철이 입매를 비틀었다.

"……나쁘지 않구나."

저래 보여도, 칭찬이었다.

이휘철은 내가 탄 차를 한 모금 마신 뒤 입을 뗐다.

"조광의 여식과 한 계약을 이행하려면 몇 가지 사전 작업이 필요하다."

예상대로 이휘철의 방문 목적은 어저께 조세화와 협의한 계약을 지키기 위함이었다.

'그게 아니면 진짜 회사를 뺏으러 왔다든가.'

어쨌건.

'암만 쇠뿔도 단 김에 빼라지만 그렇다고 이야기가 나온

바로 다음 날 움직일 줄은 몰랐는데.'

이휘철의 행동력 하나만큼은 인정하지 않을 수가 없다.

이휘철이 찻잔을 내려놓으며 말을 이었다.

"그중 하나가 너도 알다시피 지금 행한 이것, 나 이휘철의 건재함을 세상에 알리는 일이지."

하긴, 지금 복도에서 대기하고 있는 이휘철 개인 수행 인원들만 하더라도 멀리서 알아볼 만큼 범상치 않다.

그저 손주 얼굴이나 보려고 왔을 뿐이라면 저만 한 인원은 인력 낭비에 과잉이다.

사람이 과잉을 행할 때면 그건 누군가는 이를 알아줬으면 하기 때문이다.

더군다나 이휘철의 행동거지에 무의미한 일이란 없다.

그는 은퇴 이전까지 시간에 쫓기듯 살아왔고, 그 움직임 하나하나가 계산하에 이루어졌으며, 이는 자연스레 극한의 효율을 추구했다.

그리고 그건 은퇴 이후 시간이 넘치도록 흐르는 지금도 다르지 않은 듯했다.

'그렇다고는 하지만…….'

다만, 나는 내심 그 계획 중 하나인 지금 이 순간이 이휘철의 자의식 과잉에서 비롯했을지 모른단 사실을 부정할 수가 없었다.

"그런데 할아버지, 여기는 서울도 아니고 분당에 자리한 회사에 불과한데 사람들이 할아버지가 여기 다녀가신 걸 알까요?"

세상이 자신을 중심으로 돌아간다고 믿는 이휘철은 '당연히' 이 일이 모두의 귀에 들어가리라 확신하는 눈치였지만, 내가 방금 그에게 한 말마따나 이곳은 '사람들의 눈에 띄기 위한' 목적을 수행하는 일엔 그다지 적합지 않다.

회사가 있는 분당도 지금은 얼추 개발이 이루어져 불과 몇 년 전에 비하면 비교도 할 수 없을 만큼 유동인구가 늘어났다지만, 그것도 어디까지나 상대적인 이야기다.

서울공화국이라고도 불리는 서울에 비하면 아직, 그리고 미래에도 변두리 신세를 벗어나지 못하는 것이 이곳인 것이다.

하지만 이휘철은 무슨 새삼스러운 이야기를 하느냐는 듯 픽 웃었다.

"발 없는 말은 천 리를 간다. 하물며 이 일에 관심을 둔 부류라면 사람을 시켜서라도 무슨 일이 일어났는지를 알아보려 하겠지."

그는 이번 방문이 몇 수 뒤를 염두에 둔 포석이라는 듯 말했다.

"어차피 세상 모든 사람이 알 필요는 없는 일이야. 하물며 이번 방문은 관련 정보가 필요한 사람의 귀에만 들어가도 족하다. 게다가 이 나라 재계는 생각 이상으로 바닥이 좁지."

이휘철이 끌끌 웃었다.

"그러니 촉각을 곤두세워 주고 있는 누군가가 오늘을 알아 준다면 그건 알아서 제 목을 죄는 것이 될 터이다."

"……."

"그리고 두 번째 일이다."

이휘철이 그윽한 눈으로 나를 보며 말을 이었다.

"조만간 있을 금일 그룹 모임에 방문하기로 했지?"

"예, 그렇습니다."

내가 금일 그룹 행사에 참석하는 일은 이휘철뿐만 아니라 금일 그룹의 회장 귀에도 들어가 있었다.

"그날 성진이 너는 조세화를 데리고 가거라."

"……세화를요?"

"그래. 그 아이가 초대장을 받았는지는 모르겠지만, 네 동행 한두 사람쯤은 데리고 가도 무방할 터. 가서 너는 조세화와 친분을 남들 보란 듯 과시하도록 해라."

"……."

확실히, 조세화와 SJ컴퍼니 사이에 '무언가 있다'는 걸 보여 주려면 그만한 장소도 달리 없긴 하다.

잠시 대답을 망설였더니, 이휘철은 무슨 생각을 했는지 히 죽 짓궂게 웃었다.

"왜, 어느 한 여자아이만 챙기려니 내키지 않느냐?"

"……할아버지께선 저에 대해 단단히 오해하고 계신 것 같습니다."

"허허, 내 너를 본 세월이 몇인데……. 신경 쓸 것 없다.
이 일이 장래 네 발목을 붙잡지는 않을 터이니까, 하하하!"

"……."

사모가 밥에 약을 탔나.

나는 떨떠름한 기분이 표정에 드러나지 않게끔 애써 감추
며 이휘철의 말을 받았다.

"하지만 할아버지, 저번에 말씀하시기로 이미 주위에서
저희를 주목하고 있으니 경계하라는 취지의 말씀을 하셨습
니다만……. 그런 상황에 보란 듯 세화를 에스코트해 금일
그룹 모임에 얼굴을 비춰도 될까요?"

이휘철은 내 말에 웃음을 거두더니 입매를 비틀었다.

"마침 잘되었지 뭐냐. 그렇기에 더더욱 행하란 것이다."

"……."

"너는 이미 알 만한 사람들 사이에선 유명 인사다. 네가
조광의 여식과 어울리고 있단 이야기쯤은 그 바닥에 파다하
게 퍼져 있을 것이야."

이휘철이 찻잔을 손가락 끝으로 툭툭 두드렸다.

"이 상황에 네가 조세화를 데리고 시끄러운 곳에 간다면,
그들은 사실의 진위 여부와 관계없이 제멋대로 떠들어 댈 것
이다. 하지만, 어디 떠들어 대라지. 그래 봐야 너에게 해되는
것은 아무것도 없다."

즉, 이미 퍼진 소문을 부정하거나 회피할 필요는 없다는 의미였다.

이휘철은 입가에 드리운 웃음기조차 싹 사라지게 만든 뒤 말을 이었다.

"아니면 세상 사람들이 멋대로 떠드는 것이 두려워 숨을 생각이더냐?"

"……그럴 생각은 없습니다. 하지만 만에 하나 그 일이 그룹 전체에 해가 된다면……."

"하!"

이휘철이 코웃음을 쳤다.

"나는 내 회사를 그 정도 협잡질에 휘청거릴 만큼 만만하게 키우지 않았다."

명색이 주식회사인데 대놓고 '내 회사'라고 하시네.

'그야 마음만 먹으면 지금도 회사 방향 정돈 좌지우지할 수 있는 사람이긴 하다만.'

이휘철은 말했다.

"게다가 '우리 두 사람'의 생각대로라면, 어차피 그들 역시 조만간 제 발등에 떨어진 불을 끄기에 급급해질 것이야."

……IMF 이야기인가.

이휘철에게 미래를 내다보는 힘은 없다지만, 그는 범국가적 재난 중 하나인 그 일이 일어나는 것이 확정 요소인 듯 말했다.

'뭐, 아무리 미래가 휙휙 바뀌는 중이라지만 지금 상황에서는 그렇기도 하지.'

이휘철이 차를 한 모금 마셨다.

"그리고 여담이지만, 이건 조세화를 위한 일이기도 하다."

"……세화를 위한 일이라니요?"

이휘철은 나직한 어조로 내 질문에 답했다.

"조세화 역시 지금 그 일거수일투족이 세간의 주목을 받고 있는 상황이 아니냐. 이런 상황에 조세화가 두문불출한다면 다른 사람들은 그건 그것대로 그 아이를 두고 좋지 않은 말을 뒤에서 떠들어 대겠지."

하긴, 남의 불행만큼 떠들어 대기 좋은 것도 없는 법인데, 하물며 줄초상이 난 남의 집안 일이랴.

더욱이 오늘내일하다가 노환으로 사망한 조성광은 둘째 치고, 조성광의 차기 계승 후보였던 두 아들도 한날한시에 사망하고 말았으니 제아무리 언론에 엠바고를 걸었다 한들 각자 나름의 정보 줄이 있는 그들에게 조광에 닥친 비극은 씹어 대기 좋은 안줏거리인 것이다.

그리고 조세화는 하루아침에 조성광의 유산을 상속받은 가장 큰 수혜자로 거듭나 있는 것이 현실.

"따라서 조세화가 장래 조광을 제 손아귀에 쥐고자 한다면, 이런 위기 상황일수록 정면에 나서는 모습을 세간에 보여 줄 필요가 있음이야."

"……세화에게는 편치 않은 자리가 되겠군요."

"그건 그 아이 스스로가 극복해야 할 일이지. 하지만 나를 찾아와 말을 나눌 정도의 아이니, 그만한 의지는 있을 것이다."

뒤이어 이휘철이 쓴웃음을 지었다.

"그런 의미에서 보자면 조세화는 태어날 시기를 잘못 탄 것이 안타까운 아이로구나."

"……."

혹시, 그는 조세화가 실제로는 조성광의 손녀가 아닌 막내딸인 걸 알고 있는 것일까.

'……그건 알 수 없는 일이지만.'

만약 이휘철이 그걸 염두에 두고 계획을 세워 움직이는 중이라면, 그건 그것대로 등골이 서늘해질 일이었다.

'나야 조세화가 타고난 그런 출생의 비밀이 추후 조광을 장악하는 일에 도움이 되리란 걸 알고 움직이는 거지만.'

이휘철은 찻잔을 비운 뒤, 내가 차를 따를 때까지 기다렸다가 어조를 바꿔 입을 뗐다.

"세 번째 일은 네가 긁어모은 조광 주식을 내게 넘기란 것이다."

"……예?"

당황한 내게 이휘철이 히죽 웃었다.

"왜, 못 주겠단 거냐?"

"……."

이건 뭐, 날강도도 아니고.

이휘철이 웃음기를 슬쩍 거두며 말을 이었다.

"많이는 바라지 않는다. 어차피 되는대로 시중에 풀린 걸 어영부영 긁어모은 것에 불과할 테니 그걸로 주주총회에서 뭔가 해볼 수 있으리란 기대는 하지도 않았고."

나는 그 말에 조심스레 물었다.

"혹시, 조광의 주주총회에 참석하실 생각이신가요?"

"물론이다."

시원시원하게도 답하네.

"……하지만 할아버지, 주주총회 참석 자격은 일정 기간 이상 주식을 보유하고 있을 것을 법적으로 명시하고 있는데요?"

"녀석."

이휘철이 씩 웃었다.

"내가 그 정도 대비도 없이 살아왔을 것이라고 보느냐? 거기 참석할 조광의 주식 정도는 나도 한참 전부터 들고 있었던 게 있음이야. 뿐만 아니라 내로라하는 대기업 주식은 조금씩 들고 있으면 나중 일을 대비한 보험이 되지."

"……."

"물론 나쯤 되는 사람이 그런 장소에 얼굴을 들이미는 건 영 모양새가 좋지 않으니 참석하지 않을 뿐."

하긴, 다른 대기업 총수가 그런 자리에 참석했단 이야기는 나도 금시초문이고.

암만 이휘철은 이미 은퇴한 몸이니 뭘 하건 상관없다지만.

'필요하다면 그런 세간의 시선쯤이야 얼마든지 감수하겠단 건가.'

나는 이휘철의 남다른 행동력에 속으로 혀를 내두르며 물었다.

"그러면 참석하셔서 무얼 하실 건가요?"

이휘철이 미소를 머금은 채 대답했다.

"아무것도 하지 않는다."

"……예?"

"아, 국기에 대한 경례 정도는 해야겠구나. 나도 명색이 독립운동을 한 국가유공자 집안사람이 아니냐."

그가 농담을 섞어 가며 덧붙인 비릿한 웃음은 왠지 자조적인 것처럼도 보였지만, 이휘철은 내가 그에 관해 생각할 틈을 주지 않겠다는 듯 담담히 말을 이었다.

"……때론 어느 자리에 함께하는 것만으로도 충분한 경우도 있다. 중요한 건 '누가' '어느 때' '어디에' 있느냐는 것이지. 이 세 가지만 잘 갖춰진다면 '뭘 하느냐'는 것 따윈 상관없는 일이 되고 만다."

그야, 나도 이휘철이 주총꾼 행세를 할 거란 생각은 하지 않았다만.

'하긴, 이휘철이 거기 가서 북과 꽹과리를 치는 건 영 상상

이 가질 않는군.'

이휘철이 찻잔을 들어 올렸다.

"그러니 내가 거기서 할 일은 언젠가 너에게 말했듯, '이휘철이 줄곧 지켜보고 있었다'는 걸 조광이 알게 할 정도면 충분하지. 거기에 더해서……."

그는 차를 한 모금 마셨다.

"삼광의 이휘철이 자신의 손주를 시켜 그 집안 손녀와 친분을 쌓고, 며느리가 대표로 있으며 손주가 사장으로 앉은 회사는 이휘철이 좌지우지하고 있었다는 걸 세상 사람들이 알게 하기만 하면 되는 것이다."

거, 무서운 말씀을 아무렇지도 않게 하시긴.

'……뭐, 실제 세간의 인식은 그 정도인 모양이긴 하지만.'

애당초 조광의 분열에 부채질을 할 뿐이라면 그것만으로도 충분했다.

이휘철이 말을 이었다.

"그리고 조세화 그 아이는 거기서 SJ컴퍼니와 합자 회사 설립을 추진할 것임을 천명하고, 두 번 다시는 의결권을 행사할 의지가 없다는 걸 알리기 위해 가진 지분 태반을 매각하기로 한다."

이휘철의 입에서 나온 그 아무런 감정도 깃들지 않은 사무적인 말투는 마치 이미 옛날 옛적에 지나간 일을 술회하는 것처럼도 들렸다.

"······동시에, 세화는 삼광 그룹과 긴밀한 관계임을 세간에 알리는 것이 됩니다만."

또한 우리는 그 와중에도 슬픔에 빠진 어린 소녀를 구워삶아 이득을 챙기려 하는 놈들로 비칠지 모른다.

"그렇게 되겠지."

이휘철이 담담히 대답했다.

"그리고 세간의 온갖 비난이란 비난 또한 감수하게 될 것이야. 심지어는 자신의 책임이 두려워 삼광에 회사를 가져다 바쳤다는 말까지 들을 수도 있음이고."

말을 마친 이휘철이 끌끌 웃으며 차를 한 모금 마신 뒤, 잔을 내려놓았다.

"그날이 오면 조세화 그 아이는 자신의 적과 아군을 뚜렷이 구분하게 되겠지."

"······."

이휘철의 그 말은 마치, 최종 확인을 앞두고 나 자신을 떠보는 것처럼도 들렸다.

5장

'개운하군.'

온수는 끊겼지만, 이런 날씨여서 그런지 찬물 샤워도 제법 할 만했다.

다만, 찬물로 면도를 해서 그런지는 몰라도 수염이 제대로 깎이지 않은 기분이었다.

'그냥 목욕탕을 갈 걸 그랬나.'

까끌까끌한 턱을 매만지며 알몸으로 화장실을 나온 장건 후는 옷장을 뒤적여 단벌 정장을 의자에 던지듯 걸쳐 둔 뒤, 한 개비만 남은 담배를 꼬나물고 전화번호가 적힌 수첩을 뒤적이며 거실로 향했다.

'어디 보자. 지금 구봉팔이랑 함께 있을 만한 놈이…….'

조폭 바닥이 인맥을 중시하는 사회라고는 하지만, 몇 년간 개털로 지내다 보면 있던 연락처도 끊기기 마련이다.

"별수 없군. 직빵으로 가는 수밖에."

수첩에 적힌 연락처 중 하나를 찾은 장건후는 습관적으로 거실에 놓인 전화기에서 수화기를 들어 올렸다가 인상을 찌푸리며 수화기를 도로 내려놓았다.

'맞아, 전화선을 잘라 놓았지.'

장건후는 짜증 섞인 얼굴로 돌아와 주섬주섬 정장을 챙겨 입었다.

'그러고 보니 요새 핸드폰이란 것이 제법 유행이라던데.'

그는 그런 생각을 떠올렸다가 쓴웃음을 지으며 고개를 저었다.

한창 잘나가던 시절이면 모를까, 지금 그는 그런 고가의 사치품을 살 만한 여력이 되지 않았다.

'이걸 팔아?'

장건후는 잠시 금목걸이를 만지작거리며 진지하게 고민했다가 다시 한번 고개를 저었다.

'안 되지. 건달한테서 가오를 빼면 뭐가 남는다고.'

마침 담배도 떨어졌겠다, 주변 구멍가게에서 전화를 빌려야겠다고 생각하며 장건후는 아지트를 나섰다.

'윽.'

장건후는 집을 나오자마자 내리쬐는 햇볕에 눈살을 찌푸

렸다.

"오늘은 오지게도 덥겠군."

그는 혼잣말을 중얼거리며 재킷을 벗어 어깨에 걸치곤 휘적휘적 골목길을 빠져나와 모퉁이에 자리 잡은 '대호슈퍼'라는 곳으로 발걸음을 옮겼다.

어디까지나 말이 '슈퍼'지, 동네 장사하는 구멍가게 수준이었다.

어둑어둑한 구멍가게 입구를 지키고 있는 대머리 주인장은 신문을 붙들고 털털거리는 선풍기 앞에 앉아 장건후를 힐끗 쳐다보기만 할 뿐, 아무런 접객 인사도 건네지 않았다.

어차피 이런 동네에서 그럴듯한 고객 서비스 응대를 기대한 적도 없었기에, 장건후는 무뚝뚝하게 자신이 피우는 담배 상호를 입에 담았다.

"천 원요."

이게 언제 또 올랐대.

장건후는 주머니를 뒤적여 지갑을 꺼내 펼쳤다가 인상을 찌푸렸다.

"잠깐만 기다리쇼."

그는 재킷 주머니까지 뒤적인 끝에 백 원짜리 동전 몇 개와 오백 원짜리 동전 하나를 찾아 셈을 맞춘 뒤 계산대에 던지듯 올려놓았다.

"주인장, 전화 한 통만 빌립시다."

장건후의 말에 주인장은 힐끗 가게 바깥 공중전화를 쳐다
보았다.

"저쪽에 전화기 있수."

"⋯⋯한 통만 빌립시다, 예?"

　그제야 주인장은 장건후의 목덜미에서 덜렁거리는 금목걸
이와 그 인상착의를 알아보곤 슬쩍 의자에 등을 붙였다.

"⋯⋯짧게 하쇼."

　장건후는 주인장을 한 차례 노려봐 준 뒤 계산대에 놓인
전화기에서 수화기를 어깨 사이에 끼곤 수첩을 뒤적여 전화
번호를 찾았다.

　뚜르르.

　몇 차례 신호가 갔지만 상대는 좀처럼 받질 않다가 장건후
가 다른 곳에 걸어 볼까, 생각하던 때 철컥, 상대측이 수화기
를 들었다.

　─예, 감사합니다. 새마음아동복지재단입니다.

　여자 목소리였다.

　'번듯한 사업체로 바꾸고 있다더니, 사람도 뽑았나 본데.'

　장건후는 조금 놀랐다가 목소리를 가다듬고 입을 뗐다.

"거, 이사장님 좀 바꿔 주쇼."

　─⋯⋯실례지만 누구라고 전해 드릴까요?

"장건후요."

　─어디의 장건후 님이십니까?

거 꼬치꼬치 캐묻긴.

장건후는 상대에게 짜증을 내려다가 민간인에게 위해를
가하는 건 건달의 길이 아니란 생각에 꾹 눌러 참았다(이미 구
명가게 주인장에게 민폐를 끼치고 있다는 건 그 안중에 없었다).

"그냥 장건후가 한번 뵙자고 했다 전하기만 하면 알아들을
거요. 중요한 안건이니까 꼭 좀."

상대는 잠시 기다렸다가 곧 말을 이었다.

—알겠습니다. 이사장님께선 현재 부재중이어서 연락처를 알려 주시
면 연락드리겠습니다. 어디로 전화를 드리면 될까요?

"……잠시만 기다려 보쇼."

장건후는 수화기를 가리고 주인장에게 말을 붙였다.

"주인장, 여기 전화번호가 어떻게 되오?"

"…… ."

주인장은 탐탁지 않아 하는 얼굴을 했지만 이내 법은 멀고
주먹은 가깝단 진리를 깨닫곤 퉁명스레 번호를 알려 주었다.

구봉팔은 두어 번 재확인을 거친 끝에 안내원에게 전화번
호를 일러 주었다.

—알겠습니다. 곧 연락드리겠습니다.

"아, 예. 수고하쇼."

툭.

장건후는 전화를 끊은 뒤 담배 포장지를 뜯으며 구멍가게
입구 근처로 가, 입에 문 담배에 불을 붙였다.

"……후우."

장건후는 담배를 태우며 느긋하게 주위를 둘러보았다.

'……이 거지 같은 동네도 조만간 안녕인가.'

참 먼 길을 왔다고 생각했다.

담배를 다 태운 장건후는 얼굴에 송골송골 맺히는 땀을 손바닥으로 쓸어 닦아 낸 뒤 손바닥을 툭 털어 냈다.

'그나저나 오지게 덥군.'

장건후의 시선이 가게 입구 아이스크림 냉동고에 닿았다.

장건후는 아무 망설임도 없이 아이스크림 냉동고를 열어 그 안에 머리를 들이밀었고, 그 모습을 힐끗 지켜보던 주인장은 티 나게 인상을 찌푸렸지만, 장건후는 설령 주인장의 그 표정을 보았다고 한들 상관하지 않았을 것이다.

따르릉!

아이스크림 냉동고에 머리를 박고 있던 장건후는 전화벨 소리가 들리자마자 곧장 가게 안으로 뛰어 들어가 주인의 손에서 수화기를 빼앗았다.

"여보세요?"

ㅡ……예? 거기 대호슈퍼 아니에요?

씁.

장건후는 주인에게 수화기를 돌려주었다.

"곧 내 전화가 올 거니까, 짧게 해 주쇼."

"……"

떨떠름한 얼굴의 주인장은 몸을 돌려 전화를 받았고, 장건후 역시 떨떠름해하는 얼굴로 다시 담배를 입에 물었다.

'옘병, 여기서 내 부하들이 팔아 준 게 얼만데.'

하지만 어쩌겠는가, 줄창 심부름만 시켜 주인장이 자신의 얼굴을 알아보지 못하는 것을.

얼마나 시간이 지났을까, 장건후의 발아래에 버려진 담배꽁초가 여섯 개를 넘어갈 즈음, 그는 인상을 구기며 다시 구멍가게 안으로 들어갔다.

"전화 좀 합시다."

그는 주인의 허락도 떨어지기 전에 수화기를 붙들고 새마음아동복지재단의 번호를 눌렀다.

몇 차례 신호가 가고.

─예, 감사합니다. 새마음…….

"아까 전화한 장건후요."

장건후는 여자의 말을 끊으며 끼어들었다.

"거기 이사장님 아직 안 돌아오셨습니까?"

여자는 침묵했고, 장건후가 다시 입을 떼려는 찰나 수화기 너머로 굵직한 남자 목소리가 들렸다.

─건후 형님이십니까?

"……누구냐?"

─접니다. 권지호.

"아."

민간인(?)보단 조금 말이 통하는 놈이 왔다.

'그래도 어쨌건 옛날에 좀 귀여워하던 놈이긴 하니까.'

장건후는 어깨를 으쓱이곤 말을 이었다.

"지호 너였냐? 급한 일이다. 너희 형님 바꿔라."

장건후의 입에서 나온 '형님'이란 말에 주인장은 움찔했지만, 이번에도 역시나 장건후는 그에겐 눈길도 주지 않았다.

─지금 여기 안 계십니다.

"그래? 어디 갔는데?"

─……그건 왜 물으십니까?

이 새끼가.

장건후는 반사적으로 한바탕 욕설을 퍼부어 주려다가 자신의 입장을 떠올리곤 부글거리는 속을 꾹 눌러 참았다.

"내가 너희 형님이랑 할 말이 있어서 그런다. 봉팔이는 언제쯤 돌아오냐?"

─모릅니다.

이만하면 나름 잘 참았다.

"야, 권지호 이 새끼야."

장건후가 으르렁거리며 말했다.

"니가 지금 좀 잘나가긴 하는 모양인데, 그렇다고 형님한테 말뽄새를 그따위로 하면 내가 퍽이나 좋아라 하겠다, 응?"

─죄송합니다.

전혀 죄송하지 않은 듯 사무적인 어투였다.

"너······."

–건후 형님.

수화기 너머 권지호가 딱딱한 말투를 이었다.

–지금 뭔가 단단히 착각하고 계신 모양인데, 저, 더 이상 예전의 형님 담배 심부름이나 하던 권지호가 아닙니다.

장건후는 순간적으로 상대가 지금 무슨 말을 했는지 몰라 당황했다.

'이게 돌았나?'

장건후가 수화기에 대고 소리를 지르기 전, 권지호가 말을 이었다.

–그리고 건후 형님도 예전의 그 장건후가 아닐 테고요.

"······."

권지호의 말에 장건후는 입을 벌린 채 멈칫했다.

싸가지 없고 열불이 뻗치는 일이긴 하나, 권지호의 말은 틀린 것이 없었다.

잠깐 한때의 정(?)으로 친근하게 말을 붙였지만, 현재 둘 사이의 입장 차는 그놈의 조폭 바닥에서 먹은 밥그릇 개수로 따질 처지가 아니었다.

자고로 정승댁 개가 길바닥 거지보다 때깔이 좋은 법이고, 정승댁 개 장례식엔 거지도 문 앞을 기웃거린다고 했던가.

서열이 한참 아래라고는 해도 배신자 낙인이 찍히기 직전의 위태로운 자신과, 하루아침에 조광의 실세로 거듭나 있는 구봉팔의 똘마니 사이엔 민간인과 건달 사이의 격차만큼 넘기 힘든 신분의 벽이 놓여 있었다.

'예전의 장건후가 아니다.'

자신의 처지를 자각한 장건후의 기세가 한풀 꺾였다.

'……그래, 동네 순경한테도 얕잡아 보이는 놈이 무슨.'

장건후는 결국 권지호에게 한 수 굽히고 들어가기로 했다.

"지호야."

―말씀하십시오.

"이건 진짜로 중요한 일이다. 내가 너네 형님한테 할 말이 있어서 그래."

얼굴을 마주하고 있지 않아서일까, 거기서 끝내면 좋았으련만 권지호는 이어서 장건후의 신경을 긁어 댔다.

―이거 보십쇼, 형님. 요즘 건후 형님 같은 전화가 몇 통이나 걸려 오는지 압니까?

장건후가 멈칫했다.

"……뭐?"

―중요한 일은 무슨. 보나 마나 저희 이사장님께 용돈이나 좀 받아 보자고 연락하신 거 아닙니까.

순간 머릿속이 새하얗게 됐다.

―이제 적당히 하시고 제대로 된 일자리나 알아보십시오. 이만 끊습니다.

권지호가 중얼거리듯 덧붙였다.

−요즘 세상에 건달은 무슨.

철컥.

뚜− 뚜−.

장건후는 픽, 웃었다.

화가 머리끝까지 나면, 오히려 웃음이 나오기도 하는 모양
이었다.

"……이런 썅!"

쾅!

장건후가 수화기를 거칠게 내려쳤고, 부서진 파편이 사방
에 튀었다.

"이 새끼가 보자 보자 하니까!"

쾅! 쾅! 쾅!

장건후는 손잡이 부분만 남은 수화기와 전화기를 집어 내
던졌고, 전화기는 박살이 나 구석에 나뒹굴었다.

"힉."

장건후가 쏟아 낸 분노에 주인장은 저 불똥이 자신에게 튀
지 않길 바라며 몸을 움츠렸다.

"아따, 이게 뭔 일이당가."

난데없이 들려온 구수한 전라도 사투리에 '설마 박순길이
왔나' 싶어 저도 모르게 냉정을 되찾은 장건후는 홱 하고 입
구로 고개를 돌렸다.

하지만 다행히도(?) 상대는 박순길이 아닌, 웬 사내였다.

'뭐야, 이놈은.'

방금 전 쫄았던 자신이 못내 부끄러운 와중, 장건후 앞으로 다가온 사내가 그를 위아래로 훑었다.

"이거 깡패 새끼 아녀?"

"……."

장건후와 머리 하나는 더 차이 나는 덩치의 사내는 낮술을 했는지, 그에게선 술 냄새가 훅 끼쳤다.

"어휴, 그만허이. 이제 됐으니까."

구멍가게 주인장이 말렸음에도 사내는 아랑곳하지 않고 더 의기양양해져 가슴을 쭉 내밀었다.

"나가 월남에서 돌아온 김 병장이요. 베트콩 놈들 총탄에도 꿈쩍하지 않았는디, 이런 깡패 놈 하나가 무에 겁이 난다고."

"……."

장건후는 잠시 날씨가 더우니까 슬슬 미친놈이 나오기 시작한 건가, 하고 생각했다.

어처구니가 없어 아무 말도 못 하는 장건후의 침묵을 오해했는지, 사내가 더 의기양양해져 말을 이었다.

"칠 테면 쳐 봐! 어이 최 서방, 경찰 불러, 경찰! 어데 니가 민중의 지팡이 앞에서두 고로코롬 나올 수 있나 보장께."

"……."

그 뒤에서 누군가가 외쳤다.

"맞아, 보소, 얼마 전에도 깡패 놈들 대거 잡아갔다 아입니꺼."

"하모, 하모. 그라고도 깡패 새끼가 남았나 보네."

"경찰은 세금 받아 가서 무얼 하누."

방금 전 소란에 이제는 동네 사람들이 다 몰려든 모양으로 인파가 자신을 에워쌌다.

"이게 무슨 일이래?"

"몰러, 깡패가 있나 본데."

"세상에. 경찰은 불렀고?"

"채소 가게 최 서방이 갔다네?"

몰려든 인파의 웅성거림 가운데 선 장건후는 픽 웃었다.

'이놈이고 저놈이고……. 나 참, 어이가 없어서.'

장건후가 입을 뗐다.

"이게 보자 보자 하니까."

그 한마디에 주민들의 웅성거림이 순간적으로 멎었다.

카악, 퉤.

장건후는 바닥에 가래침을 뱉곤 사내를 노려보았다.

"씨잇팔, 날이 더우니 별 미친놈이 다 나오네."

장건후가 진심으로 살기를 담아 노려보자 기가 눌린 사내는 방금 전 자신감은 오간 데 없이 저도 모르게 슬리퍼를 끌며 뒷걸음질을 쳤고, 장건후가 한 걸음 앞으로 내딛자 사내는 '히익' 숨죽인 비명을 지르며 몸을 둥글게 말았다.

"……보소, 아재."

장건후가 사내를 내려다보며 말을 이었다.

"동네 개새끼가 제 나와바리에서 짖어 봐야 개새끼란 걸 알아야지."

"……."

"오늘은 운 좋은 줄 알고 앞으론 함부로 나대지 마쇼."

장건후는 허리를 편 뒤, 차고 있던 금목걸이를 풀어 구멍 가게 주인장에게 툭 던졌다.

"실례했수다. 그거 팔면 전화기값은 나올 거요."

"……."

이어서 장건후가 몸을 돌리자 몰려든 인파는 바다가 갈라 지듯 물러났다.

얼마쯤 거리가 멀어지자 구경꾼들은 순식간에 주인장을 향해 몰려들어 '진짠가?' '진짜 금이여!' '박 사장 계 탔네!' 하 며 웅성거렸다.

'빌어먹을.'

장건후는 당장이라도 폭발할 것 같은 부글부글 끓는 속을 꾹 눌러 참으며 발걸음을 옮겼다.

6장

이휘철은 용무를 마치자마자 곧장 돌아갔다.

'아니, 애당초 사람들에게 당신의 건재함을 과시하기 위해서 찾아온 것이니, 내 회사로 사람들을 우르르 몰고 온 시점에서 목적은 달성했겠지.'

그는 이후로도 회사를 서성이다 돌아갈 예정으로 보였는데, 이왕 온 김에 회사도 둘러볼 겸 제대로 눈도장을 찍고 갈 모양이었다.

'이휘철은 내게 신경 쓸 필요 없다며 할 일을 하라고 했지만…… 아무래도 그와 한 공간에 있으려니 불편하기는 하군.'

괜히 트집이나 잡지나 않을지.

그래도 이 시점에 조광 그룹 내부에서 조세화를 위해 힘써 줄 세력을 규합해야 할 필요성만큼은 나도 자각했다.

'조광 내부 사정에 대해선 구봉팔에게 물어봐야겠군.'

겸사겸사 구봉팔에게 그럴 의사가 있는지도 확인해야겠고.

나는 생각난 김에 지체하지 않고 구봉팔의 핸드폰에 전화를 걸었다.

몇 차례 신호가 가고, 구봉팔이 전화를 받았다.

─여보세요.

"안녕하세요, 이사장님. SJ컴퍼니 이성진 사장입니다. 혹시 통화 가능하십니까?"

내 사무적인 인사에 수화기 너머 구봉팔은 잠시 뜸을 들였다가 말을 이었다.

─말씀하십시오.

그는 내 전화를 받을 수 있도록 그사이 자리를 옮긴 모양이었다.

"아, 예. 다름이 아니라 바쁘시지만 않다면 한번 만나 뵐까 해서요."

─……예. 괜찮습니다. 그러면 곧 찾아뵙겠습니다.

"아닙니다. 제가 그쪽으로 가죠."

나는 좋은 구실이 생겼다고 생각하며 구봉팔을 말렸다.

"지금 조광 사옥이십니까?"

─아닙니다. 그 일은 마무리했고, 지금은 사무실로 복귀 중입니다.

"잘됐군요. 그러면 재단에서 뵙겠습니다."

전화를 끊은 뒤 자리에서 일어나 곧장 사장실을 나서자, 사무실을 겸한 프론트에서 자판을 두들기던 윤선희가 인기척에 고개를 돌렸다.

"사장님, 어디 가세요?"

뭐, 가둬 놓고 일만 시킬 생각인가.

나는 생각을 내색하지 않고 미소 띤 얼굴로 대답했다.

"아, 외근 다녀올 일이 생겨서요. 급한 용무가 있으면 핸드폰으로 연락 주세요."

"네, 그러면 강이찬 씨에게 전달하겠습니다."

오늘따라 전예은은 강이찬이 모는 차 대신 새로 뽑은 벤을 타고 방송국을 향했더랬다.

저번에 몰던 SBY 전용 벤은 지유진을 납치하려던 승합차를 뒤에서 들이받아 전면부가 파손되었고, 수리에 걸리는 비용 및 시간을 계산해 본 결과 새로 한 대 뽑는 게 낫겠단 판단이 든 것이다.

'마침 한창 바쁠 때이기도 하니까.'

새 차를 발급받은 천희수는 싱글벙글한 얼굴로 '이게 가요 무대 1위한 그룹이 타는 차'라며 여기저기 자랑하기 바빴고, 전예은에게도 '승차감이 끝내준다'며 끈질기게 권유한 터라 그녀도 동석한 것이 마침 오늘이었다.

'이래서야 누가 애고 누가 어른인지.'

어차피 회사법인 차량인데.

'하기야, 생각해 보면 전예은도 계속해서 강이찬을 쓰는 것이 부담스러운 눈치였고.'

그렇다고 전예은 한 사람만을 위해 추가로 운전수를 고용하는 건 회사 입장에서도 낭비인 데다가 그녀도 그런 대우는 바라지 않아서, 천희수가 모는 신차를 타고 방송국을 오가게 된 일이 오히려 잘됐다 싶은 모양이었다.

'지금은 모종의 책임감 때문에 SBY의 뒷바라지를 하고 있지만, 그것도 계약이 완수된 이상, 슬슬 거리를 두게 해야겠지.'

잠시 기다리는 사이 윤선희는 강이찬에게 내 외근 통보를 알렸다.

"그러면 다녀오겠습니다."

"네, 다녀오세요."

윤선희가 나를 배웅하며 활짝 웃는 모습이 삼광 가문의 가장 큰 어르신에게 교제를 인정받았단 생각에서일까, 오늘따라 윤선희의 기분이 부쩍 좋아 보였다.

'하긴, 이남진도 어쨌거나 재벌가 도련님이라면 도련님인 입장이니…….'

이왕 이렇게 된 거, 구봉팔만 괜찮다면 그가 관리하는 새마음아동복지재단을 이남진의 삼광장학재단 산하로 들이는 것도 나쁘지 않을 것 같다.

'물론, 그 전에 뒤끝이 없도록 깨끗하게 세탁하기는 해야겠지만.'

지하 전용 주차장으로 가니, 강이찬은 이 날씨에 맞춰 에어컨을 빵빵하게 틀어 두고 나를 기다리고 있었다.

'아무튼 돈이 많고 봐야 할 일이라니까.'

나는 뒷좌석에 올라 타 그에게 행선지를 말한 뒤, 시트에 등을 파묻고 서류를 들춰 보았다.

고급 승용차여서 그런 건지, 아니면 강이찬의 운전 솜씨가 원체 훌륭해서인지, 뒷좌석에 앉아 서류를 읽어도 멀미가 날 일이 없었지만.

'왠지 집중이 안 돼.'

나는 서류를 들여다보는 척하며 힐끗 운전석의 강이찬을 훔쳐보았다.

'그나저나 강이찬은 어제 그런 일이 있었는데도 여전히 포커페이스군.'

출근길에 강이찬의 차를 탔을 때에도 그는 마치 어저께 아무런 일도 없었던 것처럼 태연한 모습이었다.

'내가 총을 받았을 땐 안절부절못했던 것과 달라.'

정신 연령은 내가 훨씬 위인데도, 나는 강이찬의 그 침착함이 왠지 부러웠다.

'……생각해 보니 어제 만난 그 김철수란 인간도 수상쩍긴 하군.'

그야, 수상쩍기로 따지자면 안기부 전체가 그런 느낌이 물씬하긴 하지만.

어제 잠깐 시간이 났을 때 따로 물어 본 바 강이찬이 속한 곳은 점조직 형태로 구성되어 그도 자세히는 모르는 눈치였다.

'애당초 이진영을 통해서 접촉한 것부터가 이 일이 남에게 알려지길 바라지 않는 것 같았고.'

이휘철은 이 일에 대해 어디까지 알고 있을까?

'그렇다고 이휘철의 속내를 알아내는 건 위험할뿐더러 어렵기까지 한 일이니.'

전예은의 보증하에 강이찬을 신뢰해 보자고 마음먹은 뒤로도, 나는 그를 뼛속까지 믿고 있진 않았다.

'내 쪽에서 강이찬의 약점을 잡아 쥐고 흔들 수 있다면 좋겠지만, 나는 그에 대해 아는 것이 전혀 없군.'

심지어 강이찬은 돈에도, 명예에도 욕심이 없어 보이니 그의 환심을 사는 일도 쉽지 않을 듯하다.

'애초에 안기부엔 어떻게, 왜 들어간 건지도 모르니까.'

생각하는 사이, 강이찬이 백미러로 나를 힐끗 쳐다보았다.

"사장님, 혹시 제게 하실 말씀이라도 있으십니까?"

저런.

나름 숨긴다고 숨겼는 데도 아마추어의 기적 정도는 우스운 모양이었다.

나는 당황한 티를 내지 않도록 신경 쓰며 얼버무렸다.

"아뇨……. 그냥, 총 잘 갖고 계신가 하고."

강이찬은 덤덤한 얼굴로 내 말을 받았다.

"신경 쓰이신다면 지금이라도 돌려드리겠습니다."

나는 얼른 손사래를 쳤다.

"아뇨, 아뇨. 저 같은 초보가 들고 있으면 그게 더 위험하지 않겠어요?"

"……그러면 제가 맡아 두겠습니다."

사람이 왜 이렇게 극단적이람.

'말하는 걸 보니 강이찬도 스스로 수상쩍게 보이고 있다는 건 신경 쓰고 있는 모양이군.'

그리고 그 역시 그 수상쩍음이 내 불신으로 이어진다는 것도 자각하고 있으리라.

'그러니 총을 돌려주는 것으로 자신에겐 나를 해할 의사가 없다는 걸 알리고자 함이겠지만.'

괜히 긁어 부스럼을 만들었단 생각에 나는 머리를 긁적였다.

'아무 생각 없는 꼬맹이나 자신의 신념이 확고하다 못해 굳어 있는 늙은이들과 달리, 젊은이들을 대하는 건 어렵군.'

그래도 여기서 침묵을 이어 가는 것도 좋지 않단 생각에 나는 구태여 말을 붙였다.

"저, 강이찬 씨."

"예, 사장님."

"조금 개인적인 일인데, 물어봐도 될까요?"

강이찬은 잠시 망설이다가 고개를 끄덕였다.

"제가 대답해 드릴 수 있는 것이라면요."

그래? 그렇다면야.

"혹시 여자 친구 있어요?"

내 질문이 의외였던지, 강이찬은 포커페이스를 무너트리며 당황한 기색을 슬쩍 드러냈다.

"사장님, 죄송하지만 그건…….."

"그 정도는 대답해도 되잖아요. 강이찬 씨도 그 정도 제 사생활은 알고 계시고, 저도 그 정도는 알아 두는 게 공평하다고 생각해서요."

강이찬은 가벼운 한숨을 내쉬었다.

"없습니다."

"진짜요?"

"예."

"그러면 예전에 사귀었던 여자 친구라든가."

"저는 연애 경험이 없습니다."

"……우와."

강이찬이 모태솔로였다고?

조금 진심으로 놀랐다.

"……왜 그렇게까지 놀라시는지 모르겠습니다만."

"그야, 강이찬 씨는 젊고 잘생긴 데다가 제 입으로 말하긴 뭣하지만 안정적인 직장에서 강이찬 씨 연령대 평균 이상의 수익을 거두고 있지 않나요? 이만하면 없는 게 이상할 정도의 조건이라고 보는데……."

나는 생각난 김에 덧붙였다.

"아, 혹시 여자 친구가 아니라 남자……."

"아뇨. 그런 건 아닙니다."

강이찬은 그쪽 성향은 아니라는 듯 단박에 내 말을 끊었다.

'흠, 그러거나 말거나 나는 별로 상관 안 하는데.'

이번엔 강이찬 쪽이 물어보았다.

"혹시 중요한 일이라 판단해 여쭤보셨습니까?"

"그렇지는 않고요……."

나는 일부러 말끝을 흐린 뒤, 재차 말을 이었다.

"오늘 할아버지께서 윤선희 씨와 제 재종형님 사이의 교제를 알고선 축복하신 일이 있었거든요."

"그랬습니까."

말은 받았지만, 크게 관심은 없단 투였다.

'그렇긴 해. 전예은이라면 몰라도 윤선희랑은 지극히 업무적 관계니까.'

그래도 둘러댄 것치곤 그럴듯한 구실이어서, 나는 겸사겸사 화제를 이어 갔다.

"그래서 혹시 강이찬 씨가 속한 조직이 그 정도 사생활도 보장이 안 되어 있는 건 아닐까 해서요."

강이찬은 내 말에 쓴웃음을 지었다.

"······그렇지는 않습니다. 안기부에도 그 정도 융통성은 있으니까요. 연애를 하지 않고 있던 건 어디까지나 제 개인적인 문제입니다."

하긴, 안기부 소속이어도 연애며 결혼, 시집 장가는 잘들 가는 모양이긴 하니까.

당장 곽철용부터가 장성한 자식을 두고 있는 처지다.

'비록 남편 또는 아내가 그쪽 출신이라는 걸 뒤늦게 알고서 놀라는 일도 있다고 어디선가 주워들은 기억은 있지만.'

나는 강이찬의 눈치를 살피며 슬쩍 물었다.

"그러면 안기부에는 어떻게 들어가게 되었습니까?"

"······."

"아, 그렇게 구체적으로 캐물으려던 건 아니었어요."

나는 한 차례 뜸을 들인 뒤 말을 이었다.

"예전에 서류에서 보았을 땐 군인 출신이었단 것이 생각났거든요."

"······예."

"저도 그래서 강이찬 씨에게 권총을 맡겼던 거구요. 잘은 모르지만 특수부대라고 했으니까, 권총도 잘 다루실 거라고 생각했거든요."

강이찬은 잠시 고민하더니 입을 뗐다.

"저 스스로 총을 잘 다룬다고 말씀드리기는 어렵습니다만, 관련 훈련은 받았습니다."

"역시 그러셨군요."

"예, 구체적인 소속을 밝힐 수는 없지만, 해당 부대에서 부사관 복무를 하다가 중사로 전역했으니까요."

굳이 묻지도 않은 걸 애써 가며 대답하는 강이찬에게선 자신이 밝힐 수 있는 범주에 한해서라면 최선을 다해 대답한단 느낌이 물씬했다.

'서류에 기입한 것 자체는 거짓이 없단 의미로군.'

안기부 소속이라는 건 의도적으로 누락한 모양이지만 말이야.

'일단 그도 나랑 되도록 친해져 보고자 한단 건 알겠군.'

나는 미소 띤 얼굴로 고개를 끄덕였다.

"그러면 안기부에 들어간 건 그 이후이겠군요. 가족들은 별말씀 없으셨습니까?"

"……."

강이찬은 한동안 침묵했다가 천천히 입을 뗐다.

"다른 가족은 없이 저 혼자입니다."

"……."

혼자, 라.

다만 그 말에선 왠지 모르게 내가 고아원에서 본 아이들

같은 '처음부터 혼자'였다는 뉘앙스가 아닌, '혼자가 되었다'는 느낌을 받았다.

'남에게 말 못 할 사정이라도 있는 걸까.'

그리고 어쩌면, 그건 그가 안기부에 들어간 것과 관계가 있는 걸지도 모르겠다고 생각했다.

'어디까지나 느낌뿐이지만.'

강이찬은 내 침묵에 자신이 분위기를 흐트러뜨렸다고 생각했는지, 애써 태연한 어조로 말을 이었다.

"다 지난 일이니 사장님께서는 신경 안 쓰셔도 됩니다. 그보다, 목적지에 도착했으니 준비해 주십시오."

"아, 예. 알겠습니다."

강이찬에겐 이와 관련해 더 이상 이야기하고 싶지 않은 차에, 도착이 좋은 구실이 된 셈이리라.

나도 생각을 정리하곤 창밖을 향해 시선을 옮겼다.

'그러고 보니 나도 방문은 처음이군.'

나는 창문 너머 낡은 건물 한 곳을 임대해 쓰고 있는 '새마음아동복지재단' 간판을 물끄러미 올려다보았다.

새마음아동복지재단 사무실은 예전에 인력 알선 사무소로 쓰이던 곳을 간판만 바꿔 달았다고 했다.

그래서인지 변두리에 위치한 사무실 인근은 주차를 할 만한 곳도 마땅치 않아서 갓길에 차를 대는 것이 동네의 암묵적인 룰처럼 작용했고, 우리도—특히 강이찬은 그다지 내켜

하는 눈치가 아니었지만—하는 수 없이 동네의 규칙을 따라 사무실이 있는 낡은 빌딩 근처에 차를 세워야만 했다.

'어쨌건 최소한 견인당하거나 주차 딱지를 떼일 일은 없겠 어.'

낙후된 동네에 들어선 고급 외제 승용차가 조금 돋보이긴 했으나, 나도 그 정도는 감수하기로 했다.

"그럼 갈까요."

나는 강이찬을 대동하고 새마음아동복지재단 사무실이 자 리한 건물의 2층 계단을 향했다.

'에어컨 정도는 있으면 좋겠군.'

나는 '새마음아동복지재단'이라 적힌 명패가 세로로 적힌 철문을 열었다.

'오호, 생각보단 괜찮은데.'

내가 발을 들이자마자 추레한 외관과 달리, 깨끗하게 정돈 된 실내에는 민간인(?)으로 보이는 직원들이 다닥다닥 들어 선 책상에 앉아 전화를 받으며 사무를 보고 있었다.

'개중 민간인 출신이 아닌 사람도 더러 보이긴 하지만.'

게다가 다행히도 구봉팔은 직원 복지에 힘쓰는 참된 고용 주인 모양인지 기업용 에어컨이 빵빵하게 실내를 식혀 주고 있기까지.

'너구리굴처럼 담배 연기로 자욱한 조폭 사무소를 상상했 던 나 자신의 선입견을 반성해야겠어.'

다만 이런 곳에 나 같은 어린아이가 찾아온 것은 의외였던지, 직원들은 업무를 보면서 나와 강이찬을 힐끔거리며 쳐다보기 바빴고, 우리는 입구 근처에 앉아 있던 사원의 인사를 받았다.

"무슨 일로 오셨습니까?"

"아, 예. 구봉팔 이사장님을 뵈러 왔습니다만."

"이사장님을요?"

그는 무심결에 시선을 사무실 안쪽 방으로 향했고, 그때 덜컥 방문이 열리며 구봉팔이 모습을 드러냈다.

"기다리고 있었습니다. 이쪽으로 오시죠."

나는 방금 전 우리를 응대한 직원에게 눈인사를 해 준 뒤 곧장 구봉팔이 나온 개인 사무실로 향했다.

나는 강이찬을 대동하고 사무실로 가는 동안 직원들의 힐끔거리는 시선을 눈치채곤 일부러 보란 듯 그들에게 미소를 던져 주었다.

'굳이 싸가지 없는 태도를 보여 줄 필요는 없으니까 말이야.'

나는 사무실 앞에 놓인 간이 응접실에 강이찬을 대기하도록 한 뒤, 구봉팔이 있는 방으로 향했다.

내가 방에 발을 들이자, 구봉팔은 가림 막을 친 뒤 내게 꾸벅 고개부터 숙였다.

"이런 누추한 곳에 모시게 해서 면목이 없습니다."

선비는 사흘을 두고 보아도 눈을 씻고 보아야 한다더니, 조광 그룹의 실세로 거듭난 구봉팔은 며칠 못 보던 사이임에도 자리가 사람을 만든 양 예전의 조폭 느낌은 씻긴 듯 사라지고 없었다.

나는 체면치레로만 들리지 않는 구봉팔의 말을 들으며 빙긋 웃어 보였다.

"아니에요. 신경 쓰지 마세요."

"별로 대단한 건 없지만 차라도 드시겠습니까?"

"아뇨. 괜찮습니다."

나는 그렇게 말하며 구봉팔이 권한 자리에 앉았다.

그럼에도 그가 나에게 이 사무실을 '보여 준' 이유는 알 것 같다.

'이 사무실과 인력을 인수해 보라는 거겠지.'

구봉팔이 나를 사무실로 초대한 까닭은 내 눈으로 직접 상태를 보고 결정하란 의미도 겸한 것이리라.

'그러잖아도 이남진이 경영하는 우리 재단이랑 합쳐 볼까 생각하던 차에 잘됐군.'

자세한 건 따로 조사를 해 봐야 알겠지만 구봉팔이 은근한 자부심을 담아 내게 보여 준 대로, 사무실은 일견 멀쩡하게 잘 굴러가는 것처럼 보였다.

'좀 더 제대로 굴리자면 확장 및 이전 정도는 필요해 보이지만.'

구봉팔이 내 맞은편에 앉으며 입을 뗐다.

"그나저나 오늘은 어쩐 일로 저를 찾아오셨습니까?"

그렇다곤 하나 그가 내게 사무실을 소개한 것은 어디까지나 다른 용무다.

그 또한 내가 자신을 만나고자 하는 연유에 대해선 궁금해하고 있으리라.

"구봉팔 씨를 뵙고 직접 몇 가지 전달드릴 일이 있어서입니다."

"어떤 일입니까?"

"일단은…… 박강선 일이 어제 부로 일단락되었단 보고부터 드려야겠군요."

내 말에 구봉팔은 묵묵히 고개를 끄덕였다가 자세를 고쳐 앉았다.

"저도 어저께 원장님과 통화했습니다. 사장님께서…… 조세화와 함께 직접 찾아와 주셨다고요."

"예."

"그리고 저에 관한 이야기도 듣고 가셨단 말씀을 하셨습니다."

"그랬죠."

"……."

구봉팔이 나를 물끄러미 바라보다가 힘겹게 입을 뗐다.

"사장님, 이제 다 끝난 마당에 비겁하다고 생각하실지 모르지만, 뒤늦게 고백할 것이 있습니다."

"뭔가요?"

"……박상대가 죽었던 날, 원래 그는 저와 만나기로 예정되어 있었습니다."

구봉팔은 예전에 자신이 조설훈의 사주를 받아 박상대를 '처리'하려고 했다는 것을 내가 모르고 있으리라 생각하고 있는 모양이었다.

'하긴, 그것과 관련해서는 그와 이야기를 나눈 적이 없었지.'

나는 새삼스러운 사실을 알게 된 것처럼 그 말을 받았다.

"그런 일이 있었습니까?"

"예. 그리고 저는 그때……."

내가 그의 말을 기다리고 있으려니 구봉팔이 곧장 말을 이었다.

"박상대를 해외로 빼돌리려고 했습니다."

"그랬군요."

정말로 그를 죽일 생각까진 없었던 모양이군.

내 반응이 그가 생각하는 이상으로 담담했던 모양인지, 구봉팔은 되레 의아해하며 나를 떠보았다.

"그 일을 보고드리지 못한 것이 섭섭하진 않으십니까?"

"제가요? 왜요?"

"……"

구봉팔이 눈을 진지하게 하며 입을 뗐다.

"이는 관점에 따라서는 배신이라고 볼 수도 있는 일이라고 생각합니다만."

"그런 관점도 있긴 하겠죠. 하지만 제 관점이랑은 다릅니다."

나는 능청스레—타인의 죽음을 이야기하면서 이래도 되나 싶긴 했지만—구봉팔의 말을 받았다.

"그야 저도 어느 정도 필요에 의해 구봉팔 씨와 그런 '거래'를 하기는 했습니다만, 박상대 씨가 새마음아동복지재단, 나아가 조광과 관계가 끊어진 시점에서 제 볼일은 끝났습니다."

방금 그 말은 조금 노골적이진 않았을까, 생각하면서 나는 얼른 덧붙였다.

"뭐, 박상대 씨의 불행한 죽음은 저도 안타깝다고 생각하지만요."

구봉팔은 그런 내 말에도 불구하고 진지한 눈빛을 바꾸지 않았다.

"정말입니까?"

"……뭐가요?"

"저는."

구봉팔은 한 차례 뜸을 들였다가 말을 이었다.

"사장님께서 박상대의 죽음을 바라셨다고 생각했습니다."

"……."

구봉팔이 내지른 말이 너무 노골적이어서 나도 잠시 할 말을 잊었다.

'이 사람, 나를 초등학생으로 보고 있기나 한 건가?'

그리고 나는 그때 깨달았다.

'……모르긴 몰라도 구봉팔은 지금껏 내 외견이 아닌 본질을 보고 있었군.'

그사이를 비집고 구봉팔이 말을 이었다.

"실제로 이 모든 일은 결국 사장님이 바라시는 대로 흘러가지 않았습니까? 박상대의 죽음, 조세광의 구속, 조설훈과 조지훈의 사망. 그리고 조성광 회장의 막대한 유산을 상속받은 조세화는 지금 사장님을 무척이나 신뢰하고 있는 상태이며, 엉겁결에 적지 않은 힘을 손에 넣은 저 역시 사장님이 바라신다면 그 일에 이 힘을 보태지 않으면 안 되는 상황입니다."

"……."

"솔직히 말하면 여기까지 상황을 주도한 사장님이……."

그는 다음에 이어질 말을 삼킨 뒤, 재차 말을 이어 갔다.

"오늘 사장님께서 저를 찾아와 주신 것도 계획하고 계신 일에 방점을 찍고 박차를 가하기 위함일 테죠."

"……."

"이거, 잃을 것이 생기니 제 안에도 두려움이 생기는군요."

구봉팔이 쓴웃음을 지었다.

"이 상황에 저는 그저, 강선이의 안전과 여기 있는 제 식구들이 길바닥에 나앉지 않도록 사장님께서 선처해 주시길 기대할 뿐입니다. 그렇게만 약조해 주신다면, 저는 사장님이 하시는 일에 전심전력으로 따를 생각입니다."

"……."

구봉팔은 내게 가슴을 열어 속내를 드러내고 있었지만, 정작 나는 장황하게 쏟아 낸 구봉팔의 이야기를 대체 어디서부터 지적해야 할지 몰라 난처했다.

'……그런 것이었나.'

방금 전까지만 해도 나는 그가 내게 사무실을 소개한 것이 순전히 자신의 바뀐 지위 때문에 더 이상 신경 쓸 겨를이 없어서라고 만 생각했으나, 그런 이유가 아니었다.

'구봉팔은 소극적이나마 나를 배신한 걸 마음에 담아 두고 있었던 건가.'

요한의 집 원장을 통해 자신의 과거사를 전달한 것도, 그 스스로 내가 족쇄를 채워 주기 위함이었던 것이고.

'착각하고 있던 건 나도 마찬가지였군.'

이럴 땐 타인의 속내를 들여다보는 능력을 갖춘 전예은이 곁에 없었던 것이 못내 아쉽다.

'하지만 어쩔 수 없지. 전예은은 이 일을 되도록 몰랐으면 하는 게 내 바람이고.'

그것도 다른 이유가 있어서가 아니라, 전예은이 내 인성에 대해 의심하기 시작하면 본성이 선한 그녀를 내 사람으로 둘 수 없으리란 계산이 있어서이긴 하지만.

'어쨌거나 뭐, 구봉팔이 알아서 내게 설설 기어 준다면 나로선 더 바랄게 없는 상황이긴 하지.'

결국 불필요한 적은 사라지고 내 장기패가 늘어나는 것이므로.

'그러면 일단, 그 전에 불필요한 오해는 풀어 주도록 할까.'

나는 구봉팔 앞에 보란 듯 한숨을 내쉰 뒤 의자에 등을 붙였다.

"아무래도 구봉팔 씨가 단단히 착각을 하고 계신 모양입니다."

"……제가 무슨 착각을 하고 있단 말씀입니까?"

"일단, 이것부터 짚고 가죠. 이 모든 일은 우연에 우연을 거듭한 결과에 불과합니다."

내 말에 구봉팔은 그게 무슨 소리냐는 듯 받아쳤다.

"이 모든 결과는 사장님의 의도하신 복안대로 흘러가지 않았습니까?"

"구봉팔 씨처럼 어설프게 알고 있다면 그렇게 보이기도 하겠죠. 하지만 그 반대입니다."

그러면서 나는 이 자리에선 불필요한 초등학생의 가면을

벗어던졌다.

어차피 그가 나를 동등, 혹은 그 이상으로 보고 있는 이상, 천진난만한 초등학생으로 구봉팔을 대할 필요가 없어졌으니까.

"까놓고 말하죠. 이번 일로 죽을 필요가 없는 사람들이 죽어 버린 까닭에 오히려 저는 발목을 잡힌 상황입니다."

구봉팔이 내 말에 의아한 듯, 한편으론 사태를 냉정하게 언급하는 나를 경계하며 말을 받았다.

"……죽을 필요가 없는 사람이라고 함은……."

나는 구봉팔의 말을 잘랐다.

"일단 박상대 씨부터가 그렇죠."

나는 그를 언급하며 고개를 저었다.

"저는 박상대 씨의 죽음을 바란 적이 없습니다."

그야, 감정적으로는 조금 바라긴 했지만, 실리적으로는 그렇지만도 않았다.

"오히려 박상대 씨가 해외 도피를 하든 뭐가 됐든 살아서 계속 조광의 약점을 붙들고 있어 주었다면 그것만으로도 제가 계획한 일에 더 큰 도움이 되었겠죠. 자신들의 비리와 비밀을 공유하고 있는 박상대가 어딘가에 살아 있다는 것만으로도 조설훈은 무언가를 시도하기 전 이를 생각해 신중해질 수밖에 없었을 겁니다."

"……."

"그리고 다시 말씀드리자면, 그 사람에 대한 제 용무는 그가 조광과 연결 고리가 끊어진 시점에서 이미 끝났습니다."

거기에 더해 그의 정치생명이 끝난 것도.

하지만 거기까지 이야기하려면 내가 전생에 본 그의 미래까지 언급해야 하므로 거기서 말을 끊었다.

"조세광이 사람을 죽여 구속된 것도 마찬가지입니다. 저역시 조세광이 사람을 죽일 것이라고는 생각하지 않았고, 조세광 또한 그럴 의도까진 없었을 겁니다. 하지만 우리 모두잘 알고 있듯 의도와 결과는 달랐죠. 조세광이 사람을 죽인것 때문에 조설훈과 조지훈은 가문을 위한다는 목적이 생겼고, 그 결과 두 형제가 손을 잡기에 이르렀습니다."

그것도 당시 상황만 보자면 그렇단 이야기지만.

"저는 그때 조세광이 조지훈을 견제해 주기만 해도 충분하다고 생각했습니다. 그로 인해 조지훈과 조설훈 사이의 균열은 더욱 커질 테니까요. 하지만 결과는 제가 바라지 않는 방향으로 흘러갔고, 결국 조세광의 구속으로 마무리되고 말았습니다."

물론 조세광은 내 기준에 죽어 없어 주면 더 좋을 인간이지만, 지금처럼 손발만 끊어 내도 족했다.

"조설훈과 조지훈의 죽음도 제가 원치 않았기는 마찬가지입니다. 저도 관련해 할 이야기가 많지만, 그건 차차 하기로하고."

나는 단락을 끊은 뒤 구봉팔을 물끄러미 쳐다보며 말을 이었다.

"어쨌건 그 결과 지금 조광 그룹 돌아가는 상황이 어떤지는 저보다 구봉팔 씨가 더 잘 알고 계시겠죠?"

"……."

"물론 제가 조광을 통해 이득을 보려 한 건 사실입니다만, 그렇다고 해서 조광 그룹 전체를 당장 어떻게 해 보잔 생각은 없었습니다. 더욱이 지금 저에겐 그런 커다란 먹잇감을 소화해 낼 능력도 없고요."

구봉팔은 내 말을 완전히 신뢰하지는 않는 눈빛으로 입을 뗐다.

"그렇다면 사장님의 원래 계획은 무엇이었습니까?"

"알고 보면 단순합니다. 자고로 계획이라는 건 단순할수록 좋죠."

나는 구봉팔을 향해 빙긋, 아마 초등학생이 지을 표정으로는 보이지 않을 미소를 지어 보였다.

"조광을 쪼갠다. 그 다음 천천히 시간을 들여 조광이 가진 자산을 흡수한다."

"……."

나는 그 뒤 미소를 거두었다.

"하지만 지금 조광은 그 반대가 되고 말았죠. 당초 예정과 달리 조광은 제가 바라지 않은 형태로 쪼개졌고, 조세화는 쓸데없이 막대한 지분만 손에 쥐고 말았습니다."

"그렇다는 건."

"예. 저는 조세화가 조성광 회장의 유산 일부를 상속받을 거란 걸 알고 있었죠."

"……그걸 처음부터 알고 계셨습니까?"

"예. 물론이죠."

그러면서 나는 한쪽 눈을 찡긋했다.

"출처는 비밀이지만요."

"……."

조세화가 상속받을 유산.

조설훈도 몰랐던 사실을 처음부터 알고 있었던 내게 구봉 팔은 반쯤 질린 기색이었다.

"뭐, 어쨌거나. 이만하면 저에 대한 오해는 풀렸을 것이라 보고, 제가 무슨 의도로, 어떤 정보를 쥐고 움직여 왔는지는 알게 되셨을 듯합니다. 그리고 이 상황에서는……."

이제부턴 슬슬 구봉팔이 조세화에게 협력해 주길 바란단 말을 시작하려 할 때였다.

삐용, 삐용, 삐용!

사무실 바깥에서 들리는 알람 소리에 나는 하려던 말을 멈췄다.

'무슨 소리지?'

왠지, 차량 도난 방지 경보음 같은데.

그때였다.

"구봉팔 나와!"

창 바깥에서 구봉팔을 찾는 목소리가 들렸다.

구봉팔과 나는 자연스레 창으로 향했고, 거기엔 웬 조폭처럼 생긴 사내가 사무실을 올려다보며 고래고래 소리를 지르고 있었다.

"구봉팔 나오라고!"

그러면서 사내는 몸을 돌려 쾅, 하고 빌딩 앞 갓길에 주차되어 있던 자동차 사이드미러를 발로 차 박살 냈다.

그 모습을 지켜보던 구봉팔이 고개를 돌려 나를 보았다.

"사장님, 혹시……."

"……예."

나는 고개를 끄덕였다.

"제 차네요."

다음 권으로 이어집니다

One for all
원포올

일라잇 스포츠 장편소설

작렬하는 슛, 대지를 가르는 패스
한계를 모르는 도전이 시작된다!

축구 선수의 꿈을 품은 이강연
냉혹한 현실에 부딪혀 방황하던 중
운명과도 같은 소리가 귓가에 들어오는데……

당신의 재능을 발굴하겠습니다!
세계로 뻗어 나갈 최고의 축구 선수를 키우는
'One For All' 프로젝트에, 지금 바로 참가하세요!

단 한 번의 기회를 잡기 위해
피지컬 만렙, 넘치는 재능을 가진 경쟁자들과
최고의 자리를 두고 한판 승부를 벌인다!

실력만이 모든 것을 증명하는
거친 그라운드에서 당당히 살아남아라!

기갑천마

거짓이슬 퓨전 판타지 장편소설

종말을 막지 못한 절대자
복수의 기회를 얻다!

무림을 침략한 마수와의 운명을 건 쟁투
그 마지막 싸움에서 눈감은 무림의 천하제일인, 천휘
종말을 앞둔 중원이 아닌 새로운 세상에서 눈을 뜨는데……

"천휘든 단테든, 본좌는 본좌이니라."

이제는 백월신교의 마지막 교주가 아닌 평민 훈련병, 단테
그럼에도 오로지 마수의 숨통을 끊기 위해
절대자의 일 보를 다시금 내딛다!

에이스 기갑 파일럿 단테
마도 공학의 결정체, 나이트 프레임에 올라
마수들을 처단하고 세상을 구원하라!